緣結東西洋

東瑞 著

獲益出版事業有限公司

緣結東西洋

著　　者：東　瑞
封面設計：西　波
主　　編：東　瑞（黃東濤）
督 印 人：蔡瑞芬
出　　版：獲益出版事業有限公司
九龍土瓜灣道94號美華工業中心B座6樓10室
HOLDERY PUBLISHING ENTERPRISES LTD.
Unit 10, 6/F Block B, Merit Industrial Centre,
94 To Kwa Wan Road, Kowloon, H.K.
Tel: 2368 0632
版　　次：二〇一九年七月初版
國際書號：ISBN 978-962-449-599-7

文品即人品

——序東瑞《緣結東西洋》

●蔡瑞芬

二零一八年九月東瑞出版了他的散文集《幸運公事包》，由於整整三年沒出散文集，擬定的收集目錄超出預定的厚度，刪除了大量的稿。因此，這一本《緣結東西洋》實際上是上一本的姐妹篇。事緣未到一年就再出一本，在他的出書經歷中未曾有過。他的綜合性散文，比較主要的有《雨中尋書》（二零零八年）、《為何我們再次相遇》（二零一一年）、《走過紅地氈》（二零一三年）、《飄浮在風中的記憶》（二零一五年）、《幸運公事包》（二零一八年）以及這一本《緣結東西洋》（二零一九年）。

記得二零一四年從西歐旅遊歸來，東瑞為我寫了一篇《她，緣結西洋》，在那篇文章中，東瑞認為我雖然英文不是挺棒，但喜歡笑成了一種國際語言，在旅途中，受到歡迎，與英國、意大利、德國、瑞士和荷蘭人合影了不少照片。本書書名《緣結東西洋》就從寫我的篇名源化而來。不是單指地理的意義，還有一種胸襟廣闊、海納百川的隱喻，東瑞就是這樣的人，四十幾年爬格子和敲鍵的業餘生涯，歷經各種困難挫折、人事紛擾，從不氣餒。他的文友很多，廣結文緣和友緣。

本書分小島一隅、東洋一瓢、西洋一勺、人生一悟、讀書一得五輯，實際上與其他幾本散文集沒甚麼不同。「一」有滿的意思，也表示少，這裡指少、點滴，顯示作者一種虛懷若谷的氣量。編選散文或其他書，有幾種方式，一種是「雜菜沙律式」，甚麼都有一點，如前列東瑞的幾本散文集；一種是「專題式」，如東瑞出過的《香港 你好》（全書都是介紹香港）、《金門老家回不厭》（全部書寫金門散文）《穿梭黃金歲月》（印華文學評論）。也許雜菜沙律式更容易反映作者的生活和創作狀態，東瑞寫作範疇廣泛，本書就包括了生活隨想、中國和世界遊記、人生感悟和讀書筆記等等。

許多人都說長篇比較容易看得出一個作家的成就，在相當意義來說確實如此，但散文往往比較直接地體現作者的人品，映現出作者真實的內心和靈魂；文壇上不乏文格和人格分裂、文品和人品都不堪的人，東瑞絕對不是，東瑞不屬於那一類。東瑞文品人品都很好，是屬於文格和人格比較和諧、統一的作家，他那種喧囂塵世我心靜、內心永遠有一片寫作的世外桃源的狀態令許多朋友都很欽佩他。

他說以後不準備寫自傳，他只是喜歡不斷製造「新孩子」，這是他的第一百四十三個「孩子」，我也盡力配合他和成全他。

二零一九年五月三十日初稿
二零一九年六月十一日修訂

目錄

東洋一瓢

讀書一得

春的孕育

春季，我都當它是萬物蘊藏生機的時分。

不僅是我們的第一個孫女誕生在三月份，我的前兩部長篇《風雨甲政第》《落番長歌》都在二月至五月完成。三月，進行式，許多事都要讓步。

今年又有部長篇開檔，書名先秘而不宣；二月底寫下第一個字，就馬不停蹄地每天敲鍵了，進展順利，但願能在預計的時間五月或四月下旬完成，進入審稿、修改和潤飾階段。我有部印華評論集《穿梭金黃歲月》在印尼泗水印製，得到許鴻剛先生、林惠卿女士、吳開森先生三人的贊助，書名用了「金黃」兩字，暗喻秋季，象徵着收穫。那是和春天的意象完全

不同的。

小寶寶四歲多了，媳婦又將在五月誕下第二個寶寶。為了配合緊張的長篇馬拉松，我把下午的走路運動目標的一半調到上午，這樣，一早寫得腦子不至於太累，下午走得雙腿不至太酸，一張一弛，寫寫走走，走走寫寫，肚腩不會太大，小說寫來也不會患文字審美疲勞。

春天，天氣回暖，下午海風微微涼；上午陽光暴曬，我在屋村花園、海濱長廊時快時慢地漫步，終於走進了久違了的「和黃公園」。雖然是人造的公園，但還是蠻原汁原味的，有水有草有樹有花有小亭，感覺很好。

春季，大自然生命力復蘇的日子，看到人人努力地融進綠的懷抱中。

在鬚髮長長的老榕樹下，五六個老者在打太極；在長亭裏，八九位印尼姐姐每人帶一樣食物，在開大餐會；在綠樹叢林裏，有女傭在綠蔭深處睡覺；在棕櫚樹下，有菲傭在閱讀畫報……想起了春季的欣欣向榮，生機勃勃，難怪大家都喜歡花草樹木，它們不就是生機兩個字的最佳注釋嗎？

春季，也是將大地塗抹色彩、把嬌美的花兒「別」在大地那幅大衣上的季節。我沒有那麼大的本事，只能一路尋覓芳蹤、為她們拍攝、搜集，然後傳揚，分享給喜歡的同好。有一位快樂的群主，詩才橫溢，喜歡把我的鏡中花，化為她的手中字，詩意芳馥，美不勝收。雖然我拍攝得很一般，但我一一收藏，不管美醜，和我的一百四十二種小書一樣，都是我的子女。

春天孕育着萬物。孕婦肚腹裏的胎兒成熟了，就會分娩；寫作人書寫的小說多次修訂後，就要殺青、脱稿，發表或與人試試爭一日之長短；夫婦一年的旅遊計劃大概也在這一時期協商妥當，擬就草稿，最後有條不紊地執行。

春季真美啊。春情、春意……也都有春字，春就是那麼多情，有心就會把「機會」和「希望」像胎兒那樣孕育，不小心也可能有意外的驚喜啊。

春季真好！美不勝收！

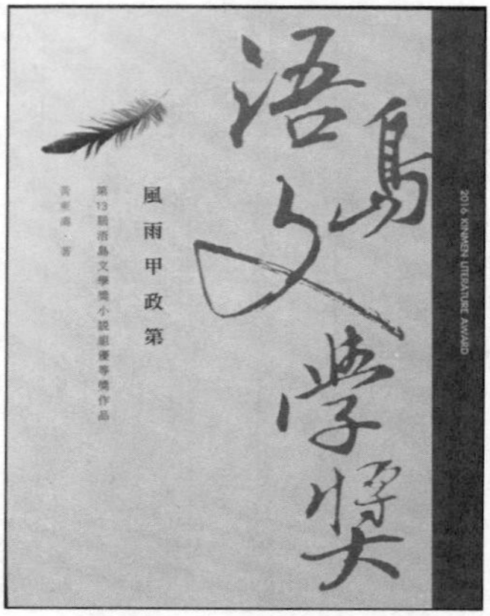

花兒都向我微笑和招呼

每天下午我都要運動，每天空中飄着細雨，我都要走一趟海濱大道。海水和花草裝飾了平坦整潔的路，大自然的巧手繪畫出冬季裏綠色的香港。跳躍波湧的浪花向我致意，最歡喜和感動的是沿途的花卉，都在向我微笑和點頭招呼。

每次走得有點倦了，我喜歡放慢腳步，留意看看路邊那些不起眼的小花和小草；她們好象是嬌羞的小女孩，躲在你不留意的大地角落；精神抖擻地盛開，不畏風寒，又似乎有所等待，等待你的發現。每次我都慢慢地趨近了，再趨近了，將手機的鏡頭對準，看着熒屏上一張張小花臉兒的清晰度，定格，按鍵，重看。啊，被發現的、被拍攝的小花，原來有着這般脱俗清麗的姿容。洋金鳳和龍船花，難道不是這樣？

每次想到一些不善、不爽的人事，心情多少有點沮喪，然前方總有黃、紅的倩影在閃動，吸引了我的眼球，像是大美女小美女大才女小才女列隊在路旁拍手歡迎我，讓我加快了消極的、停滯不前的腳步，剎那間，所有的負面情緒都會無影無蹤地消失了，代之而起的是在體內奔騰着的熱量；突然回想起，總是有人一大早向我道聲早安，發來溫馨的表情；我的博園，遠方總是有熟悉的人天天風雨無阻地趕來探訪我，知心的文友都用文字溫暖地擁抱我這位大哥，我還有甚麼遺憾？就像那一塊扶桑花花壇的出現，一時的驚豔，令我駐足、凝視，感動，我無法不蹲下來，為她們拍攝一張張特別的大特寫。

扶桑花，難道不是那些綠葉的襯托，令你倍顯出色？難道不是成簇的綻開，才鋪展出妳在寒凍季節裏的美與豔麗，預告春天的不遠？

每次在這海濱大道，我總會被隱藏在冷天裏的春意所吸引，留心地觀察我所能看到的花卉種類到底有多少，能否拍攝出美；從花的姿態和花瓣的紋理，是否可以透露出一點春天的訊息？想想縱然不知花的芳名，那學習林業的、公開場合總稱呼我老師、私下裏又親切叫我哥我姐的高才女生一定會想辦法告訴我花名，著名的花癡好友昔日也常常指點我，更有遠在邊疆的才女將拍攝花視為男人有情有愛，才會無償奉獻美麗的心情；還有可愛的群主，會為每一朵花卉寫一首情詩或讚美詩。我拍攝總是不會白費的吧！於是，我託付電子的雙翼，寄走一朵朵花。

每次與花結緣，總是驚喜交織。

發現兩朵潔白勝雪、高貴如淑女的茶花的經過，難道不是如此？那時我尋尋覓覓沒有收穫，突然，看到深綠色的樹叢裏，好像葉子覆蓋着甚麼？那葉子上似乎停留着一團雪花、兩團雪花，發出亮光。我一時好奇心大起，探個半頭進樹叢中看個究竟，啊！一朵，開得那樣純情，一朵，含苞欲放，嬌嫩得吹彈得破，不敢觸及，生怕我們人類污濁的、黏着毒菌的手，一撫摸她就馬上枯萎衰敗。低調的茶花，是我第二次相遇，差點與她擦身而過，足足停留十五分鐘，為她拍攝。與花邂逅，就是與美冥冥中的相約。

每天下午我總要運動，一路都是長短跑健兒從我身旁掠過。

每天我在海濱大道走着，我聽到兩邊的花卉發出笑聲，跟我道聲午安；我看到大花小花兒都在微笑，向我致意，剎時，心靈之花頓時盛開，漫天的文學創意都醞釀成熟了，靈感的安琪兒邀請我來一場空中之舞。

慢慢我也聽懂了花語。

每天下午我都要運動。

小孫女四歲生日

二零一五年的三月三，小孫女來到人間，來到我們黃家。全家都歡天喜地，歡迎這位愛的小使，也知道從此小寶貝與我們家族結上了永遠不解的血緣。由於是我們這個小家族（指東瑞、瑞芬為第一代）的第一位第三代成員，她也就擁有最多的愛，堪稱為愛的大富翁。

看着一個小生命從在搖籃裏對着大人傻笑，到不畏跌倒地學爬行學走路，漸漸還會有明顯的喜怒哀樂，我們無數次感動、為她鼓掌；

當她生病、熱度漸漸升高而又無法太快退燒、假日很難找醫生時，我們寢食難安，着急得猶如熱鍋上的螞蟻無法逃離火山口，無數次禁不住流淚；當她又長高了，有了每項進步，都禁不住歡喜，那一天就變成我們的盛大節日。

我以前從來沒有想到，小寶寶的健康，會如此影響我一天的情緒，有人説，隔代親有一種説不出的牽掛，小寶貝隔一段時間，都會懷念來我們家玩、和奶奶一起睡得日子。兒子媳婦忙碌的日子，或一家出門、孫女玩得累的日子，有時就會讓小孫女在我們家午睡。

四年來，熟悉她的成長，瞭解她的進步，就像知道自己的體能和五官位置。她是開心果。憂愁的時候、哭鼻子的時候很少。三歲以前愛拉奶奶爺爺一起玩。玩排排隊，她在前面率領，爺爺奶奶跟在她後面，按照軍隊的節奏操步伐，從客廳走到房間，再倒回走，如此這般。有時她會藏貓貓，讓我們找她。

小孫女家中的玩具非常足夠，除了父母買，親友們也送，我們送了一個滑板車給她，已經玩得非常好了。我帶她逛玩具反鬥城，她也是這裏摸摸，那裏看看，沒吵過要買。她父母都是教師，重視知識的教育，會買書給她，也不時到圖書館借書給她，我到了一段時間也會帶她到書店，讓她自己挑選兩至三本書送給她，四歲的小寶寶，選的都是與她成長有關的書。例如《不偏食》《看醫生》《過馬路》。

小孫女除了爸媽外，看來最愛的是她奶奶，她不舒服的時候、想念奶奶的時候，會緊緊整個身體伏在奶奶身上，她知道奶奶照顧她最耐心也最細心。有時我們到兒子媳婦家吃飯，她就選在奶奶和爺爺中間坐下。

小寶寶性格也非常好。樂觀開朗，外向大方，勇敢果斷。舊的姐姐（香港對印尼女傭的尊稱）回印尼了，臨別時彼此依依不捨，但很快就過去了，她知道香港小朋友都會有一個姐協助照顧，她也就很快接受新的姐姐了，非常友善。不給新姐姐難堪。

除了吃飯比較慢需要協助外，小孫女上學、出街、說話、交際、智力、運動、活動、性格等都成長得很好，比較她的上兩代都聰明。動作、說話沒有以前急而粗，變得比較斯文淑女起來了，一些幼稚的遊戲也漸漸沒有了。

歲月用渾然不覺的漸變形式助她成長，我們在欣喜地看下一代的變化的同時，也在照片中看到了自己歡悅後的容顏，皮膚又比以前皺了不少。

每次見到孫女，她都會遮住臉面，屁股朝天，捉弄我們；唯有一句話她很中聽，乖乖，快量一量喔，又長高了多少呀？她會從沙發跑下來，跑到貼有量度的牆前站。我們趨近量，也報多一點，誇張地說：

哇，又高了！要多吃一點飯啊！

紅磡，「山竹」劫後

傍晚時分，在紅磡，尖沙咀的海濱大道運動，滿地狼藉，滿目慘像，山竹十號風球踩躪後的遺跡，頗為驚人，大自然的肆虐，威力不容小覷。

山竹氣勢洶洶來襲時，我們正好和大團出遊中，九月十四和十五那兩天，滯留在金門。大團都是爺爺奶奶輩比較多，兒女沒跟來，我們也不免牽掛在香港的居家和兒女們的居屋，是否安全？當時我們發了微信給兒子，望他們在安全的情況下，過來我們家看看。兒子家就在附近，走路五分鐘就到了。不久，他回復我們，家裏安全，就是見到外面海水倒灌，停泊的小巴翻倒了。兒子還從我們家窗口拍攝了一段視頻，畫面上風兒犀利淒厲，碼頭被一陣又一陣翻滾着的海水撲打，狂風斜雨，勁道十足。直看得我們心驚肉跳。稍遲，兒子還發來草地上遍地海魚屍體躺臥的照片。

家在紅磡，毗鄰碼頭，正面臨對維港，一條海濱大道，至少三四公里，從大環山蜿蜒直到尖沙咀的星光大道，一側就是海。不要說十號颱風，平時八號，高層的住宅，無遮無擋，窗戶縫隙多多少少都要進水。沒想到這一次反而沒甚麼動靜。心兒很納悶，這是怎麼回事。人在外，手機不斷有人發來有關颱風損壞屋宇高樓的照片和視頻，都說紅磡是重災區。難道我們可以倖免？大約一星期後回港，第一眼檢查的就是面對維港的客廳窗口和房間窗口，沒錯，基本上都沒進水，只是一張靠在大窗口的照片濕了，暴雨撲進少許，但並不嚴重。這真是一個大奇跡。

這一天外遊歸來，恢復每天下午在海濱大道的運動。沿着海濱大道走到大環山公園，看到很多大樹連根拔起，將底部周圍的磚都「撬」起，着實嚇人。為了運走方便，樹骸還被鋸成好幾截。海濱大道一側供人小憩的木長椅子，有的遮蓋不翼而飛。運動本來都是要走到海逸豪園最遠一段的，焉料道路都被封死了，不得通行。回程，在屬於李嘉誠物業的海濱大廈和海逸君綽酒店後的海濱大道仔細仰望，幾棟大廈玻璃紛紛掉落，不勝其多，都用木板暫時擋着。再走向碼頭，感歎於山竹十級颱風的威力，具有一種風力向下挖掘的力量，連沒有種樹的地方，紅磚都被翻了起來，碼頭的樹木幾乎都斷了，倒了，都用紅白相間的繩子圍起來，有些市政員工在鋸大樹。再看看一些圍着花圃和種植樹木的園地的大石塊都崩塌下來了。我再走向碼頭，看到一些供人小憩的長木椅，有些木條被吹走；昔日運動完畢，我喜歡坐的那張花木叢中的長木椅，也被封起來了，面前是一堆倒臥的斷幹殘枝。

唉，我的心升起一陣陣難受和悲涼。

在港居住了四十六年，早就視香港為一塊福地。香港不在地震帶，沒有火山爆發的威脅，沒有海嘯，唯一天災是八號風球的時時肆虐。最大的是十號，但不是太經常。我連想到天災已經可以如此驚人地洗劫大地，破壞我們生存的環境，雖然居屋也是身外物，山竹期間香港沒傷亡一個人，但也造成了人們生活的不便。一些特殊人類還嫌不夠痛苦，還發動戰爭，滅的都是人類的生命，那是活生生的肉體啊！而且還在合理的藉口下進行，想想都覺得憤恨！

比起印尼蘇拉威西的海嘯，也許山竹風球微不足道，但對於香港來說實在太厲害了，我說的只是目力所及的紅磡，別的區，建築中的大廈頂上的起重機都掉下來，風力的極致其實和別的天災沒有區別……

給香港郵局點贊

對香港郵局的好感，是二零零零年後的事，尤其是近期，郵寄圖書的瑣事增多了之後。當然，我未曾對他們的流水作業和職業特色有過任何採訪，一切的印象都是屬於直觀的。

最初，我沒留意他們有甚麼好，只是覺得普通的信件，丟入他們設在各處的郵箱都萬無一失；親友們寄信，我們也好快地可以在第二天就收到；我們寄出的信大都在次日收到，最遲不超過第三天。當然，這必須在當日收信時間內投進郵筒。看到效率那麼高，我膽子也大了起來，一些剩下四五天的、有時間性的書展票券、社團餐券，我們都照寄不誤。

這是對香港郵局的最初印象。

每一個小區都有一個或數個方便街坊鄰里投郵的郵筒，如碼頭、街邊、廣場一角，甚至部分地鐵的大堂、飛機場等等，實在大大方便了小市民。有好幾次我們清晨搭飛機，貼好郵票的急信，已來不急走到家居附近的郵局投，就在飛機場輕易解決了。部分地鐵也設置了郵筒。遠遠看到肥肥胖胖的綠色郵筒，令人想到香港郵差目前穿的制服也是綠色。

後來我常常去郵局繳交各種費用、買郵票、寄書、領郵件，見到市民都規規矩矩地守秩序排隊，郵局裏的職員客客氣氣、笑着為你辦事，問甚麼都耐心地回答，從不惡眼怒斥。有時臨下班了，隊伍還很長，他們依然將事情辦完才關門。

遇到我們不在家或一周以上的出遊，外地寄來的包裹、掛號信或大件的、數量較多的印刷品、書籍，他們不知情，照例會用小推車送貨，撲了個空後，就會派通知單塞到你家信箱。如果你有細節不明白而打電話詢問，他們會耐心地為你詳細解釋，直到你滿意為止。

最感動的是，有一次，臺北寄來十幾箱的書，那是我的得獎長篇小說《落番長歌》，大概有兩三百本，分成十幾小箱，我去領時，一位辦事的女職員接待我們，問我們有沒有帶小推車？我說有啊！他們就開了另一個門，協助我們將一箱箱書搬出來，還找話與我們閒聊。

平時寄書，我們家中沒秤。就不方便自己貼郵票；即使知道大致重量，也不知道平郵和空郵的運費差價多少？這時你就得上郵局了。郵局職員秤重和計算一般運費後，多問一句平郵和空郵的運費差多少，他們非但不會不耐煩，而且一定算出兩類運費給你，如果只差很少，他們會建議你乾脆用航空寄出。最近發生一件事，使我對香港郵局的優質服務更感動。

我習慣了他們所規定的、雖然改變多次的小件包裹的寄法，從限定每包五公斤到改為兩公斤，因為一家郵局就在家居黃埔花園附近，我包裝、郵寄節奏都很快，也可能和從事的行業很有關係，答應送給人家的書都不會食言，朋友讚賞。這一次答應將我們資助出版的三十本東南亞七國參與的微型小說得獎集送給泰國作協，我分成四包，大約近八公斤吧！放進環保袋，背着走到郵局，那時已經是四點四十五分了，心中非常急，怕來不及。郵局是五點關門的。不錯的話接過我四包書的是郵局女局長，我說，全部平郵掛號。她將其中一包秤了秤，算了一下，告訴我，你這樣分開寄是比較貴的，每包都已經是一百二十元上下，她怕我聽不清楚，還取出一張小紙張，在上面寫上一百二十元。我問那怎麼辦啊？她說，可以一起寄啊，接着，她轉身，一邊取了身後架子上一個大小合適的郵局特製紙箱，一邊說，不過你要買一個箱，就是用這一種，但要填一張表；我又問，運費大約多少錢？她很熟練地計算，平郵約二百七十幾，空郵二百九十幾，只差一點。我啊了一聲，那就空郵吧！她說，你先買箱，給買箱的錢。我掏出二十元紙鈔，買箱，他找還七元給我。我看看錶，剩下五六分鐘了，心中好急道，我甚麼工具都沒有啊。女經理馬上說我們有，將一圈透明膠遞給我，然後指示我說，地址你不必重寫，將其中一包的地址剪下，貼在紙箱外面就可以了。我剪了其中一包的地址，貼在紙箱外面，將全部四小包放進去了，剛剛好，心中暗暗欽佩女局長厲害，三十本書用甚麼尺碼的紙箱都可以瞭如指掌，可見職業經驗多麼重要！我一邊封箱，一邊聽到郵局落下鐵閘的聲音，非常慌，有點亂了陣腳，恰巧這時透明膠用完了，我把箱子搬到櫃檯，對另一個接着辦事的男職員說，你們幫我封好，唔該！（麻煩了），他熱情地接過，非常熟練地用透明膠在箱子的四周縫隙加了幾道膠紙封死。我辦完繳費手續，職員還指着電腦上的一行字，讓我看到了郵件運抵的大約天數，又反轉表格副本後面的隱形電話號碼，說，如果有甚麼查詢，可以打這個電話。

一切辦完，我大大地松一口氣，看到一位職員將原先拉下剩一尺高縫的鐵閘拉上，直到我的高度，還說，小心頭！我滿懷感激和敬意地出了郵局。

我不知道這樣為市民省錢、方便着想、協助市民、做出優質服務的黃埔區郵局及其團隊哪裏去找？曾經有朋友說，旅遊，不要太計較住的是否五星級酒店，最重要的是我們要懷着六星級心情出遊；優質服務的郵局，是否也可以如此說，現代化還在其次，最重要的是人性化和人情味濃。這樣好的郵局，無法不點贊，值得給予六星級評價。

復古茶餐廳

近兩年香港一些中小型商場、舊街陋巷，冒出許多「復古」茶餐廳（或稱「懷舊茶餐廳」），形成了香港飲食業的一股潮流。其名稱，有的叫某某冰室，有的用某某咖啡館等等，不一而足。真不要小覷，集體回憶一旦相遇合適土壤，都會化為實物，不少街坊鄰里，都趨之若鶩。事緣，有過一個時期，快餐店、連鎖店開得到處都是，於是茶餐廳和大牌檔執笠的多，新開的少。老顧客都懷念那類在六十至八十年代成行成市的茶餐廳。

像彌敦道這樣的通衢大道，如今街兩邊都是珠寶店雄霸天下，早年本來就很少茶餐廳身影，何況今日？茶餐廳也只好搬到小街陋巷或市裏一般商場一角了。

茶餐廳情意結是老香港顧客心中的至愛和惦念，自有其心目中比較固定的裝修模式。例如，室內完全摒棄了冷氣機，最常見的是天花板上有着慢悠悠旋轉着的、發出吱吱叫的老式電風扇，最好還有沒有裝上天花板的部分，露出大量的抽氣方管設備，猶如坦露餐廳的巨型腸胃等內臟給你看，這是其中重要一景；當然，座位方面，一定是既有簡陋的木板卡位，也有角落裏的兩人桌以及擺置居中的、可以擠坐四人的冰涼大理石小圓枱。菜單的設計老土陳舊彷佛有舊年代的氣息。更不能不講究的是盛奶茶、咖啡的茶杯，最好也採取舊日那種矮矮的帶耳瓷杯，茶杯附上杯碟。總之，越是復古越好，放棄所有的新潮和時尚。

茶餐廳的早期「菜單」和經營方式，最大特點是「兼收並蓄」、中西共存。當然，有些也因繁就簡、改良更新，隨着飲食業的進步而改變了，如當時流行的菠蘿油、蛋撻、油多等等這些東西，舊年代不是茶餐廳自己製作，就是固定地向附近的麵包店取現成的貨，時至今日，已經不合時宜，最好能自力更生，因此，改為夾餡更豐富的各類三文治，還有西多士啊、粉面啊，一應俱全，只是改掉了舊日的一些點心和小吃。朋友極為盛讚這裏早餐的多元化，說甚麼都有，還說，可以遲點去吃早餐，吃早餐也當着吃午餐，省了一筆，不過，這樣兩餐一起食的時間表就不太合適節奏緊湊的上班一族。

茶餐廳有大胸襟，經營的菜色表面上似乎沒有自己獨家的特色，那種廣而博、採集各家之長的特色就是其最大的特色，看來也是最受香港食客歡迎之處。例如，在這裏，竟然可以吃到檳城的咖哩麵，印尼的蝦醬炒麵、星洲炒米粉、揚州炒飯等等。香港的特色餐廳，一般只是賣有關國家的招牌餐食，要找「甚麼都有」的，看來只有這類茶餐廳了。

進復古茶餐廳，懷舊情緒婀婀環繞腦際。七十年代到八十年代末期，茶餐廳在香港、九龍和新界遍地開花，由於數目很多，顧客不像現在那樣爆棚，一些老街小巷裏的餐廳生意顯得清淡，大半座位都是空的。有不少（筆者也是其中之一）業餘寫作人，就因為家中的各種各樣的原因，進入茶餐廳，一杯咖啡、一份三文治，在茶餐廳「開工」。那時還不流行電腦，沒有所謂電子稿，都靠自己一格一格地以手寫字，填在草綠色原稿紙的格子裏，自嘲為「爬格子動物」。印象中，張君默、蕭銅等都在茶餐廳爬過格子。我上下班時手拎的手抽裏也常常裝着一迭原稿紙，在打工的間隙和空檔裏走進茶餐廳爬格子。那時，茶餐廳的老闆和夥計都很友善，不會趕人。我往往在這樣的地點裏可以爬上一兩千字的小說連載段落才離去。我不好霸住那種可以坐上四個人的卡位，只是占小枱的一角，足以放一張原稿紙的位置就足夠。我們的圓珠筆就在紙上慢慢或快速地爬動，時間到就上班或趕到車站搭車下班。如果看到客滿，我也很自覺，趕緊喝完咖啡，埋單走人。這真是你敬我一尺，我敬你一丈。有時，還可以在這樣的餐廳裏巧遇爬格子的同道，正是心照不宣，心領神會啊。

還有，昔日的茶餐廳以服務貼心、快速稱着，如今經復古又改良的茶餐廳，夥計依然保持了這優良傳統，缺辣椒、要個碗甚麼的，都會比較高效率地完成，對你有交代。這也可以說是茶餐廳的一個特點：人性化、人情味濃。舊日，對爬格子的窮文人固然不會歧視，一般夥計和顧客的關係也挺親密的。許多退休的長者、早收工的藍領帶了一份馬經報，可以在此泡一個下午。那時候，茶餐廳老闆可以將收音機有關賽馬形勢、比賽過程、賽果、派彩銀碼的廣播放到最大聲，整個餐廳的議論中心圍繞着當天的賽馬，爆冷時一片嘩嘩臭罵聲四噴，夥計、顧客完全打成了一片，將茶餐廳的大眾平民化場面推到一個極致。

如今復古的茶餐廳氣氛不易恢復到往日的情景，每人有部手機，各自為政，有的愛玩遊戲機，有的喜歡聽新聞，有的沉醉於微信，在公眾場合，大家都喜歡安靜，手機也可以調到靜音。獨立的年代替代了共享的時光。

每次經過茶餐廳外面，都會想到香港茶餐廳的種種變遷，這和香港社會發展史分不開的香港特殊事物，是很難滅絕的，只要天時地利人和的機會一到，必然要復蘇。如果我們到中國大陸南方一些城市走走，比如深圳、廣州、順德、番禺等等，就會看到港式的茶餐廳招牌大大的，裏面顧客鬧哄哄的，那麼，一定會那麼想：別的城市都當港式茶餐廳是寶，我們有甚麼理由不好好保育它呢？

香港下午茶文化

香港的下午茶文化，追本溯源，土生土長的朋友或挖掘、研究香港民俗風情的學者一定有權威的、有根有據的説法。我們七十年代移居香港，只能憑個人的觀察和體驗，道及一二，覺得這下午茶實在很有趣，不但不斷地隨着時代和香港社會的經濟發展而處於演變之中，也漸漸地形成香港飲食文化的一大特色。

我最初理解和經歷過的是，工廠、寫字樓、報社的朋友，常在每天下午三點三就湊錢，打電話到附近熟悉的茶餐廳叫點心上來，無非是奶茶咖啡檸檬茶等飲料，加上三文治、西多士之類，一起讓餐廳送外賣。這也許就是香港下午茶最早的模式：在緊張忙碌的工作節奏間

隙中，老闆睜一眼閉一眼，允許員工們在片刻中一邊呷香滑港式奶茶一邊談天說地，不知今夕何夕，實屬人生一大快事；也有不少老闆見屬下工作勤奮，能讓他銀子源源入袋，而且袋袋平安，開心之余，作為獎勵職員的手段。反正所費無幾，博得好老闆的聲名卻也是化得來的。

飲食業的迅速發展，令香港的各式餐廳出盡八寶，力求一天十幾個小時的營業分分鐘都有客、有收入。於是花樣百出的港式下午茶應運而生。居然連鎖反應，各式不同食肆餐店的特別下午茶都應有盡有了。

先說這「下午茶」的時間。香港不同於大陸白領的上班時間，中國大陸的大多數機構一到十一點半就是中午休息時間，有的回到家吃午飯，有的在本單位的食堂打飯或就餐。香港機構的中午休息吃飯時間則要遲約一個小時到一個半小時，即十二點半到一點，相同的大約也都給一個小時的時間，比如說一點到兩點，兩點就得回公司，開始下半天的工作了。那種以奶茶咖啡加點心的西式化的「三點三」就看各個單位情況，有的還保持這習慣，有的也不怎麼興了。

但這類「下午茶」對香港酒樓、餐廳卻是產生正面影響和啟發的，促進了從顧客午餐後到晚餐前這一段時間冷清局面的新「開發」。具體的時間就是從兩點後到六點這一段「空檔時間」。在中國內地，六十年代有多年時間，因為「經濟困難時期」，缺糧食缺副食品供應，中午十一點半到近一點，午餐時間一過，想在遲一點的時間解決午餐，多時會撲空；餐廳服務員，下午也閒空得樂得拍蒼蠅；然富有美食天堂之譽的香港飲食界同仁，覺得這段「午後時間」太長了，非常可惜，於是希望繼續營業，能有多一點人來吃飯。首先是時間上的仔細考量，午餐的高峰期在中午十二時半到一時半，也有少數在一點到兩點，晚餐的高峰期是在七點半，在酒樓、各種餐店，裏面都是人頭湧湧，外頭排隊領籌輪候。下午茶最佳時間就是兩點到六點，這大概也是飲食業取得的共識吧！

下午茶自從有了酒樓、茶餐廳的「介入」後，慢慢就有了中茶和西茶之分。西茶比較簡單，咖啡、奶茶加點心，大眾化的茶餐廳或高檔一點的咖啡屋就是人們約會聚談的地點，而所謂中茶，地點則大多數是酒樓、各種有特色的餐廳了。比如一般的酒樓，早茶在若干點前結帳是較之中午茶便宜一點點，有不少茶客於是早餐和中餐一起吃的；而下午茶一般是從兩點開始，一直到三四點後。

下午茶的時間既有了大致規定，也慢慢地有共同的特色，既然一天三餐的營業變成四餐，這額外的「多撈」也就變得需要對顧客優惠了。

以不同的食肆為例。酒樓的下午茶，每碟的點心從八折到七折不等，如果是兩三人飲下午茶，埋單時可能便宜數十元不止。茶餐廳的下午茶，大多數有固定的餐牌，規定若干款式的餐單，量比較少，送飲品。一般快餐店的連鎖店，下午茶最多長者光顧，花樣最多，無非是雞翼、雞腿、西多士、豬扒包、春捲、三文治、沙律、炒油面、雪菜湯米粉之類，然後分ABCD互相配搭，也有飲品贈送。簡單而廉，三十幾元可以飽餐，很受長者的歡迎。快餐廳的下午茶，生意特別旺，到了兩點後，已經有人滿之患了。

一家著名的日本餐店，除了午餐晚餐之外，也推出下午茶。其主要的不同，除了食物的份量比較少之外，還在價錢的超值。現在物價狂漲，人說要吃得稍好、像樣，都非要港幣五十元不止。然這一家五十元可以外賣到兩盒飯，肉類主要是雞肉、牛肉和豬肉，還送一杯日本茶。在午餐和晚餐價格飛漲的今天，那樣超值的快餐已經不多見了。香港還有各國特色菜肴的下午茶，也是在中午打工階層午餐時段後的兩三點推出。例如泰國餐廳、越南餐廳，到了下午生意都會減少，人流不多，場面冷冷清清，如果不靠此類較廉價的下午茶來充實和支撐，那不但整個下午浪費了時間，生意額也會少很多的。因此下午茶採取超市一般的「薄利多銷」方法，是十分成功的，何況，價錢便宜些，相應食物的分量也是少一點，餐廳也未必要虧的。

香港式的「下午茶」文化從早期的西式「三點三」，發展到中式居多的下午茶，可謂香港飲食從業員的一大發明，外地自由行的遊客不可不知。它意義重大，不但令許許多多的餐廳酒樓每個時段都有生意做，都有收入，而且，對一些時間無法自由支配的被動遊客和顧客來講，也方便很多，不至於超過了午餐時間就用不到餐了，實在是屬於雙贏的一件大好事。

香港的食肆餐廳酒樓的晚餐時間，因為有了比較遲的下午茶時間，相應也會遲一點。雖然和上班族下班時間不同有關，但主要也和上述下午茶的設置情況有關。內地晚上約吃飯，喜歡約在六點半，在香港，大型的晚宴，六點半只是虛設的恭候，私人獨餐、拍拖男女相約晚餐、全家大團圓聚餐，以七點到七點半為多，這個人潮最高峰的時段，也是餐廳的黃金檔時段。晚餐的餐價往往也比白天的餐價貴，這也是香港的不成文規矩，我們不可不知，以真正做到入鄉隨俗也。

香港姐姐

香港姐姐和香港小姐，一字之別，差之千里。後者是顏值、身材和智慧大比拼，一旦脫穎而出，有機會攀上枝頭變鳳凰，大半生在演藝界發展，或嫁入豪門，從此身份華麗大轉換；而前者卻是這十幾年來香港人創造出來的新詞，那是一個大族群：將所有來港做家庭傭工的印尼女傭、菲律賓女傭都親切地稱呼為「姐姐」。這樣的稱呼大概只有IQ爆棚的香港人才想得出來：一來這兩個國家來的家庭幫傭，年紀多數非常年輕，二十來到三十之間，一般是比主人家夫婦年齡為小，稱呼阿姨未免顯得太老，二來稱呼姐姐的好處是，既然把她們當家人、親人，成為家庭的一分子，就與家中的小朋友沒有了隔閡，感覺上會比較親切，便於

小兒女和照顧他們的家庭幫傭建立較為親昵的關係。

在中國大陸，女傭通稱為保姆、阿姨，在香港，除了「姐姐」的稱呼外，還有一些文雅的叫法，如家政、家庭助理等；在印尼，則稱呼女傭、家庭助理、護理（偏重小孩或長者的照顧）等。稱呼是一個很微妙的問題，體現一個國家和城市的經濟環境和文化背景，像香港這樣男女平等、重視女權的特區，「姐姐」這樣親切的、猶如將其當家人的稱呼，不知由誰發明，迅速傳開，早就獲得大家認同了。

香港的外勞大部分來自印尼和菲律賓。成為香港人家庭的一員，可以說由香港經濟起飛那天就開始，他們漸漸地、渾然不覺地湧入香港，一旦發覺時，她們已經是一支龐然大軍。她們早就在假日佈滿港九新界適合她們群聚的地方，如公園啦，碼頭啦，海濱啦，草坪啦，無遠弗屆，像銅鑼灣的天橋底下、紅磡海濱大道的草坪、港九好幾個碼頭的空地，一旦週末或星期日，就由菲律賓、印尼的姐姐圍起一圈一圈的「佔領」地。在五十年代到六十年代，香港還未曾出現那樣的外來族群，隨着香港大家庭結構的紛紛瓦解，小家庭如雨後春筍般冒出，香港社會整體平均知識水平的提高，白領收入普遍都很優渥，生兒育女的照顧問題也提到議事日程上來；香港的醫療福利制度優勢至少又走在亞洲諸國前列，人口老化，長者人數多了起來，三十幾年而已，儼然就成為一個頗為龐大的數目，於是，照顧長者問題，也顯得很是迫切。二零一六年的統計，來港的印尼女傭有十五萬，菲律賓女傭有十八萬。她們從原先的居住國來到香港，介入香港的家庭事務，成了香港經濟起飛的一大景觀。

這是香港方面的需求；印尼和菲律賓也有本身的內因。大量輸出勞工，自然和他們國家人口多、勞力過剩、就業率低很有關係。尤其是印尼，人口兩億六千萬，目前高居世界第四人口大國，單是雅加達那樣一個大城市，舉目所見，到處都是擺檔小販，農村女性文化水平低，生活貧困，入城謀生活唯一途徑就是進入華人家庭和經濟較好的友族家庭當傭人；而菲律賓雖然規定英語也是他們國家語言，女性學歷大都不低，但國家經濟落後，就業機會很微小，於是，這兩國在輸出勞工方面成為大國，遇到亞洲的金融中心香港，一拍而合。

比較起在自己國家當家政、也即到華人家庭做幫傭的收入，在香港做同類工作的女傭，收入非常優厚，目前月薪約在四千多港幣，相當於在印尼的好幾倍，有的已經比那裏的小經理的收入還大了，而印尼華人家庭的女傭，多年前最低的時候，有的還不到香港印尼女傭月薪的一半。因此，在印尼，富有的大家庭，雇請三四位家庭助手毫不出奇；而在香港，不少女傭僅僅做了兩年，不斷匯款回印尼的農村家鄉，拆舊居，建起新的大屋，是很經常的事。印尼生活水平低，普通居民在路邊攤檔坐下，一盒飯港幣五元到十元就有交易。在香港賺錢，匯到印尼花和用，非常上算。這種兩地的差異，造就了一個經濟弱勢的民族「創匯」的奇跡。看一看她們在休息日，集中在一些特定的地方，將一大箱一大箱的衣物寄到印尼、菲律賓的家中，那種出外打工、終有成績和收穫的喜悅，滿溢臉上。週末星期天，也成了他們群聚休息、聚餐甚至狂歡的盛大節日。有一次，偶然漫步和探訪中環，竟然看到三位下身着緊包臀部牛仔褲、上穿低領短衣、露出肚臍的菲女在圍觀人的眼皮下，隨着強勁的音樂節奏，扭動屁股，情緒火熱。如果說，昔日的中國農民出洋落番闖蕩南洋，都是男子漢紮根異域開支散葉，終於立足還為當地的開發立下豐功偉績的話，那麼，今天為不少印尼、菲律賓兩個民族的家庭帶來比較寬裕生活的英雄，就非這些女性莫屬了。

所有民族都思鄉，在不屬於自己的地方久了就會生起鄉愁，於是，除了跳舞宣洩情緒外，吃本民族的餐食，也變成了一種寄託。在不少比較低檔的小商場，賣印尼糕點、盒飯的蔚然成風，就在路旁或商店一角，她們吃印尼的梭多、沙嗲、加多加多、牛肉丸湯麵等等，又成為香港的城市奇景。

香港的文明，表現在對外國家庭幫傭的家人般親切的稱呼，這個稱呼同時也寄託了香港父母對小兒女成長的期望，希望他們不要對照顧他們的人有陌生感，希望子女能夠有一位「姐姐」陪伴他們的成長。日前，家人的一位姐姐將辭工回印尼，我們一家人都產生了不捨之情，最後一天拍照留念，孫女的臉頰緊緊粘貼着姐姐的臉頰，真令人觀之動容。

香港華爾街

紐約的華爾街沒去過，它號稱美國的金融中心；香港的中環，也是香港銀行的密集地，被稱為香港的華爾街，倒是在八十年代初期到九十年代末長達八年的時間，我工作的所在地。

快二十年過去了。幾十年的滄桑變遷不可謂不大，那時還沒有那個漂亮的仿古中環碼頭，也沒有距離碼頭不遠處的摩天輪。最為奇怪的是，從七十年代到八十年代，約有十幾年的光景，每到十二月聖誕節即將來臨，中環就成為聖誕燈飾最漂亮、觀賞者也最多的地方。平安夜的盛裝打扮和驚人的人潮，與平日夜晚的冷冷清清，形成了尖銳的鮮明對照。

進入二十一世紀，有一次我懷念在中環的日子，懷念中午我一邊吃魚蛋麵、一邊緊張爬格子的小巷，在闊別它十幾年後重臨舊地，想尋覓那條小巷，然時過境遷，一切已消失無蹤，心竟然有點惆悵。不過，那一系列快樂艱辛的回憶，還是如電影掠過，感到多麼親切。七十年代我還沒來中環打工，已經是中環的常客。那時我常常拎着一個公文箱推銷書籍，從北角馬寶道一家很小的出版社出發，搭上電車，經過銅鑼灣、灣仔，當電車在中環狹窄的德輔道中的電車站停下，我就跳下來，慢慢地將這一區的書店幾乎都逛遍，既是工作所需，也是興趣所在。具有悠久傳統的三聯、賣教科書的齡記、處在地窟的香港書店、門面不大的商務等等，都是我必到之處。後來，我在這一帶做事了，才發現和留意中環的白領頗為密集、行人腳步節奏快得猶如急行軍，銀行多得似乎十幾步就有一間，而茶樓餐廳又少得幾乎看不到招牌。就在那樣一個金融信息瞬間千萬變的大都會經濟中樞，居然有個好像不太協調的「街市」，像一隻龐大的大笨象蹲伏在域多利皇后街，對面就是一家老書店的寫字樓，下面幾層是書店，上面就是編輯部。那時，兒女還小，另一半得當全職母親在家照顧，每到下班後，車站排長龍，人人趕着回家，我覺得將時間花在排隊等車上十分可惜，我會爭分奪秒地到一家快餐廳爬一段格子，一個小時後車站空寂了才上車回家。

香港的這一條華爾街，有種特別顯眼的古老店鋪，恐怕為紐約真正的華爾街所無，那就是與摩天大廈同時並存的舊日當鋪。一個「押」字或「大押」兩字高懸着，告示着香港不僅華洋雜處，還是一個新老兼具、包容古店生存的特別大城市。一般人是不易探究和瞭解當鋪裏高櫃檯後的秘辛的，當年為了一股好奇心，我們出版了周淑屏的《大牌檔•當鋪•涼茶鋪》，才稍微知曉其中的種種不為外人知的故事。

我喜歡中環那些在高樓與巨廈夾縫之間的小巷和大排檔。那時每天中午到午餐時間，都會到小巷深處的大牌檔叫一客雞蛋三文治或魚蛋面，擠在坐得密密的上班族中間，看陌生的眾生相緊張的吃相，那一張張熱汗和湯麵熱氣混合交融的臉，伴隨着馬經、股經的口沫橫飛四濺的談論，隨着城市的現代化、小巷與大牌檔的消失，定格在我們的記憶深處。

我喜歡那來去香港中環和九龍尖沙嘴的渡輪，載着一船一船趕着來中環上班的白領階層，又載着他們一軀一軀疲倦的皮囊和魂兒下班去，回到他們各自溫暖的家。那時每天夾在這樣的人群中，感覺了自己融入了這大城市，很有一種存在感，雖然節奏是那麼緊張。但我就喜歡那歷史悠久的渡輪，不停地在維多利亞港的兩邊碼頭來去，班次永遠固定，抵達的時間也幾乎分秒不差。這和那百年電車一樣，狹窄的德輔道中雙程路以中間的電車路為分界，大巴行使在此，常常如人體內大腸被太多食物塞住消化無法暢通一樣，凝止不前，唯有電車按照軌道行駛、完全不受影響。在未進入中環工作之前，我喜歡從北角出發，經過灣仔，經過中環再乘到上環，最後抵達西環。我站站停下，到每一區的書店推銷新書。日子過得如流浪犬頻頻撲撲、奔奔波波，永遠是那樣辛苦而快樂，勞累而充實。

我喜歡這兩種交通工具，不僅陪伴了我十幾年的打工生涯，而且貫通新舊，它們的生存，證明着百年老交通工具的貢獻和價值，也體現香港容納百川的大情懷。

是的，其實中環用「華爾街」去形容不很妥當，畢竟中環不僅僅是屬於金融和銀行的。如果是走走而已，表面上你只能看到矗立雲霄的摩天大廈、造型奇特的各種大樓和玻璃幕牆，不可能知道其背後有多少阡陌小巷縱橫交錯，像文咸東街、文咸西街、永樂街這些老街，方向盲者走進去，一定會迷失在裏面走不出來。這一帶賣海產乾貨，如鮑參菇貝之類的為多，也賣中藥成藥，許多祖傳幾代的百年老店設店在此，據説也是香港最早開發的地區。上環這個奇特的成行成市的地方，就成為中環和西環交界的地區，北角銅鑼灣開來的電車，沿着狹窄的德輔道中開來，在老郵局前的電車站算是一個終點站；有的電車至此來一個轉彎，就駛入干諾道中，轟隆隆往上環屬區的德輔道西駛去。

中環，實在是一個很奇特的地方。如果從太平山頂俯瞰下來，你形容為鋼骨水泥的森林一點都不為過，畢竟遠遠地看不到一點兒綠色。實際上不是那樣。例如，耗資近四億的香港公園，就很近中環站和灣仔站之間的金鐘站，從金鐘上的商場一路走上去就可以抵達香港公園，而香港公園的後門出來居然就是香格里拉酒店的某個側門。香港公園這樣一塊大綠肺，可以如此接近摩天大樓密集的中環，也構成了中環一道別開生面的特殊風景。

時代的發展，也不斷改變與環境格格不入的設施。例如域多利皇后街對過的街市，像一隻龐然大物座落在四周都是冰冷灰黑二色的寫字樓大廈，顯得多麼不協調？中環不屬於住宅區，舉炊的少，沒有街坊鄰里，沒有買蔬果醬醋的幫襯者，它的存在也就成疑。那次是闊別二十幾年後，我舊地重遊，發現昔日的「街市」已經變身為藝術大本營，整幅外牆，模仿檳城的街頭藝術繪畫，畫滿了表現香港小市民民俗風情、生活情趣的漫畫。像是連環畫，非常巨幅。街市的二樓，也畫滿了藝術畫，有一些小型攝影展、美術展在舉行，許多菲傭席地而坐，團聚餐敘。

最讓中環驕傲的是世界數一數二最長的電扶梯，就從這裏的人行天橋作為起點。如果有空，可以一截一截地乘電扶梯上去，走一走香港的古街荷裏活道、看一看以酒吧密集的蘭桂坊，欣賞電扶梯兩邊的「博物館」風景，那是一個不錯的好選擇，不過，這已是屬於另一篇文字的範疇了。

星光大道新韻

優化後重新開放的星光大道外地遊客特別多，人頭湧湧。如果不是新聞報導，也許不會特地趕來看看新舊有甚麼不同。

本來每天都要在紅磡海濱大道以散步當運動，來去數次。見過潮漲潮退，日出日落，心喜於這海濱大道，一邊是維多利亞港的海水，郵輪帆船穿梭不斷，港島風景如畫，一邊是花木裝飾點綴，綠化溫潤了炎夏和寒冬，鍛煉身體和欣賞海景可以兼顧，真是心曠神怡。

到星光大道去，需要從紅磡海濱花園這一段往尖沙咀方向走，先是拐一個彎上坡，很快進入尖沙咀海濱大道（也稱花園）路段，再下坡，一直走下去，就是香港列入十大最受歡

迎景點之一的星光大道了。一月三十日新聞報導說星光大道二零一五年開始關閉翻新優化，歷經三年，提早在二零一九年一月三十一日重新開放。我從紅磡碼頭出發，約半個多小時而已就到達闊別三年，煥然一新的星光大道了。嘩！不得了呀。整條星光大道都是密密麻麻的中國大陸和其他外地遊客、本地的小市民，時值下午約四時半光景，人潮達到最高峰，感覺上與以往的氣氛有了大大的不同，到底有甚麼不同呢？如果連細微之處都要如數家珍那樣說出來的話，恐怕需要這一次的設計專家及其團隊才解答得清楚（美國園景建築事務所 James Corner Field Operations），我們一般人只能從粗略的感覺，說點觀感。過去那鑲嵌在地上的一百零七位香港電影明星、電影成功人士的手掌印，已經搬到尖東站附近的星光花園，在那裏可以近距離欣賞巨星們的手掌印，不需要再像以往那樣辛苦地蹲下來觀看。還有一部分安排在大道欄杆上。

第一個不同感覺是星光大道走向了人性化，實在太值得點贊了。大概這也是搜集了本港及海內外遊客的大量的、也是比較一致的意見吧。一條地點那麼好、集觀風景、拍照、消閒等多種優勢的海濱大道，如果沒有可以坐下來歇息的地方，在夏季驕陽酷熱淫威下，試問誰人可以承受得了？必然會大大減少外地遊客和本地小市民散步的意欲。新的座椅設置，最簡單的是兩支鋼腳支撐着一條窄窄的橫木坐板，其次一種是多了小靠背、扶手，兩座位、三座位並列的都有，最適合拍拖中的男女和老倆口；第三種也靠近欄杆，長形的平臺式的群體座，有兩層；第四種是上面有傘形鋼板蓋、下面設置幾個座位的，座位之間還有小枱給你放食物飲料；第五種最為突出，也是這一次優化的重點，造型做成鳳凰巨爪騰空伸出之狀，底下設置了環形的座位，連接的中間種植了一些花草，給人一種綠色的蔭潤之氣，拍攝起來，氣象十足，頗有看頭，這一種不算太多。那種較簡單的兩三座位的，幾乎隔不遠就有一處，可謂將翻新前的舊新光大道不太人性的一面全革新了一番。看來遊客的大增加，指日可待。

第二個不同感覺是增設了好幾個富有香港懷舊特色的小賣屋，例如「美樂士多」專門賣香港和各國的一些懷舊零食、飲品和童年玩具；「TINY微影」專門賣迷你型香港建築、交通工具模型；「TSEEiSEE」出售多款飲料和手工雪條；「好茶養生」售賣各類健康花茶；星光大道精品店主要售賣李小龍紀念品和其他精緻精品；POP POP Rangers售賣可口的爆穀；還有一家「+HK香港有禮」主要售賣富有香港文化特色的產品。這些小賣屋，設計簡單而精緻，看來獲准營業的，都需要申請，而且經過嚴格篩選而千里挑一，是有一番競爭的，因為在星光大道那樣具有「風景高顏值」的熱門景區，要站得住腳，那可太不簡單了啊！這些，也是舊新光大道以前沒有的地方。

第三個不同感覺是，欄杆、地板等部分的改造，幾個塑像的放置位置，都下過一番心思，顯得更加藝術、科學和合理。欄杆上方的設計呈波浪形，下方呈魚鱗形，以便和維多利亞港海水更加合拍；而主要地段的大道，地磚改成波浪形，也是考慮到海濱的構思。香港電影金像女神塑像、李小龍、梅豔芳三個體現香港電影精神的主體雕像分佈在三個有一定距離的位置，避免了人流太過集中，無法拍攝留影。李小龍的雕像以前都用圍欄圈起，與觀眾「隔開」，如今除去了圍欄，站立在一個有水流的石臺上，許多觀眾喜歡模擬他的踢腿動作，在他的雕像前面拍照留念；「香港的女兒」梅豔芳的雕像也是站立在有水流的石臺上，據說象徵和隱喻着她的成名曲《似水流年》。至於麥兜像，增加了牠的豬手印。

最後值得一提的是，從星光大道到星光花園，必須經過一個行人天橋，一上來就有個有蓋的觀景台，設計得很不錯。星光大道、對岸的港島風景，盡收眼底。這時如果有遊港風帆在海面上經過，一幅幅典型的香港風情畫就定格在你的鏡頭方框內，甚有意義。有空的話，可以到星光花園欣賞那些電影藝人、有貢獻人士的手掌印和簽名式，幾個與電影有關的攝影師雕像也移到此花園了。

由新世界發展有限公司投資、開放於二零零四年的星光大道，迄今已經十四年，也在那一年移交給香港特區政府。我們有理由相信，經過了這樣大動作的優化和翻新，其客源一定會增加不少，突破原來的每年遊客量紀錄。

兩小時書店

大陸連鎖店有「七天酒店」，名字很怪，語不驚人死不休。「兩小時書店」你聽過嗎？有一對龍鳳胎，你應該聽過他們的，就做了這書店的兩小時老闆。

……

「要不要去？」龍胎自言自語。「賣書我感興趣。」鳳胎説。

「萬一一本都賣不出，妳也情願？」龍胎問。「那也沒甚麼，有思想準備就好！」

「好。妳願去，我就去！」「拉個皮箱，我們拉着去！」鳳胎説。

「我提早明天到公司，裝書。」龍胎説。「每種十本吧。」鳳胎吩咐。

那天龍胎皮箱拉得吃力，皮箱拉杆早就折斷，他就在把手那裏綁了條粗帶，拉着它，避免提起太重。回到家，龍胎說：「好重，看來三十公斤都有。」鳳胎可憐他，道：「那每種再減少兩本，五種就有十本，可以減輕不少！何況生意不見得會很好。」

第二天，龍胎拉皮箱，鳳胎背環保袋，搭的士往何文田的香港公開大學賽馬樓開去。大約是上午十時許，的士就停在賽馬樓所在的馬路邊。

賽馬樓近路邊，太好了，皮箱不必拉得太遠。

學者們的講座十一時開始，一時結束。講座是關於劉以鬯先生的文學作品的。劉夫人前幾天打電話給鳳胎，問她是否願意配合講座活動，賣劉先生的一點書，給學生一些優惠？

同類的「配合式」的幾個小時書展，以前在會展中心試過，當時劉先生還健在，也是幾個講者有關他的文學作品的對談活動，龍鳳胎也一起出動，坐在演講廳門外走廊的小書枱一側賣書，甘當小人物。那時，鳳胎收銀，龍胎裝書，一快一慢，富有節奏感。

如今，帶來的書只有五種：《酒徒》《對倒》《打錯了》都是劉先生最受讀者歡迎的三種書，《香港居》是他最後出版的書，《致敬大師劉以鬯》是龍鳳胎合著。每樣八本。

這時，負責的幾位老師走過來，包括羅老師，一一握手。

羅老師可能不知道龍鳳胎就是那本《致敬》的作者。龍胎和鳳胎分別簽名，恭敬地送了她一本。那本書有一頁拍攝了一張刊有羅老師在十八年前為劉以鬯寫的報導的舊報樣。

展銷長枱鋪蓋着猩紅色絨布。

鳳胎從環保袋裏取出收錢盒——那是個飯盒——計算機、裝水的水瓶、準備裝書的膠袋等物，脫外套、整理枱面；龍胎半蹲半跪在地上，打開皮箱，將書取出，放到枱面，鳳胎接過，將五種書排成一列，每一種分成兩堆，每一堆四本。

龍胎從小背包裏取出大頭筆，按照鳳胎的規定，開始用粗頭筆在帶來的厚紙皮上寫：

劉以鬯著作特價出售（七折以下）（港幣）： 打錯了 88 60 酒徒 98 68 對倒 108 75
香港居 98 68 致敬大師劉以鬯108 75

哇。「蟄伏「七八年沒賣書，想不到字體還是寫得那樣熟練！龍胎有點自我得意地想。

一會，劉太、院長、學者、老師等走過來，握手，拍照。

來聽講座的大學生陸陸續續進場，進場前會走過來，取免費的雜誌和書簽，也看看書，漸漸地有人買書了。買一本的，買兩本的，最多的買四本。

打破零蛋，已經是一個好記錄的開始。

聽眾大部分進場後，走廊一片平靜，龍鳳胎喜歡拍照，讓左邊負責贈品的學生為他們倆拍照，一張、兩張、三張……手機拿高點、拿高點！鳳胎吩咐。又是一張……

一點多。主持的羅老師突然從會場走出來，走到龍胎前，將麥克風遞給他，說會場有一位聽眾讀者提問有關《島與半島》一書的各種細節，請龍胎進場回答。龍胎有點慌了，雖然出版劉先生十四種書、每一種書出版的始末他都了然於胸，然在講座圈淡出那麼多年了，很少露面了，一點思想準備都沒有，怎麼辦？但聽眾在等、羅老師在催啊！龍胎大着膽子進場，居然和那臺上三位對談的學者平起平坐了，他沒有膽怯，但這種臨時客串，把自己寫作者的身份也一下子暴露了。他回答了聽眾的問題，自我感覺還好。

他想到今天不是主角，自己只是臨時客串，很識相，講完，只是在臺上坐了一會，就將麥克風遞給羅老師，與場上聽眾揮手，退到場外，繼續坐在至愛鳳胎身旁。

快兩點了，講座結束，散場，學生又來看書，又有人買書。

兩點，龍胎開始收檔，鳳胎整理銀子，書賣出二十五本，過半。

不要五分鐘，兩個小時的書店完成了使命。大喜。

依然是龍胎拉皮箱，輕了很多。依然是鳳胎揹背袋，錢盒也輕了很多，銅幣變成了大紙鈔。

「一會吃好的，我們來個慶功宴。」龍胎說。

「二十五本也慶功？」鳳胎笑。酒窩迷人。

「比起一本都賣不出，二十五本算很好了！」

哈哈哈。哈哈哈。

不知怎的，兩雙腳依然習慣性地走進那經濟的、大眾化的快餐廳連鎖店、老家樓下的「大」記。買雪菜米粉，雞翼、西多士、好立克。

這也比清湯白飯好得多了吧。

餐廳阿紅看到他們興高采烈的樣子，自己掏錢買了兩個大雞腿送過來……。

兩小時書店打快速戰，結束戰鬥。簡餐犒勞，有甚麼不好！

這一天，是二零一九年一月十一日。

突然，龍鳳胎很久以來的平靜生活，被打破，突然，來到一家大學賣書！

文人賣書

距到學校圖書展銷的日子有七八年了，這一天應資深作家劉以鬯（已故）的夫人羅佩雲女士的建議，配合學者們有關劉以鬯小說的講座，到公開大學的演講廳外面走廊賣書。由於沒有其他職員，只有我和瑞芬倆，也沒有載貨的麵包車了，我拉着裝了四十本書的快損壞的小皮箱，她揹着裝着錢箱、零錢、計算機等雜物的環保袋，乘一輛的士直奔何文田去。

心中不斷嘀咕，文人賣書，別人會怎麼看？

賣的是劉以鬯最熱門的《酒徒》《對倒》《打錯了》和最新出版的《香港居》幾部長篇，外加我們夫妻合著的一本紀念集《致敬大師劉以鬯》，都是我們出版的，那有甚麼奇怪

呢？

有些場合，一律將賣書視為商業行為，這一次是劉夫人建議，學校應允，讀者、學生不知道我們的身份，有甚麼難為情？我們近三十年來，還不是這樣走過來嗎？這樣一想，也就釋然了。文人該試試賣賣書，才知道書業的艱難。

我又想到半「退隱」那麼多年，放下了很多東西，潛心寫作少露面，在貨倉裏找九十年代末到學校書展時用的錢箱，找了大半天不知所終，本來想買一個，後來老伴說不需要了，就用家裏那種塑膠小飯盒吧……我不禁啞然失笑了。又想，文人賣書，會不會被人誤會到了落魄境地？嘿嘿。

在途中，那些往昔的歲月如水倒流，在眼前一一掠過：八十年代我在一家大書店當編輯，一位四十年代就著名的潦倒詩人就常常攜帶若干舊書或絕版本上樓向我們兜售。大家同情晚景淒涼的他，都會向他買下幾本。他純粹是為了開飯，才放下了自尊和面子上來推銷。我們沒有料到後來自己也搞起出版賣起書。但既然是和興趣結合起來，並大量生產，銷售書好聽地說是推廣純文學，最後廣義地說還不是為了生存嗎？書的生命在於能否到達讀者手中，否則堆在倉庫只是一本本廢紙。

話兒說回來，當貨倉堆滿出版的數百種書、自己的書也出了不少後，文友來訪，我們都會像金門開書店的老作家陳長慶一樣，遇熟人都送書。其他書最優惠價，我們自己寫的則送！是兩句我們最愛說的話。只有兩次很意外。一次是本港的好友想多看我們出的書，交來一千元，讓我們替他選書；一次是印尼的朋友要買所有我們出的劉以鬯的書和我的新書，我們不算他運費給辦理了。這樣的讀書人，是真正的讀書人，以買書支持你經營中的艱難事業。

文人賣書，如果是當成一番事業、一盤生意來做，實在沒有甚麼值得羞恥之處。一直覺得在文化出版行業做事的人，多多少少都得喜歡書、瞭解書，如果到書店尋覓一本書而不得，問店員而店員又一問三不知，那是很煞風景的事。我們有近十年每週到港九、新界的中小學展銷圖書，起得很早，都是親自搬書和擺書的，最初學校師生都不知道我們的身份；我穿普通的衣服勞作，和職員三人緊張地將好幾家出版的書擺滿六張乒乓波枱，才又換下工作服，穿上西裝打領呔，正襟危坐地為師生們簽名。我們也曾經在會展中心參加兩次書展，約三平米的攤位，儘管有十幾位作家輪番為讀者簽名，增加我們的聲勢，還是利潤不足以平衡昂貴的租金，還要倒貼。和學校的展銷完全不同。一些讀書風氣好的名校，幾十箱的書賣到剩下十幾箱，也是曾經有過，那是我們最開心的事。最難忘的是到長洲書展，靠船載書，上岸後還得上坡下坡用小車推到學校，老師們見我們辛苦，還派校工接應、協助，最感人的是為了報答我們的熱心，發動學生用「一人一書」方式，很快將大半箱子清空了。

文人賣書，都很低調，不會聲嘶力竭、花言巧語，名作家都有粉絲，非常固定，遠非你推銷誰就可以見功效。當年我們請劉先生到香港書展青少年館我們的攤位為讀者簽名助陣，他很謙虛地稱，他的讀者年齡偏大，恐怕效果不好，結果出乎意料，來買他的書的大多數是愛好文學的年輕人。如今他成了名家，幾本長篇都很受歡迎，電影也起了推波助瀾的作用，北京、廣州的粉絲都不惜來到香港，直接聯繫我們，直闖我們出版社，有的收集他的簽名本，有的搶購他書的初版本。我們有本他的《島與半島》，初版是在一九九三年，因為銷售得很慢，多年沒有再版，初版本還剩下若干本，因為沒有穿線，書頁脱落也殘黃了，有劉氏粉絲和新界小書店老闆都要，我們不好意思唱高調，只以比原來的書價還便宜的價格賣給他。完全不知道、也不屑於「炒書」。看來，不少人收購簽名本、初版本，真正的目的，在於以後待書炒熱後以高價出擊。也有一位讀高中的男生，真是典型的「劉粉」，將我們出版的劉先生的十五種書搜羅採購齊全，一時斷版的還到舊書店掏。

我們還有特別的賣書方式，讀者根據書上的聯絡電話打電話欲買一兩本書，我們會累積多了，一起從公司帶回家，還給讀者優惠價，約定在住宅附近的汽車總站或碼頭一手交錢、一手交書，這種交接方式，有點像地下工作者的「接頭」，事前務必各自將自己的穿着打扮描述清楚。相信其他出版社的老闆或書店從業員辦得到，非不為也，而是那裏有一套嚴格的規章制度束縛住行動，無法做出一些人性的靈活處理。有時是週末星期天，有時是傍晚上班族下班後，我也不顧自己是不是文人形象，短褲仔和舊T恤就下樓去了。

……久違了，文人賣書，今天地點真好，車子在公開大學新校的賽馬會樓前停下，萬沒想到這樓就在馬路邊。下車，不需要幾分鐘，就將箱子拉到了三樓演講廳外面的走廊。如果樓宇在校園深處，那麼沉重的皮箱，會拉得很吃力啊。也想不到學校的師生都待我們很友善，上午十點來到，下午兩點離場，書也賣了過半。原來文人賣書，並非異類，還得到一份尊重。

依依惜別老餐廳

香港的地道印尼餐風味終成絕響。烏燈黑火處，忍心揮手，回眸淚已成行。何時再糕呸烏加珍多冰，呇厘油畫前圍坐共賞、合影一張，低吟一曲最後一餐？終竟要黯然離去。

看到那張「光榮結業」的紅紙佈告，真不是滋味。儘管我們不認識餐廳的老闆，可是這半個世紀以來，我們夫婦不時喜歡在中午結伴而來，喜歡上這裏的「午市特價套餐」，還曾經在這裏宴請許多海內外的親戚朋友，既喜歡這裏的環境和裝修、更喜歡這裏安靜的氛圍，還熟悉了這兒端茶寫單的男女服務員。由於經常來的關係，自然而然產生了感情。而今驟然聽聞結業的新聞，情何以堪？

仍記得每一次事前與朋友的餐敘，內子總是習慣了提早訂位，餐廳以非常公正對待老顧客的服務態度，留下了最裏面的半環形位置，那裏的牆上有一幅峇厘少女舞蹈的油畫，上頭又有一盞古色古香的罩燈，散發出一種溫暖的黃色光輝，座位坐上四五個人剛剛好，餐敘的氛圍於是顯得非常溫馨，拍攝一張合影也會很好看。

這家印尼餐廳接近中午時分才開始營業，沒有早餐應客，只是供應午餐和晚餐。平時中午，忙完手頭的事，又吃厭了居家方圓幾十家餐廳食肆的美食，我們會懷念第二家鄉美食的味道，就會搭車到這一家來，「這一家」就是位於加連威老道末端、和漆咸道南路形成「丁」字形的「印尼餐廳」，那橫出空間的餐廳名稱招牌，很大，遠遠就可以看到。喜歡這餐廳中午推出的「簡易」兩人套餐，味美價廉，有ABC不同的選擇，菜肴碟子小小但可口，幾串沙嗲、一對炸粟米餅、一碗咖喱雞或牛肉、炒空心菜，都足與讓你胃口大開，吃多一碟飯。最妙的還是配備一杯珍多冰，這樣的飲料，有的印尼餐廳可要賣四五十元一杯。

年三十即將在加連威老道落幕的老餐廳，最難忘的除了其菜式外，無非是一起吃過飯的親戚朋友，在回憶中會一一迎面向我們走來，有的已經故去，有的已經移居他邦。除了從印尼來到親友，不稀罕天天吃慣了印尼菜肴之外，那些離開印尼第二故鄉的歸僑朋友，便是我們經常邀約的最佳對象。餐廳製作的印尼菜肴非常地道，正可以消解長期離鄉背井、很少有機會回到印尼的親友的濃重鄉愁。當然，也有香港朋友和其他國家的來客，我們都會邀請他們在此一起午餐或晚餐。

這家餐廳菜做得地道正宗，最妙的是還配合了相當嚴格而風格突出的裝飾：喜歡那精緻迷你的對坐卡位，非常科學的設計，一點兒都不浪費，卡座靠牆邊，一列排開，中間就是幾排方枱，可以合併成長列；再看看右邊，就是那種半月形的半包廂式的座位了。記得傳記電影《劉以鬯：1918》在九龍百老匯舉行首映禮，看完電影那晚（二零一六年一月二十三日）劉以鬯夫婦和一群有關的拍攝朋友就到這裏慶賀，那晚還是瑞芬訂的位，劉太請的客。當時大家就坐在中間一列長枱，由幾張長枱拼接而成，大家都吃得很盡興。

這家印尼餐廳設計得很有南洋風味，峇厘少女舞蹈油畫、印尼典型的鄉村風光油畫，以及以竹子為主調的設計，如今在印尼雅加達的一般印尼餐廳已經很少見了，除非是大氣派的高檔酒店印尼餐廳。很欣賞既然美食講究，裝修也就不馬虎。在此吃上一餐，猶如置身于印尼，都足與減輕那種剪不斷、理還亂的故鄉思念。

再說那些餐廳服務員，無論男女，都穿上清一色的花紋強烈鮮明的印尼峇迪長袖上衣，在印尼那是當「國服」看待的；這兒，端菜盛飯，禮節做足。餐廳經營了四十九年，這兒的服務員，不少一做就是幾十年，其身份不是香港的印尼歸僑，就是從印尼那裏請過來，也有少數香港的本土男女後生。當然，最好的是曾經在僑居地住過，諳熟及能操印尼語，對白起來鄉味十足，顧客點起菜來，記錄得準確無誤。

當然，一家老字號的結業，令人最懷念的還是其獨家製作的美食，暫時或永遠地成為了絕響。廚藝，廚藝，可見美食也是一門藝術，至少也是一門技藝。獨家的製作，很難再一模一樣的複製，哪怕不同師傅的手藝，也是有獨家傳承的秘笈，各擅勝場。許多朋友都說，這一家印尼菜肴的精美和正宗，在港九有口皆碑，恐怕很難找到第二家，連香港人也習慣了這異國風味。否則不會如此地令人惋惜。招牌菜肴排在前幾位的是沙嗲（串燒），有人為求快，放到焗爐焗到半熟才炭燒，這一家則堅持全部炭上燒烤，而且醃汁講究，由茴香、黃薑、胡椒、甜醬油等醃制，厲害的食家一咬即知是否古老正宗。甚至那醬料也不用成品，堅持自家製造，碾碎的熟花生加上蒜蓉、紅蔥、蝦膏等，乃沙嗲不可或缺的蘸醬。其次是香港人非常受落的巴東牛肉，製作程序複雜，賣相黑不隆冬的不怎麼好看，然咬上一口才驚喜其肉質非常軟酥、香味四溢，滿嘴濃香，欲罷不能。至於比較昂貴的咖喱魚頭，限量供應，也是物有所值的，肥美的石斑，浸在咖喱汁裏，其美味足於再添多一碗飯；還有就是不能不提到、歷史悠久的「加多加多」了，這是印尼式的沙律，由青瓜、炸豆腐、豆芽、空心菜、馬鈴薯、雞蛋等雜拌成一碟，上面撒滿花生醬，再撒上炸紅蔥絲和一些炸蝦片，在印尼，原住民有時還要求多加些飯團，權當一餐午餐了。當然，這兒還供應酸辣魚、豆腐蛋、炸粟餅、梭多湯（牛尾湯）等菜肴，都是非常下飯的美食，頗受歡迎。印尼菜講究香料的配搭，多用椰漿、紅糖、蔥頭、花生、辣椒等食材和香料，比諸東南亞他國，口味較重，大抵只有泰菜可以爭一日之長短，不過，每一個國家的食譜都各有自己的風格，那也是很難比較的。

一家近乎半個世紀之久營業的老字號印尼餐廳即將消失，承載了不知多少食客的共同美好記憶。正如一個知名人物的揮手作別，那已經不是他一個人或他的家庭的私事。名人做的事業有相當影響力，餐廳的老品牌記載在無數顧客的味蕾記憶中。想來餐廳兩位老闆一定無奈和不捨，到底半個世紀的堅守是需要毅力的，在香港的美食歷史中一定會記上重要的一筆，有關從業員為推廣印尼菜肴和各國美食交流做出了有益的貢獻。

香港的地道印尼餐風味終成絕響。烏燈黑火處，忍心揮手，回眸淚已成行。何時再糕呸烏加珍多冰，呇厘油畫前圍坐共賞、合影一張，低吟一曲最後一餐？終竟要黯然離去。

希望覓得好地段，捲土重來。

相遇奪獎家族

十幾年前寫過一個短篇《奪獎家族》，內容講述全家大小經常奪獎的故事，想不到現實生活中，這絕對不是幻想，可見我們寫作人，其實沒啥了不起，只不過比一般人多了一點預見性而已，觀點和構思也比現實生活前衛一些罷了。

當我和瑞芬從子康房間出來，看到他滿玻璃櫥都是獎盃獎座時，簡直目瞪口呆；讀小六的子康小小年紀，已經知道謙虛為何物，馬上把我們引進到他讀中三的姐姐昕悅的房間，天啊！竟然更多！玻璃櫃兩橫列也都是獎座獎盃，在櫃燈的照射下閃閃發亮；下列光線雖然較暗，但獎盃更大，子康取最重的給我試拿在手上掂重，媽呀！有點像輕磅級啞鈴！

小小年紀，兄妹在朗誦、跑步、拉手提琴比賽中都有所表現，但如何「扛」得起那麼多、那麼重的獎盃？我無法不讚了，我從昕悅房間走到客廳，找子康的父母學鈞、泳宇，沒見到，就對校友、學兄張正龍說，太棒了，你們一對孫子孫女太棒了，拿到的獎盃比我出的書一百四十幾種還多！太厲害了！一會，孩子的父母出來了，詠宇美麗依然，學鈞帥氣懾人，有其父、我們的學兄、大帥哥張正龍之風。詠宇也誇瑞芬說，歲月也沒有留下任何痕跡在瑞芬臉上！瑞芬笑呵呵，說，真的啊？一會，學鈞出現了，正龍嫂夫人玉貞也從房間出來，她多月前跌了一跤，傷到了腰部，靜養多時，深居簡出，但氣色、精神都顯得特別好！再過不久，學空手道的女兒昕悅也回來了，哇！與二零一二年我們見到的三年級小女生，六年功夫而已，已經成了一位亭亭玉立的少女了。問她，還記得我們嗎？她點點頭道，記得！泳宇說，東濤叔叔、瑞芬阿姨帶來三本書給你們喔！（《老爸的神秘地下室》《童年》《父親•母親》），坐下聊家常，我們帶開玩笑地問泳宇，有給孩子壓力嗎？她說，沒有啊，是他們總是感到自己不夠好，所以很是努力。忽然我內心失笑了，一個十四、十五歲，一個十一、十二歲的小姐弟，家長假如太過迫切地望子成龍成鳳，即使使出強大的壓力，獎盃反而不可能奪取那麼多！三五個獎盃還可以，各取百來次就不大可能，壓力愈大，反彈（反抗）力愈強，孩子階段雖然是可塑期，但更重要的是孩子的童年時期最短，也最珍貴，讓他們過得自由快活一些才是上策。

時光在剎那間倒流，記得六年前的二零一二年，我寫過一篇《龍的一家人》，那時我們到他們在九龍塘的舊家，就喜歡和泳宇學鈞交流「育兒經」。他們六年來，就將孩子栽培得那麼優秀，實在值得點讚和嘉獎。學鈞至少該獲頒「最佳父親獎」，泳宇平時是國際芳療師，還要相夫教子，侍奉公婆，該獲頒「最佳媽咪獎」「最佳妻子獎」和「最佳媳婦獎」——如今華人世界裏，大家庭漸漸解體，小家庭如雨後春筍，他們兩代卻婆媳同住，婆婆也必定要好，正龍嫂夫人玉貞心底善良，善解人意，獲頒「最佳婆婆」、「最佳夫人」實至名歸，而大龍頭張正龍，在家庭多年來協助照顧一對孫兒，接送他們學藝風雨無阻，「最佳爺爺」「最佳先生」「最佳父親」……肯定是全家認可的，在校友會、社團裏還是熱心可嘉的慈善、公益人士。他歷任監事長、常務副會長，對校友會的會務非常盡職。大家庭其樂融融，如果參加最佳大家庭評比，肯定又奪得多一個大獎「十大美滿大家庭獎」榜首。

歲月有情，友誼見證。華僑大學校友無數，校友會裏有不少善長人翁。正龍學兄與我熟悉，乃他愛讀書的緣故，愛讀促使他對寫作人有一份難得的尊重。每次送給他的書都物有所值。他都讀完，還會打電話鼓勵我一番。報紙有我小文，他都會在微信裏送大拇指表情給我點讚。在香港商業氣息這樣濃厚的城市，他猶保持這樣好的讀書習慣，真是我們這一代人的楷模。最難得的是，我出版印華文學評論集、搞新書發佈會，都得到他慷慨解囊資助。對於我們這樣在冷漠城市的書生來説，實在是雪中送炭，感謝感恩不已啊。我的《幸運公事包》和黃梅麟的《我的大玩具》兩本新書的發佈會，他作為華大香港校友會代表發言，盡職而熱心。

這樣的模範好龍頭如何不影響下一代？我們觀察過許多家庭，兒女不孝，待人不好，人情味冷漠，研究一番，順藤摸瓜，最後摸到一顆大爛瓜，原來問題就出在一個歪上樑！看看這一家個個那樣爭氣！那樣精神煥發！都是在發放大大的正能量！如果我們社會的家庭都是那樣幸福美滿，地球上早就提早進入大同世界了。

這一次來張府，乃是他們從九龍塘搬來的何文田新居。正龍學長笑呵呵地開玩笑，他説，東濤啊，你寫《小站》，我這是第八站了。不斷換屋，越搬越大越高檔，正是做人成功的標誌。過去讀過一種心靈雞湯，有曰「屋不必大，夠住就好」，哈哈，這不是阿Q精神，就是偽善的苦行僧哲學了，試問，你有條件的話，是否會滿足於住在只能安放一張牀面積的居屋？他們帶我們在兩千英尺面積的新居，從兩個主人房、兩間孩子房到洗手間走了一遍，真是夠氣派夠寬敞，客廳的大盆蘭花，也夠巨型，紫色蘭花開得正豔，猶如數百隻蝴蝶正在騰空飛舞，為主人家今年的新春增添色彩和喜氣。詠宇的屋宇整套設計，典雅舒適，富有藝術氛圍，無法不讚美。我們坐在飯枱談興很濃，我和泳宇聊，瑞芬在向學鈞學手機功能，正龍兄去接一對夫妻朋友，一會有一家人來拜年就在沙發那裏由學鈞接待。張家一時之間熱鬧得要沸騰起來了。他們的好客之道，可見一斑。

忽然想到了我們既然拍攝了那麼多的獎盃，怎可以不拍攝獎盃的主人？於是泳宇請兒女出來，讓我拍，最後是我們這一對視大家的孩子都是我們的兒女（從事兒童文學創作的人都有這樣的心態）的龍鳳胎與他們合照。似乎冥冥中自有安排似的，後來翻找舊照片，發現六年前的二零一二年，差不多以同樣的位置和甫士，我們也拍過了一次。這樣的舊照片，我們差點也忘記了啊！

今晚的菜肴很豐富；老火湯、雞、豬、牛、魚、蝦、薯餅、蔬菜等樣樣齊全，臨走前，我們和兩位印尼家庭幫傭道別，也謝謝他們的手藝。更感謝龍的一家晚宴的熱情款待，令我們過了一個愉快的夜晚。

龍鳳胎的澳門流水帳

做澳門李鵬翥文學獎的評審已經是第二屆，非常感謝澳門筆會湯梅笑理事長的看重和信任，還邀請我們到澳門參加一月二十五日晚的頒獎禮。梅笑很早就通知我們，因此時間上我們好安排。最怕的是通知得太急迫，我們的日程都是安排好一周到十天的。除非太重要，否則很難再調整。

澳門來了很多次，從未曾感到厭倦。

頒獎禮是一月二十五日晚舉行，我們提早在二十四日來，乘上午十點半的噴射船，在尖沙咀的中港城港澳碼頭上船，一個小時就到了。本來各大酒店都派車到碼頭接客，半個小時或一個小時一趟，你出碼頭找到他們泊車的地方就可以了，也有比較小的酒店，大致四家酒店的客一起接，按照路線送你到酒店。但這家京都酒店，我們幾乎等了一個小時沒見影蹤，聽其他司機説很大可能是開走了。我們只好乘的士，原來酒店不太遠，車資只三十幾元就到了。

澳門過去是葡萄牙管治，不少老建築、老酒店，規模都不大，我們多次住過的皇都酒店就屬於老式建築，這一家京都酒店也是老建築，沒想到就在南灣大馬路，夾在中國銀行與舊法院之間，門口車來車往，非常熱鬧。瑞芬問了酒店服務員，證實了，酒店真是有車，但我們到碼頭時，時間過了，開走了。車確是屬於幾家共用的。

所訂房間很大，兩個牀。太陽光從窗口照射進來，一房都很暖和。一個整理房間的阿嬸態度很好，關心地問我們需要甚麼幫忙。

這時候已經是午後，饑腸咕嚕大響，突然看到房間的餐牌，優惠住客，瑞芬打電話叫了一碟星洲炒米粉，一碗牛肉湯麵，兩份例湯，才一百一十元。份量非常足夠，東西也做得非常好，龍鳳胎一起大力進攻，橫掃清光。

晚上澳門筆會理事長湯梅笑約了我們七點在大堂等她，她將請我們晚餐。

我們將在這酒店住兩晚，每天只是供應兩小瓶水，而到任何地方，水是最重要的，眼看下午還有好幾個鐘頭的時間，我們迅速下樓，到附近走走看看，順道買水。走出酒店，哇，街上鬧哄哄的，人潮像一波一波的大浪，奔來又退去，有人舉着三角小彩旗，後面跟着大隊人馬，哦，才發現原來是大陸旅行團帶來的遊客，他們與澳門本土的小市民擦身而過或穿插行過，將那些僻靜的小巷也驟然弄得人聲鼎沸起來。

我們好喜歡澳門無數的小巷，哪怕是偏僻的陋巷，也跟日本的小鄉鎮一樣，整潔乾淨得紙屑未見，纖塵未染。有時還見巷內幾棵樹，三五木質長排椅，一二中年人翹腳看手機，顯示賭城繁忙氣氛下偷出來的悠閒情調。我也請瑞芬坐在一排長椅上，替她拍攝了幾張忙裏偷閒照。

初來乍到，一切新鮮，一切好看。隨便轉一個灣，就看到整條馬路彩燈高掛，處處顯示出一種春節喜洋洋的氛圍，也有一種令人感覺到的殘年急景的緊張。我一路有感覺，一路有構思，幻想和假設着我那鳳胎如果站在前面那個位置，拍起來會好看嗎？可惜馬路人來人往，無法取得乾淨無人的背景，不可能拍攝太多。最滿意的是突然看到人行道上一幅紅黑色廣告，馬上引起我注意，覺得瑞芬今天身上穿的衣服色彩和它很相稱，於是讓瑞芬站在廣告前的適當位置，拍攝了幾張，果然有不俗的效果。我知道那是鑽石，事後經博友告知，紅色的是玫瑰花瓣。

遠遠就看到議事廳外人頭湧湧，半空中張燈節彩，廣場中央建起了色彩強烈的花圃，顯得有點俗氣，和周圍建築物的淡黃、粉紅外牆太不合諧，遂沒在那裏拍照，倒見一座人進人出的大廈，有許多人在拍照，也有職工在裝飾，一時好奇心大起，也湊熱鬧走進去，我一發現好背景都會請鳳胎在我指定的地方給我站好，拍攝幾張。這大廈很奇特，有洗手間，有拱門，階梯，一路走進，才發現裏面果然大有乾坤，一個迎春大花圃就在上面，拍照的人很多，我們好不容易請一個遊客給我們按了幾張雙胞胎的合照，既然一起出來，就得有雙人照，不然太沒意思。這些年來，朋友看到我們每次出遊似乎都有滿滿的收穫，以為我們是識途老馬，都希望與我們結伴同遊，認為我們很會尋幽探秘，殊不知我們是大路盲，事事好奇，物物有趣，不好玩的也會玩得盡興，容易滿足。如果她知道我們一張照片可以反復拍，同一個背景不斷地拍，一直拍到比較滿意為止，從不感到厭倦，與我們同遊？一定是受不了吧？

走出來，才知道這大廈就是過去的市政署，開放給小市民和遊客參觀遊覽。天色漸暗，華燈初上，該是打回頭的時候了，瑞芬在咀香園買了四盒杏仁餅，一盒給兒子一家，一盒給親家，一盒給女兒一家，一盒留給我們自己。我們在一家藥店買了三瓶礦泉水。歸途，正遇到下班人流，行人腳步匆匆，猶如潮水，更加洶湧。

我們在酒店休息了一會，近七點就下到酒店等湯梅笑。三十多年的老朋友見面如故，瑞芬和她相擁。天津的甘以雯老師，原先是天津百花出版社《散文》的編輯，這一次是作為散文組的評審受邀來到的，也是見面多次的老朋友了。

梅笑資格很老，三十幾年前我因為毛遂自薦而認識，她那時在《澳門日報》當副刊主任，我的小品和長篇小説就交給她和廖子馨，常常獲得刊登，幾乎可以説，《澳門日報》就是我長篇的「發源地」。多少人可以來往那麼長時間？三十幾年雖然忙碌時少了聯繫，但內心都有彼此，一直保持到現在。

餐廳不遠，走路就到了，那是一家叫「公雞」的葡國餐廳，開在一條有點冷僻的小巷裏。但別看周圍沒有其他商店和餐廳，裏面食客基本上也坐滿了。我想這真合了那句「好酒不怕巷子深」的俗語吧！（2019年1月24日）

第二天白天的計劃，我們想到新區新濠天地走走逛逛，以前我們陪親友來，總是在那一區走走。著名的、豪華的威尼斯人酒店就在那一帶。以前我們總是在那裏觀看大型現代舞劇《水舞間》，還到那裏的食街大快朵頤，印象比較深。我們問了酒店櫃檯，這兒酒店比較小，車要等很久，可以到斜對面的英皇酒店等車，那裏有直接開到新濠天地的，終於順利抵達，不過，多時沒來，以前大堂的美人魚銀幕表演沒有了，水舞間的表演也結束了，大眾化的食街也取消了，走了好幾遍都找不到。不過，安靜的二樓，我們發現設計得處處是藝術，令一對龍鳳胎的攝影細胞全部被強烈地喚醒，景一取，人一擺，都是不錯的視角，或成了絕妙的構圖，哈哈，龍胎將鳳胎像待他私家模特兒一樣擺佈，鳳胎為了多一點靚相，也樂意乖乖地受擺佈。真是一個願意拍攝，一個願意被拍攝，天作之合也。如果和不愛拍攝的人同行，一定很煞彼此的風景吧。

像是一次「藝術拍攝」之旅，不覺到了將近兩點了，我們倒回走，哈哈，看到了以前我們和印尼泗水文友開森苑華夫婦一起吃日本拉麵的地方，我的媽呀，麵好吃，只是那湯，鹹得不得了，本來龍鳳胎是著名的「湯桶」，也得投降，喚了服務生給我們拿來一大碗滾水，全部倒下去，還是很鹹，想到如果有小魚排隊游進湯裏，一定馬上就變成鹹魚，可以曬乾裝罐，出售佐粥了。不明白日本人飲這樣鹹的湯為甚麼還那麼健康長壽？也許早就適應了，體內滋長了一種「抗鹹素」吧！

歸途，依然乘接駁的車，到搭車的地點下車，走到廣場，天氣真好，藍天白雲，少不免又為鳳胎拍拍照。不過在太強烈的陽光下拍照。臉都發白，效果未必很好。路上看到「澳門廣場」，想到水快喝光了，還有兩天哩，一定不夠，我們進去直上三樓的超市買礦泉水。鳳胎還買了幾粒奇異果。商場有東西南北幾個進出口，出來時，龍鳳胎的「方向盲症」一起發作，天有意捉弄，讓他們從離酒店最遠的一個出口出來，結果繞了一個大圈，才回到酒店。

「我剛才就懷疑走錯了。」鳳胎說。

「哈哈，為甚麼不早說？乖乖地一直跟着我走錯。」龍胎說。

回到酒店休息一會，整理今晚要送出的書，做好心中有數；接着西裝筆挺，打好領帶，全副武裝，未到六點半，大約六點十五分，就到了會場。穿得整齊，準時、不遲到，都是對對對方的尊重，倒非為了自己的體面而已。

會場就在酒店的二樓。帶來的書有十來本，包括龍鳳胎合着的《致敬大師劉以鬯》、我的散文集《幸運公事包》，以及剛剛第十一版不久的《童年》（這二十四年前出版的四十八人合集，其中至少有七人已經去世。裏面也收了湯梅笑和《澳門日報》副老總廖子馨的作品），很早就看到了澳門筆會會長李觀鼎、理事長湯梅笑在會場忙着做準備工作，我們趨前握手打招呼。最沒想到的的是同枱一位老師的座牌寫着「吳淑鈿」引起了我的萬分驚喜！二十八年前（一九九零年）我參賽的散文《山魂》獲得香港中文文學創作獎散文組冠軍（將軍港幣一萬元，當時是不算小了），任評判的共五人，其中一位就是吳淑鈿老師啊。我走上前和她握手，自我介紹後，又說：「吳老師，您資格很老，二十八年前就做了我散文作品的評審，您的評語我還保留，謝謝您。」她客氣了一番，「哪裏，我年紀比較大而已。」真是人生何處不相逢，叫我如何不激動、不感恩？我讓瑞芬給我們拍攝了一張照片留念。我們還遇到了廖子馨、周桐（陳豔華）、李展鵬、許均銓等等文友。筵席開了十幾桌，氣氛和諧團結。接着是頒獎禮開始。

會長李觀鼎致辭，表達和內容充滿了文采、文學智慧和情趣，讓人聽出耳油，非常受落，他為「李鵬翥文學獎」作了詳盡解讀，李鵬翥先生生前在《澳門日報》任總編輯，我們曾經有幾面之緣。李會長指出，李鵬翥為澳門筆會的創辦人之一，一生為振興澳門文學作出貢獻，紀念李鵬翥文學獎的設立旨為繼續弘揚其遺志，鼓勵更多澳門作家寫作和發表作品，且進入澳門筆會讓澳門文學薪火相傳，發光發熱。他還介紹說，李鵬翥是藝術的「多面手」，雅好音樂、繪事，諳悉篆刻、書法，能作舊詩、新詩，尤善評論、隨筆，「雜」而為「家」，顯見其豐贍深厚。同時，其廣泛地與海內外作家、藝術家交流，虛心向他們學習，認真與他們切磋；對青年寫作人而言，其也是促膝談心的前輩，尊重傳統又關注新潮，且帶動了澳門文學在精神家園推陳出新。

頒獎禮分散文組、新詩組和小說組。我被邀請為小說組優秀獎的參賽者頒了獎狀，一起合照。晚宴一直到近十一時才結束。小說組梁淑琪的《也許這是最後一場戀愛》寫得真好，和兩位作者一起得到一等獎，實至名歸，記得我第一次做澳門文學獎的小說評審時，她也奪冠，作品不錯的話題目叫《等》。優秀的作者就是那樣，水平擺在那裏，無法不叫人嘆服。

見到澳門筆會發展得那麼好，開心、感慨不已啊。（二零一九年一月二十五日）

二十六號依然慢節奏，感受一下出遊的充分休息。餐廳就在酒店大堂的一側，面對大馬路，也接受一般顧客的三餐，價格適中，不是自助餐，有張菜單供我們點選。還不錯。習慣上龍鳳胎都是點兩樣，然後各分一半嘗嘗，至此，真正體驗到「分享」一詞的真正美妙的含義。龍鳳胎一起出動原來就有這等好處和特權。

出門時已經是十一點左右，我們在酒店門口等的士，準備到澳門的地標大三巴去，鬧了一場笑話，幸好司機好心也頗老實，不然就要一路撒錢了。話說有輛的士停在我們面前，一位年輕母親帶着一對子女從車廂出來，我們就上車，鳳胎一說「去大三巴」，司機啞然失笑，道，喏！她們也是去大三巴的！就在這裏停車！啊？我們一聽，萬分愕然！轉不過彎來的腦筋只好馬上也急轉彎了，馬上問他大三巴在甚麼方向？他指了指，還說從議事廳走去就很近了。哈哈，原來大三巴近在眼前！拍攝技術算是有點兒小聰明的龍鳳胎，此時此刻，不愧成了值得頒發「大路盲一等獎」的一對「鈍胎」了。幸虧，一路上忘了鬧出的笑話，馬上被馬路上洶湧的人潮所震驚。原來今天是星期六，外地遊客特別多，看來大部分是中國遊客吧！剛才從的士下車的一家人，也在找大三巴，不過一下子就失去了影蹤。在議事廳外廣場上，人來人往，春節的氣氛早就濃得化不開了，可惜中心的裝飾紅得太俗氣，半空中的小燈籠則還有一點美感，只是人多，好難拍一張理想的照片。我在報攤買了一張明信片，瑞芬一路問保安，他們指指方向，原來的士司機說的不錯，大三巴不遠，慢慢走路就到了。不過，想不到那裏也人山人海，從小巷的人潮看上去，大三巴也是可怕的人流，地標的威力也就在此，哪怕你剩下一堵殘牆都會有趨之若鶩的效應；正如新潮破爛的牛仔褲，越爛越名貴，名牌出品更加不得了。

我們在最好的角度互相拍攝，也大膽地請當地人或遊客給我們倆合拍，效果都還可以，我們將前一張的構圖模式給他看，拍出來的就不大離譜。我們慢慢走回來，在酒店大堂隔壁餐廳瑞芬買了一份三文治，我們就開始坐在酒店大堂等酒店巡迴的車到碼頭了。

大約兩點多，車來了。

再見了，澳門。

在回程船上不斷回想，也許你看了龍鳳胎的流水帳不覺得我們的澳門行有甚麼好玩，有甚麼特別精彩之處，但對龍鳳胎來說，常常將人家覺得不好玩的玩得很好，也就是出遊的快樂了，秘笈也就是那八個字了：事事好奇，物物有趣！不要太計較是否物有所值！

澳門行，大休息，大拍照、大走動、大相逢，大大的好！

清遠山中一日

每年春季三月，鶯飛草長、百花盛開時節，都要跟隨校友們到廣東小鎮古城作兩三日短遊，最喜其行程節奏有意放慢，適合調節我們在繁華大都會過於緊張的步伐，讓輕鬆的身心放飛在青山綠水間。

這番目的地是廣東西北部清遠市和其管轄的陽山縣。

從來沒來過清遠，來後才知屬於山區，盛產清遠雞，幾乎餐餐有雞，有時還端出兩大盤不同製作法的，如白斬雞、鼓油雞之類，當然最出名的還是雞鳴寺的玻璃橋。有人說因為清遠地處山區，窮則思變，清遠人才想出在旅遊業方面出奇制勝。不知對還是不對？首晚安排

團友所住宿的酒店，竟大至七百平方尺，有客廳、有廚房，大得夠嚇人。不過，最讓我們深有感觸的還是次日到清遠市管轄的陽山縣「廣東第一高峰」溫泉度假村住上一日。

陽山處於山區，第一高峰的石坑崆，大約是一千九百米上下，最低的五十幾米，落差很大。我們所前往和留宿的，是稱架瑤族鄉南嶺自然保護區，被國家列為4A景區。初來乍到，最初還不知道陽山這溫泉度假村的精彩和美妙，中午抵達，到了下午，慢慢感覺到一種摻雜和融合了春季的生機勃勃和秋季的舒適涼爽氤氳在半空中，空氣顯得雨後般的清新，為了中和和點綴滿眼過多的綠，許多樹梢、樹枝上，都掛滿了一串串精緻的紅色小燈籠，避免了過多綠色的審美疲勞。住宿地前的小水池上搭建了彎彎曲曲的長長木條小踏板，水池裏，無數金鯉魚正在游戈爭食，樹影在另一邊水池裏映出黑色剪紙；空地上設噴水圓臺，有白色精雕的鯉魚張大口在噴水，許多夫婦坐在圓臺的石頭上拍照。到此一遊留影之後，就慢慢地在度假村內散步了。

四點多光景，春雨稍歇，山谷裏的空氣清新如洗，抬頭望，度假村被高山環抱，可見我們駐足之地，並非最高峰，但最高峰其實沒甚麼好，視野上最多是「一覽眾山小」，身處山麓略高之處，涼熱適宜，少了撐傘的羈絆，可以空出手來牽牽老伴。我們出遊的校友年紀都偏大，黃昏時分散步，相扶相牽，到處可見雙雙對對。山中一夕間突然來了近百人，構成了度假村的一道新景觀。幸虧，我們大部分校友的人生都已經從絢爛歸於平靜，沒有人喧嘩、發出噪音，整個山谷還是非常寧靜，只聽得見遠處流水嘩嘩大響，備顯得大山谷的寧靜和寂寞。

有山有水，有水又有橋，當符合度假勝地的自然條件，這就是平時我們所說的「小橋流水人家」，然而「小橋流水」這唐詩宋詞的標識，從江南的烏鎮走到北粵的陽山，山水不同，橋也就各有特色，各擅勝場，不能比較。度假村的橋欄杆橋墩都為石頭，遠遠看去，橋下的橋墩很像巨大的彈弓，一個丫字頂住一條長長彎彎的石條。橋就架在山谷的幽深處，山上流下的水，遇到水下的阻擋物，發出沙沙的巨大響聲，激起的白色浪花也猛烈地四濺着，有種小壯觀。流水的齊聲嘩嘩喧嚷，反襯了山谷的幽靜。走在橋上，雖然已經是春季了，水上的寒氣沖上來，依然叫人有不勝的涼意。大家忽然感到風景真的很美，在橋上紛紛拍起照來。

在一個驚豔緊接過一個驚豔的歡喜中，忽然發現安靜無聲的山谷一端空地，依山之處，有一建築，寫着某某溫泉屋，樣式建得古樸簡約，全是木構造，一時看得呆了。三五溫泉客從裏面浸浴完畢走出來，凝視中，猶如着袈裟的和尚出寺，畢竟這特殊的寂靜地，容易浮現太多塵世外的幻覺。到了出來者駕着賓士走，思維遭到致命一擊。再看空地上清淨無一屋，唯有中央有株枯木，看似快老朽了，正在用木頭支撐挽救中。當然，最喜歡的還是那溫泉長屋，單一的木色，背後就是綠綠山谷。風格猶如東洋而勝似東洋，屬於從絢爛歸於平靜那種，惹人好感。

過了水聲嘩嘩的小橋，往高處走，沒想到河邊建了一條小石子路，太美了。仔細看，鵝卵石鋪就成的小徑，石子鋪得好整齊，欄杆雕花，石子白淨如洗，一望就喜歡，一種「踏上去一定很浪漫、很有情調」的念頭油然而生，我牽着她（老伴）的手走上去，讓在散步的團友給我們用手機按了好幾張，果然好看。

正是春味漸漸濃，天色未暗，到處顯得生氣勃勃，各種顏色的花兒爭豔鬥妍地開得正熱烈，慢慢向山上小徑走去，發現隔不遠在路旁都建有四周被藤蔓纏住的小亭，供人走累了稍坐小憩，實在是非常人性的設計。

由於怕天黑路不好走，我們還是趁早走回頭路，慢慢兒走，沒有了旅行團趕鴨子式的緊張和壓力，感覺上無比輕鬆和歡快。山谷裏的黃昏看不到夕陽西沉，只是覺得很是涼快，再度經過那座橋時駐足欣賞河石上的激流，遙望暮色四起的遠山，聯想到塵世人為生活的謀取而步伐匆匆，感到厭倦後一定滋生逃遁到深山老林的念頭，如果人人都抱着這樣的歸隱思想，山中總有一日也會有人滿之患。因此我又想，大部分人最後還是必須練就「入俗世」而

「活得不俗」的本事，那才是正途。據說西北粵的清遠、陽山都屬於貧窮的山區，那麼他們在歷史很久的雞鳴寺建造玻璃橋，其實是不太和諧的，原來為的是增加經濟的收入吧。

夜晚觀看瑤族的「篝火會」。地點就在酒店附近，場地很小，呈圓形。觀眾基本上就是我們這百人團團員。六位瑤族姑娘穿着瑤族民族服裝，先後跳了七八種不同的舞，還和遊客打成一片，非常風趣地將瑤族的婚俗禮儀演繹一番，場內笑聲不斷。當然，這樣的陣容只是聊備一格，可能山區太窮，遊客不多，始終無法再添加幾個演員了，也許她們都是兼職的吧。

次日，大家早起，小橋流水間，都是年紀稍大的團友在牽手散步、拍照，十時許我們就起程趕回深圳灣了。

清遠山中一日，純粹是度假性質、讓您放鬆身心，不屬於密集景點式的旅遊，團友們也不斤斤計較於多少旅費就該有多少景點，最重要的是換換環境開開心，嘉獎我們的終年辛勞，綠化一次心靈吧。

做客鵬城人家

廣東星羅棋佈着許多小鎮古村，淳樸精緻古典，值得一走。這一次，若不是阿梅廣交四方面子大，盧先生夫人熱情邀約到鵬城小住一夜，我們都還不知道距深圳僅三十五公里、車程約四十分鐘的、位於大鵬半島的大鵬所城，如此美麗，如此驚豔，居然還是深圳的前身。原來，深圳舊稱鵬城。

也許天氣太熱，暑假將盡，餘興早就大減，週末遊客未見得太多。最喜海風陣陣，視野開闊，繁華大都會的喧囂和世俗氣一消而去。住進五星級的海舍假日酒店，設備齊全，交足功課，單是睡房外的那個洋台，就將一望無盡的海色全都集聚攏來，美不勝收。

夕陽西下，漫步沙灘，海風如一只巨人大手將渾身按摩得舒爽涼透，身上悶積竟日的暑氣一點點蒸發開去。遠遠看到海邊沙灘一側立着一棟正方形的三層龐然大廈，頂上一排「鵬城人家海鮮酒家」八個紅色大字赫然映入眼簾，同行的盧先生和阿梅異口同聲地說，這酒家差不多是這兒的餐飲業地標了，也是一抹不容易書寫成功的奇跡。我口中情不自禁地多次念叨那八個字的酒家名稱，只是覺得多了甚麼又少了甚麼？原來名稱裏出現兩個「家」字，似乎有點累贅。心想刪減一個家字又如何？改成「坊」，即「鵬城人家海鮮坊」。不過這個看法我不敢冒然提出，畢竟人家在這兒打拼十五年，生意早就紅火，做得風生水起，可見酒家名字起得也沒有甚麼不對。

遠遠就看到練老闆的背影在酒家裏外忙碌，身上的衣裙雖然不是太時髦，親力親為的姿態是一種美，決不是預演或做作給誰看，偶然的發現很是惹起我們的好感。為了表示我們的敬意，我帶了幾本書給她，我們夫婦與她也合影拍了照留念。

當晚練老闆熱情地為我們洗塵擺宴表示歡迎。二樓的窗外是夜幕下的大鵬海灣，帶熱氣的夜風微微拂送過來；室內絲絲冷氣使高溫漸降，主人家卻是熱情如火。熱辣辣新鮮出爐的老婆餅和多種迷你精緻甜點乃「本酒家出品」，切塊排着隊陣上臺侍客，更有鬆軟酥脆醃蘿蔔作為序曲走進肚腹啟開大家的胃口大門。練老闆雖屬職業女性，但不失小鎮和農村純樸本性，陪我們晚餐，不斷舉杯歡迎大家，也不時離座為酒家百務忙碌開去，看她凡事躬親，忙得一頭煙，一個女性獨撐酒家一片天下，扮演美食戰場一員女大將的角色，不禁大為欽佩。酒家開張於二零零三年，迄今已十五年光景。從小小規模做到能容納八百賓客、屬下員工多達一百零八人的大酒家，十五年歲月真不尋常！外柔內剛的練老闆一臉笑容，看不到累的留痕，細膩的眼睛書寫的大半是快樂和自豪。正如在座的盧先生夫婦，一直堅守在深圳工商業戰線，見證了深圳三十八年的風雲際會，談吐間無不洋溢着深圳人的自豪感。

以為大鵬不過是一處海濱小鎮，無甚文化和歷史底蘊；次晨一早就劃上這次渡假的句號。原來好戲還在後頭，盧先生自薦做導遊，説還有重要節目，早餐後就帶我們遊覽大鵬所城。練老闆早餐也來視察屬下服務員招呼得好不好，還跟我們講述所城賴恩爵將軍和瀨粉的傳説故事。

盧先生帶路，從較場尾海濱路的大酒家出發，只是百來米遠，就到了鵬城社區，原來在此還有一家鵬城酒家的小分店，真不容易。所城雖是小鎮格局，但已經有六百多年的歷史，一色的灰瓦飛簷建築，很有嶺南古鎮風情和味道，小街不寬，僅容兩三人擦身而過，小店鋪大都是仿古包裝和設計，迷你而舒雅，賣玩具、服裝、明信片、油紙傘……應有盡有。小街上空用網罩住，雖無法擋雨，多少卻可以減弱烈陽的熱威。走到盡頭見有矮小城牆，滿目滄桑感，一身青苔綠，古意深深。兩位仿清兵卒站在牆下等候遊客合影打賞。阿梅好玩，拍了幾款，最後一款是讓阿梅持矛刺中兵卒胸膛，成全和滿足阿梅做巾幗英雄的願望。盧先生是識途老馬，一路帶領，山窮水盡疑無路，柳暗花明又一村：走出古街，天地開闊，藍天烈陽，青草萋萋，走下石階梯，竟然是一休憩好去處。樹木濃蔭底下，有些小型博物館和小賣部參雜並列在特色排屋中，門口有一小販在兜售簡易玩具。我們看到一隻上發條的鉼制小青蛙，一跳一躍的，好有趣，攤主介紹說是五十年代的玩具，那有一甲子年了，我們想到了小孫女，沒有猶豫也沒有講價，以十元買下來，即使孫女不愛，我們留下一個半世紀前的小古董也不錯。

豔陽高照，汗流浹背，阻擋不住盧先生的熱情，務必要讓我們多瞭解大鵬所城，繼續前行。不久就到了賴恩爵大將軍府第。其建築都以灰磚和大理石、木頭為主，廳堂房、兩側廊道都具一定規模，更重要的是賴氏家族，三代共走出了五位大將軍，為社稷立下赫赫戰功！當然最輝煌的一戰發生在一八三九年，賴恩爵將軍率領營水師官兵迎擊來犯英兵，取得九龍海戰的輝煌勝利。這海戰，不但成為古代史和近代史的分界，而且也是鴉片戰爭的重要序幕。我們還參觀了五金的演變展示和各種「匠」的舊日形影，明白了甚麼是「匠」的精神，收穫頗豐。

臨別鵬城，我們又到酒家小歇，邊吃豆腐花邊喝茶邊閒聊，我們感激盧先生的精彩安排和盡責導遊，感謝練老闆的盛待；滿肚頻密節目和浪漫瀟灑的阿梅要我們多留一夜，盡興而歸；然我們俗務纏身哪裏能夠片刻放鬆？席間，練老闆攜酒家自家製造的鵬城特產（老婆餅、醃蘿蔔）略表心意。突然我們看到臺面一個紙提袋圖案和酒家牆上一張海報圖案一模一樣，上面一位做代言人的模特兒，穿上旗袍拍攝到上半身，模樣酷似練老闆，一問證實無誤。於是跟她開玩笑道：「這該送我們的紙提袋，妳偏偏不送。這個提袋與眾不同：老闆自已擔任模特兒，省了高價請別人的費用。當然妳也具備有這樣的條件！您好會籌算，生意怎能不成功？！」在大家哈哈笑中練老闆送來一個有她半身像的手提紙袋。

回程已是午後。想想居住香港四十幾年的我們，一直知道的只是商廈林立的深圳城區，以為深圳只是節奏快、銅臭濃的城市，如今見識了其幾乎已經被許多人遺忘的前身—大鵬所城，也可說收穫超預算，不枉此行了！

沙灣・中山・春遊

華僑大學香港校友會每年三八婦女節前後都會組織春遊，大都是三天兩夜的短途線，香港毗鄰廣東，都選擇南粵大小城鎮。目的地都不會太遠，都在嶺南地區。這一次，已經進入三月，好似無甚動靜，翻閱會訊，也不見甚麼旅遊通知，一時好奇，發微信問宋春榮大哥，他馬上回復，有啊，並馬上把行程發給我們了，原來這次是去廣州和中山縣。他說如想去，趕快報名呀，只剩下幾個名額了。

很佩服宋大哥的組織能力，一百人的團隊他分組標號，排列整齊，猶如領導十人那樣輕易。我們還被安排在第一車第一枱（餐桌）。

我們每年的上半年大都蝸居在家，不遠遊。至多就是參加此類嶺南短途遊。看看旅程表，為照顧大部分年齡較大的校友，景點安排不很多，行程屬於慢節奏。雖然廣州中山我們都去過，但其中有一節目是安排遊覽番禺的沙灣文化古鎮，就頗為期待。人生長途已經走得七七八八了，我們已經不要求沿途百花盛開、每一段路的兩邊風景都養眼好看，只望讓手、腦休息一下，走走看看，一路平安，即已經心滿意足矣。

兩部大車浩浩蕩蕩，裝足一百人，過境後吃午餐，就奔向沙灣古鎮了。

沙灣古鎮果然真名不虛傳，一步入就感覺氣氛不同，處處灰牆青瓦、巧窗飛簷，不似江南，勝似江南，一種眼睛看不到但腦子嗅聞得到的古意氤氳在小鎮上空。最喜歡的是小巷深深，靜謐不見人家。上回遊覽，我們驚豔於「嶺南春來早」，人融入春意美畫中；這一次是讚歎於「古鎮小巷深」，人穿梭於宋元時空裏。據說，沙灣早在南宋時期就建縣了，至少有着八百多年的歷史，是嶺南一個歷史文化資源豐富的文化古鎮，其民間藝術飲譽南國。曾獲國家先後頒發中國民間藝術之鄉、中國歷史文化名鎮、中國蘭花名鎮、全國文明鎮、國家衛生鎮等榮譽稱號。二零一七年六月，榮獲為４Ａ級旅遊景區稱號。此鎮物質文化遺產和非物質文化遺產資源非常豐富，大量祠堂、廟宇等古建築和商業遺址、民居遺址保存完好，廣東飲食、音樂、飄色、龍獅、蘭花等民間藝術和民俗文化極富特色，甚有代表性。我們看到一些小巷路口有農民小販在賣蔬菜、棗子，不少校友湧圍上來選購，棗子果然很鮮甜。團還給每一位校友品嘗這兒著名小食店餐券，可以進入一家沙灣牛奶皇店品嘗「撞薑奶」，店內但見桌桌爆棚，座無虛席，遊客很多。「沙灣薑撞奶是廣東省一道傳統甜品小吃，將鮮水牛奶加糖煮沸，倒入碗中，與老薑汁撞在一起，便成了既像豆腐花又像蒸水蛋一樣稀中帶稠的美食，卻比豆腐花、蒸水蛋香滑甜爽，且有溫中、調胃、驅寒、養顏的功用。味道香醇爽滑，甜中微辣、風味獨特且有暖胃表熱作用。」（摘自網路）。品嘗一碗，意猶未足。

自由活動的時候，我見到古意覆蓋的小巷，靜悄幽深，而瑞芬的衣着時尚大方，淡素中自有一番豔麗風采，我選擇了一些殘牆老窗作為拍攝背景，為她拍攝了好幾張照片。在遊客最多的廣場，好景也很多，難得的是校友會劉豔玲會長熱情主動地為我和瑞芬拍攝了好幾張合照。

這一天遊覽不累，晚上很早晚餐，菜式豐富，吃過就回房間休息了。

次日也不需要起早，奔赴中山縣。我們先參觀中華老名牌「咀香園」，正好遇上這名聞海內外的名產一百年紀念。我們參觀的是工廠，外觀規模很大，外面空地上鑄有好幾處銅雕塑，演繹着製作杏仁餅的流程，場地牆壁上依然貼着十幾二十張歡迎香港各家旅行社的七彩標語。可能星期日的關係，未見員工身影，工廠負責接待的先生將製作杏仁餅的流程示範給我們看，並詳細解説中山縣咀香園和澳門咀香園用料的不同。最後的程式是帶我們到推銷部，大家大袋小袋大箱小箱選購，他們生意空前地好，我們也滿載而歸。皆大歡喜。

下午是重頭節目——參觀孫中山先生的故居。故居我們以前參觀過，但紀念館我們是首次來看，孫中山故居紀念館位於廣東省中山市翠亨村，是以翠亨村孫中山故居為主體的紀念性博物館，建立於一九五六年十一月，其主體陳列有孫中山故居、孫中山生平事蹟展覽和翠亨民居展覽等。被國家文物局公佈為首批國家一級博物館。我們被偉人的事蹟強烈吸引住。孫中山搞革命，到過很多地方串聯，播下火種，留下不少行跡，因此世界許多城市都有紀念他的紀念館，如香港、澳門、臺灣、日本、夏威夷、英國、新加坡、馬來西亞檳城等。孫中山推翻封建帝制，是國共兩党、兩岸百姓都可以接受和稱頌的人物，館內有他大量不同時期的照片，彌足珍貴，我拍攝了很多。

晚上到廣州花城公園看小蠻腰和其他建築，夜晚看那些被七彩燈光裝飾的各類造型或流暢優美，或光怪陸離的建築，團友哇哇讚美聲不絕，將人「裝」在新型建築群前不斷拍攝，留下難忘的一幕幕。

最後一天遊覽孫文公園，天公不作美，綿綿細雨開始飄灑，下午本來還有節目，只好取消。

午餐時突然有兩大蛋糕被捧出來，宋大哥宣佈為三月出生的校友慶祝生日，請大家吃蛋糕。剎那間約有十幾位校友走到臺上，獲頒發紅包（全體校友第一天就獲得紅包了），劉豔玲會長還請大家吃乳鴿，先後和創會會長潘耿福致辭祝賀，會場氣氛被推向一個高潮。

這一次春遊，屬於慢節奏生活，身心愉快，吃好（兩餐晚餐都是自助餐，美食非常棒）、住好（五星級酒店），是一次不錯的渡假體驗。其實對景點不需要太苛求，也不好太密集；遊人太多的、趨之若鶩的熱門，往往人看人，人擠人就沒啥意思，誠不如精選一二景點加上舒適的酒店及美食，將慢生活的悠閒舒適發揮到極致，心靈被滋潤得猶如上了油，回家後精力充沛，猶如猛虎下山。

（二零一八年三月十七日至十九日）

嶺南春來早

三月時節，乍暖還寒，沒料到嶺南從化，早就春意盎然，春來早。

很少在這個季節出遊，一向也就無法親炙春光的好，這趟從化之旅，沐浴在春光裏，猶如洗了一場春之浴，令人心花開放，渾身愜意。

去年也在這個時候，天賜一位笑口常開的小天使來我們這普通人家，那時我寫了篇《春之誕》，感激在花海波湧、春情浪漫的時分上蒼的賜予，日子在匆匆間流逝了三百六十五天，小生命快要會走了。一些人看着嬰兒的漸長漸大，會感歎自己又老了一歲；我們倒是奇怪，抱、逗之之、與她瘋玩的四季裏，心境常常受她感染，好像又回到童年，那般純真，精

神勃勃，仿佛人生的一切才開始哩。

遐想中，下了車，忽地斜斜飄來癢癢的雨粉，蹦一聲，一把傘像花開在她頭上，那是我，將一把傘伸向她的上空。與她，芬——我的另一半把臂同遊，已經數不清這是第幾次了。

隨着如蛇蜿蜒直向不遠處的一座古橋前行，紅影晃動，一匹巨型綠毯仿佛自上天而來，鋪在河面上，眼睛一亮，才驚喜原來春來眷顧我們了。

很少在三月出遊，沒想到這個季節冷熱難控亂穿衣，南國風景，也不是處處類似，就像這眼前有個「宣星人家」木門牌的嶺南式古村，蒼涼古樸，景色我們以前就很少看過。黑灰色的牆不見稍白，粉漆脱落殆盡，露出舊日相迭的紅色磚頭。那些斑駁烏黑的殘牆好像歷經風霜雨雪、廚房炊煙的浸襲薰陶，一幅久經戰火考驗的模樣。寒冬下的枯枝、大紅色的燈籠、在風裏飄搖的紅色對聯，為一整列古村落增添幾許滄桑歲月感。

再慢步走上石橋，展現在眼前的春色之美，已經非「驚豔」所能形容，但見那似乎從天際舒卷開來的巨型綠毯，並非田野，也不是甚麼綠色農作物覆蓋的土地，原來竟然是一條河流，全被細小的綠萍鋪滿了河面。我從來沒見過那樣壯觀的綠色河，一動不動，顏色碧綠得像草坪，可草坪沒有它的鮮綠；厚厚的酷似地氈，但地氈哪有它大；大得像好幾個足球場，卻靜得沒有任何人和球。我不知道小綠萍為甚麼能將河面鋪得那樣密不透風，更無從知道綠萍從哪裏漫遊過來，為啥對這兒的宣星人家情有獨鍾，想想大自然確實很神奇，小綠萍們好像有約似的，一道兒到此趕集。我在那一剎那中，又很是懷疑不知有多少位染布匠，把萬千隻桶的綠色染漿倒進了河中。當粉紅色的桃花沿着橋邊、岸邊一路盛開、欲開半開、含苞未開，我更驚訝於上蒼不愧為偉大的審美家，一雙魔手將綠色河和紅色梅的色彩絕配得那麼好。如果再和河邊的灰黑色古村放在畫紙上打量和欣賞，那麼一幅有着水彩畫風格的油畫就活生生擺在你周圍了，你就是畫中的一點。

我為另一半芬拍了不少照片，也對着桃花，以綠色河為背景，拍了不少特寫。

從來不知道乍暖還寒的三月，也是草長鶯飛的季節，有些地方，竟然霧氣濃重。酒店後面的湖泊，一派寧靜，水紋絲不動，不説揚波，連漣漪也不見，傍晚時分，近處水中可見紅色夕陽影子，嫩嫩的如沉在清澈杯底的蛋黃。遠處拱橋加上水中倒影好似成了橢圓形。顏色那麼柔，那麼淡，那麼朦朧，説是水墨畫一點也不過分。任何美人站在那裏，恐怕都沒有它的美吧！靜，讓我們聯想起幾年前到過的馬來西亞太平市的雨中太平湖，水朦朧，雨也朦朧……潮濕後的定影清晰了所有美的記憶。這從化的傍晚啊，也許是霧靄濃重，也許是雨後未晴，絕美是攝影的預期效果，不拍照的話，就與暴殄天物無異了啊。

旅途中所有的平庸感受都忘卻了，塵世上的許多憂愁也消遁了，看到那麼美的景色，猶如洗了一場春之浴。

初春，三月時節，莫道君行早，踏遍青山仍未老。

三月，初春時節，到處生機，春情勃發，到了五六月，晚春會收拾一季的繁華熱鬧，花事已然到了荼蘼，你也無需感傷，餘芳會長留心間。來年三月，我們再把臂結伴同遊，再到嶺南春光裏，洗一場痛快舒爽的春之澡吧。

二零一六年三月四日——六日

驚豔，遇見武陵

沒有到過常德，卻讀過常德。

十幾年前在中學教學生寫散文，就印派過沈從文寫的《常德》，描述沅江邊（舊稱麻陽街，現叫河街）民生風情的片段，印象特別深刻：「我最中意的是名為麻陽街道一段。那裏一面是城牆，一面是臨河而起的一排陋隘逼窄的小屋。有煙館同麵館，有賣繩纜的鋪子，有雜貨字型大小，有屠戶，有狗肉蒲，門前掛滿了熏乾的狗肉，有鑄鐵錨與琢硬木活車以及販賣小船上應用器具的小鋪子。又有小小理髮館，走路的人從街上過身時，總常常可見到一些大而圓的腦袋，帶了三分呆氣在那裏讓剃頭師傅用刀刮頭，或偏了頭擱在一條大腿上，在

那裏向陽取耳。有幾家專門供船上划船人開心的妓院，常常可以見到三五個大腳女人，身穿藍色印花洋布衣服，紅花洋布褲子，粉臉油頭，鼻樑根扯得通紅，坐在門前長凳上剝朝陽花子，見有人過路時就眯笑眯笑，且輕輕的用麻陽人腔調唱歌……這一條街上齷濁不過，一年總是濕漉漉的不好走路，且一年四季總不免有種古怪氣味……這街上又有些從河街小屋子裏與河船上長大的小孩子，大白天三三五五捧了紅冠大公雞，身前身後跟了一隻肥狗，街頭街尾各處找尋別的公雞打架。一見了甚麼人家的公雞時，就把懷裏的雞遠遠拋去，各佔據着那堆積在城牆腳下的木料堆上觀戰。……」。

那時沒有想到有一天會到常德！

想到常德，卻又忐忑常德，機會來了，一時無措。飛機不能直飛常德，到長沙轉車也不是每天都有班次，一時很猶豫，我們在寒冬臘月北上很猶豫。主辦方、常德市武陵區文聯主席、武陵作家協會主席戴希在微信裏關懷備至，不斷指點打氣，從長沙到常德需時三個鐘頭，還說會派專車接，常德之行，十號風球都打不掉了！

一切都很順利，從長沙到常德，同車的還有《山東文學》編輯高軍老師、浙江衢州的徐均生老師。高老師出版小說集九部，文學評論四部，散文一部；徐老師是衢州作協副主席，出過書十部，還以《體驗坐牢》獲得過二零一七年度「善德武陵」杯全國微小說二等獎，但人很謙虛低調；遇見徐老師，還發生很多感人故事，容當後說。

驅車三小時，進入柳園錦江酒店，才發現周遭在冬季下依然青綠一片，松樹挺立，草坪綠得出油，溪水依然鮮活，柳園錦江飯店周圍大得驚人，美得令人心顫，而酒店的位置好像正好在中心，汽車繞來轉去很久，才抵達酒店門口。回想剛才的感覺，有點像我們和一群文友在網路上舉行的一個文學沙龍活動，最後的總結，我選了一張海上孤島上一座古堡的照片，象徵着文學遠離喧囂世界的純淨。這一家柳園錦江飯店的周圍環境好美啊！酷似世外桃源裏的一座文學城堡。果然，幾日來精彩紛呈、好戲連場，高潮不斷，整個大會開得緊湊有度，井然有序，。說是盛會，一點都不欺場，真是各路文學好漢聚集武陵，政府要員齊出席。參加無數次性質不同的頒獎禮和論壇，都沒有這一次震撼和感動。回想起來，會場上那巨大的「頒獎大會」四個大字，就足夠震懾人心，在往後的夜裏就不時入夢來。

此行感覺首先是文字資料豐富，功夫做足。主要是讀物豐富，足以學習一段時間。《紫荊花開世界華文微小說徵文大獎賽獲獎作品集》和《二零一七「善德武陵」杯全國微小說精品集》兩本書收的都是優勝作品，不但出得快，而且出得好，硬皮精裝，環保袋裏還有戴希等三位湖南名家三本中英對譯微小說集。還有《第五屆武陵國際微小說節活動指南》，開本迷你，麻雀雖小，五臟俱全，三天活動細節，包括出席盛會名單、會議流程，甚至座位編排等等都應有盡有。戴希主席對境外朋友關懷備至，首晚就到我們房問寒暄暖，我們也表達了對到長沙接我們的謝意。

其次是省領導萬分重視，傾力支持。以一個省政府那麼多部門的力量來支持和配合大型文學活動，在我的經歷和所知中，還是史無前例的，這些部門有湖南省港澳辦、湖南省文聯、香港駐湖南聯絡處、常德市旅遊外事僑務局、武陵區紀委、武陵區委宣傳部、武陵區外事僑務和港澳辦、武陵區文聯以及世界華文微型小說研究會、中國微型小說學會、《小說選刊》雜誌社。難怪財力物力都那樣雄厚。我們的純文學一向被視為小眾，但在常德舉行的的「第五屆武陵國際微小說節」這樣一個盛會，其熱鬧、隆重程度，我們感到極其興奮。在香港，文學性的頒獎大會不可能辦到那樣的高規格。這兒無法不對湖南常德政府肅然起敬，文學「治省」雖然可能是天方夜譚，但經典文學可以互久流傳，倒是不爭的事實。人們知道寒山寺來自張繼的《楓橋夜泊》，知道黃鶴樓而追尋到幾個城市，如今文學家名人的故居都成了各個城市的最美的文化風景線之一。我們有甚麼理由不重視？

最後是下足工本，服務現代化。具體辦事的戴希主席、龔慧老師、呂詩意老師等和多位不知名的辦事人員的能力都超強，得到與會者的一致讚美。戴希文學實力強，兩大徵文比賽都拿到出色成績之外，也都大小事務放在心上，操控起來得心應手，龔慧老師人美心善，百務纏身，完全不心煩，儀態永遠是那樣穩操勝券，尤其離會送別大家的安排，統籌於心，巧妙調度猶如熟練撥弄六弦琴那麼輕易嫻熟，令人歎為觀止，原來統率大後勤也是一門藝術。這是大會給我們的總體印象。

助興的遊覽節目，安排在十二月十日頒獎大會的下午，主要是遊覽桃花源。陶淵明的《桃花源記》寫的是武陵漁人誤入一個烏托邦，否則不可能出現「既出，得其船，便扶向路，處處志之。及郡下，詣太守，說如此。太守即遣人隨其往，尋向所志，遂迷，不復得路」的結果，但這武陵桃花源範圍之廣，環境之美，山水相連，稻田處處，雖有人工痕跡，但還是非常接近原生態，一切似模似樣，原鄉民自耕自足，舞蹈唱歌，以酒迎客，牧童騎在牛背上吹笛，真一派悠然愉悅、安居樂業的和平景象，看來就是根據《桃花源記》《歸去來兮》的精神重建和打造的新桃花源，而我們也一度悠悠其中，「不知有漢，無論魏晉」了。

大會在十一日舉行高峰論壇，各路精英和海內外文友對武陵的這次成功盛會讚不絕口，對微小說的前景充滿了信心和期待，我希望那樣好的會可能的話讓多一點東南亞國家的有關代表參加，有更多的人認識武陵。下午自由活動，與我們同車來常德的衢州作家徐均生老師擔當了常德半個主人，主動要帶我們到常德市區幾個景點遊覽，真讓我們激動開心。與徐老師的遇見算很有緣分，他關心境外來的我和瑞芬、溫曉雲，多方關照。他喚了一架的士載我們四人前往市區老西門。下午的常德陽光普照，氣溫沒那麼低了。在市區，一些老街的特別建築引起我們的好奇，手機一時大忙。路邊賣桂花餅大嬸的製作太奇特了，看來這手藝就要失傳了吧？夠資格申請美食手藝「世遺」。瑞芬和曉雲食指一時大動，又是慷慨的徐老師埋單。冬季的街頭，站着品嘗常德小食，別有一番滋味在心頭。東看看，西拍拍，一會到了詩牆，真特別的一個地方，牆上都印刻了不少文字，也在沅河畔拍照留了影。最後再搭車到了「河街」，徐老師在一家賣臭黑豆腐的，買了四串，請我們吃，首次吃這樣的小食，感覺非常特別。在這兒漫步遊覽了很久，徐老師還買了當地特產給我們和曉雲，真是好熱情好客氣，感覺他就是我們想像中的祖國親人的代表了。而這條河街，全場不過一千五百米，據說單棟建築就有二百一十一棟，店鋪就有三百六十八間，沈從文描述的麻陽街，雖然已經是現代版，不失對大師沈從文的一種致敬。這個普通的下午很安靜，看來只有到了週末、節假日才有一番人山人海的盛況吧！總感覺比許多城市的再造老街更好些。

與徐老師真是「相逢何必曾相識」？人與人的溫暖，讓徐老師書寫和演繹得如此地平常和超然，真是叫我們又驚喜又感動。

驚豔，遇見戴希，遇見徐老師，遇見一群有心人、有情人、熱心人！

驚豔，遇見桃花源，遇見武陵！

京城文學盛會小札

出席盛會

沒有料到今年還有到北京開會遊覽的機會，距離前一次到北京已經七八年過去，彷佛很久了。當時小勾的紙質新聞報紙正在申請中，有望出版，我們北上祝賀他，順道遊覽。就在那時參觀了水立方、鳥巢、奧林匹克公園等建築和設施，歸僑女作家章萍萍還帶我們到香山曹雪芹故居、圓明園遺址參觀。

幾個月前就收到中國世界華文文學學會秘書處邀請出席以「中華情，民族夢」為主題的第二屆世界華文文學大會的信，瑞芬和我每人一封。第一屆大會在廣州增城舉辦，時間已經過去了兩年。上一次大會，來自世界各國的華文作家和內地的學者、研究者多達四百人，這一次三百多人，移師北京，非同小可。邀請函之後還有一號通知、二號通知，還吩咐要帶蓋章的邀請函去報到。也許一些人到了截止回復時間還是舉棋不定，或忘記寄回條，我們前後按要求填了三次表格。論文就交上了評印尼泗水《千島日報》「詩之頁」的六千字長文《大手筆、大氣魄的印華詩刊奇跡》。

我們計畫按大會要求十一月月六日報到，十一日離會後再多住幾天。北京有許多新知舊雨，可以見到小勾、章萍萍以及博客朋友編劇趙嫣老師、悠揚琴聲（王淑琴）老師，藍莓（周廣英）老師、海藍藍老師夫婦等人。感動於周老師、海藍藍老師將從山東趕來歡聚，原先許秀傑老師也計劃要來，沒想到臨時加班無法成行。

十一月六日　早晨八時許的飛機，十一點多就抵達北京機場。這機場不知幾時啟用，感覺沒香港的機場好，也是事實。不知為甚麼，辦登機手續的大堂竟然很明顯地和登機的地方分成兩大部分，需要乘一段車。當然，這不是沒有先例，新加坡的樟宜機場也是如此，但大堂夠大氣。身為首都，飛機場感覺上少了一點皇家氣派，頗為可惜。

下飛機前穿上了大皮衣，才感覺到北京並不太冷，還是我們可以接受的那種冷，只是七度上下。三百多位代表參加的會，可以預見接機事務和細節的複雜，大家航班不同，抵達的時間也有先後，難怪秘書處設在廣州暨南大學的中國世界華文文學學會要將接待任務交由會務公司辦理。我們幾人被安排坐小車到下榻的北京新世紀日航飯店。在接待處辦了入住手續、報到，領了有關資料，如會議手冊、上一屆的論文集《文化傳承與時代擔當——首屆世界華文文學大會文選》（厚三百八十六頁）、第二屆（本屆）全球華文散文大賽作品選《夢想照進心靈》（厚二百八十頁）。前者收我的文學創作談《迷城與暗角》，後者收我的參賽散文《雙騎結伴攀虎山》。

中午午餐憑餐票，一點半就收檔，我們趕緊進餐廳就餐，見到各國許多熟悉的文友，吃罷，拉行李入酒店房間。我們馬上通知小勾，一會他和好幾位世界華文大眾傳播媒體協會和《世界華文媒體》的編委過來了。見面的有賴連金博士（臺灣）、李來勝，倪娜（德國）、王子君、勾勺人博士、尤今（新加坡）、攝影記者陳其升、瑞芬和我等。

晚上沒有歡迎晚宴，小勾説我們一起到附近的餐廳聚聚，我説我們還有朋友要見。他説你們的朋友都一起叫來吧！我們趕緊通知了趙嫣老師和悠揚琴聲（王淑琴）、張老師夫婦。她們整整花了一個多小時的路程時間才抵達餐廳，北京之大，委實驚人。

也許在博客見過照片，也經常在微信交流，和博友見第一次面都沒有生疏、陌生的感覺。趙嫣老師是許秀傑老師的少年玩伴，也是閨蜜，失散三十年因我而「連線」，自然也與她熟絡起來，幾乎讀遍了她的寫實文章，奮鬥過來、在北京立足畢竟不容易。悠揚老師的文章我也讀過不少，她為人認真，培育下一代不遺餘力；遊記也寫得認真。我是從「文字舞會」開始留意起她的。餐會上來自幾個不同地方和背景的朋友，說着不同的話題，雖然不是太熱烈，但一見如故，十分親切。

七日　上午是開幕式、拍大合照，地點設在釣魚臺，十部大型旅遊車在酒店一側的停車場泊着，等候代表們上車，然後浩浩蕩蕩開往釣魚臺。常常在新聞報導聽過釣魚臺的大名，那是接待國賓的一級會議廳。一向被邊緣化的文學界居然被安排到那樣高級的地方開會，那是想不到的啊。來自二十八個國家的兩百多名華文作家和境內一百名世界華文文學研究的專家、學者、教授、研究員濟濟一堂，規模實在浩大。由於在那樣的地方開幕，大合影的效率也很高，不需要花太多的時間就完成，沒人甘於落後。大合影後，開幕式就在國賓館芳菲苑舉行，國家領導人講話，國務院僑辦裘援平講話，接着就是三個「臺上人物」的專題演講：中國作家協會副主席吉狄馬加、中國作家協會副主席葉辛、加拿大漂木藝術家協會會長、即被稱為「詩魔」的洛夫三人做專題演講。

中午回到北京新世紀日航飯店午餐，下午就開始分組宣讀論文。專題論壇分為八個大專題，第一場四個專題在四個廳進行，我在我那組是第六個發言，由於每人只是允許講約七分鐘，我把六千字的論文濃縮地寫在一張紙上，照本宣科，這樣不會超過時間。有些代表被警告兩次就是不願下臺，實在也很惹眾厭啊。

晚上是歡迎晚宴，暨南大學的胡軍校長致辭，還有北京藝術學院的文娛節目助興。散會後，小勾約了我們和幾位世界華文大眾傳播媒體協會的負責人和編委在酒店的咖啡閣聊天到夜深。

文化采風

八日　上午依然分組討論，由於我的宣讀任務昨天下午就完成了，我們就到「講好中國故事、講好華人故事」的組別聽講。這個組別人很多，也許理論性沒那麼強吧！大部分作家都認為小說創作就是講故事，因此聽的人特別多。

下午是總結會，各個小組的彙報人先後上臺彙報自己的組發表論文的情況，最後請著名評論家楊匡漢做大會學術總結。休息一會，開始了閉幕式。由四個環節組成：一是華僑華人的「中山文學獎」揭曉和頒獎，首獎由陳和的長篇小說《甲骨文時代》奪得，獎金三十萬人民幣，非常驚人。宣傳單張上寫着「二零一六年，適逢紀念孫中山先生誕辰一百五十周年，在國務院僑辦領導的關心和支持下，決定將「中山杯」華僑文學獎更名為華僑華人「中山文學獎」。納入國僑辦「文化中國」專案，由中國海外交流協會、中山市、暨南大學及中國世界華文文學學會等單位聯合舉辦，以提升該獎的權威性和影響力。這個獎始於二零零九年，已經舉辦過三屆，先後有洛夫、嚴歌苓、李永平、張翎、陳河獲獎。二是第二屆「文化中國•四海文馨」全球華文散文大賽頒獎，十九位入圍者中，我的《雙騎結伴攀虎山》獲得優秀獎（十位）。少不了上臺拍照。最令人高興的是二十一歲的印尼華人女生楊麗歡的《橄欖樹——記我與華文的美妙時光》勇奪二等獎（三位），為印尼華文作者逐漸老化的現狀打了一支「興奮劑」，注入了新鮮血液。接着是得獎集《夢想照進心靈》舉行首發儀式；中國世界華文文學學會王列耀宣讀《北京宣言》，國務院僑辦副主任譚天星致閉幕詞。

九日、十日　兩天大會安排境外代表在北京和到天津采風。境內的代表今天回去，只剩下學會的少數幾個負責人陪同。加上不去的，人數驟減，剩下五部車而已。但五部扣除不去的，都有一百來人，單是到餐廳午餐，也要把人家的小餐廳擠破。今天在北京範圍參觀，多數是我們上次早就去參觀過的，如故宮、水立方、鳥巢、奧林匹克公園等。在故宮，聽館長介紹故宮開放、修茸和擴大到歷史，就聽了一個多小時，他深入淺出，語句幽默，贏來不少笑聲。接着讓大家參觀幾個重點，如慈甯宮等，大家忙着留影，忙壞了我們的相機和手機。

中午在故宮內的一家餐廳吃午餐，每人一份，由於餐廳太小，對於我們這樣的大軍壓境，實在無法承受，只好分成兩批進餐。餐罷就參觀水立方，上次我們只能在外面拍照，這一次讓我們進入，先參觀孫中山誕辰一百五十周年紀念展，才參觀內部。我們看到一大列玻璃上刻繪有捐獻建立水立方建築費用的芳名，都來自世界各地的華人華僑。實在非常感人，華僑是革命之母，不也是建設的強大力量嗎？接着參觀水立方內部，參觀鳥巢和奧林匹克公園。在陰沉沉的、霧霾彌天的天空下，一個巨大的鳥巢在遠方，在此，大家拍了不少照。在奧林匹克公園，銀杏樹飄下的落葉，鋪得滿地，為深秋塗抹了一層厚厚的金黃色彩。於是，少不免又拍照了，泰國女作家夢凌為大家拍了不少特寫，她的動作很專業，猶如一個獵人看到了獵物，馬上全神貫注地瞄準。不過，她的瞄準不是一動不動，而是作三百六十度的、圍着獵物的旋轉，很有甫士，拍攝出來的特寫人像較大。

晚餐在亞運村的金鼎軒餐廳進行。一天的采風就這樣結束了。

名人故居之旅

十日是大會活動的最後一天，依然是采風。幾部車浩浩蕩蕩開到天津去，來回是六個鐘頭，晚上還要看武術表演，導遊說，回到北京，估計是晚上十點到十一點之間。

天津我們沒來過，感覺特別新鮮。最出乎意料之外的是乾淨整齊。時當深秋，天津也是一片深秋的景象，但天空比北京明淨不少，雖然也很陰沉，但霧霾沒有北京那樣濃厚。在路上的時間花了不少，中午我們先到義大利區的一家老餐廳吃西餐。也許人太多，一時無法準備好，西餐沒有前湯，前菜竟然幾個人共有，很少的幾片菜；正盤端上來是很大一盤，四個人吃用，都是炸肉類，有雞腿、豬腳、豬肉，炸得堅硬如鐵，牙齒和它們做了一番「肉搏」才終於戰勝。熱茶需要自己排隊盛，水又流得特別慢。這一家餐廳缺乏了大軍壓境的應變服務能力，如何可以立於不敗之地呢？我們對吃其實很隨便，既然好壞都不妨寫寫，那就沒關係吧，意見有助改善，未必不是好事。也幸虧，安排我們參觀的兩位元名人故居資料都很豐富，故居以及有關的展館設計和保護工作都做得很好。

先參觀曹禺故居。範圍不小，有院子，別墅式的。左側就是展館，展出曹禺的戲劇文學成就。在南洋時期（印尼）就知道長城電影公司的美女夏夢（金庸喜歡過的女藝人，最近剛逝世）演過曹禺寫的劇本《日出》，描述高級交際花白露的悲劇。後來六十年代我們回國，進了福建泉州國立華僑大學中國語言文學系，在中國現代文學課上，沈劍雲老師就教我們閱讀曹禺的成名作《雷雨》，後母周繁漪和丈夫前妻兒子周萍畸戀性愛偷情的情景給我們很深的印象，大雷雨裏他們苟合，大雷雨裏繁漪站在視窗看周萍如何移情別戀。

在展館，我們看到對曹禺的高度評價，看到他如何將好朋友巴金的小說搬上舞臺。走出展館，我們看風景很好，在院子裏以曹禺塑像為背景拍照，還在故居後面的建築及馬路上拍了不少照片。瑞芬有幾張我認為的小「經典」在這完成。

緊接着參觀梁啟超故居。這位近代偉大的教育家、思想家、學術巨擘，太了不起了，九個子女都成才，不僅個個都是大學生，而且學有專長，自成一家，品德又高尚。其中梁思成就是北京建築學家，娶得才貌雙全的才女林徽因。他們對不少北京城的好建議，富有遠見和前瞻性；他們設計的圖案，成了共和國的國徽。林才女捨徐志摩這位對她窮追不捨、浪漫不羈的才子而將一顆芳心給了梁思成，可謂明智之舉。故居大院也有雕像，一側還有「飲冰室」書齋，建於一九二四年，總面積九百四十九平米，那是梁啟超着書立說的地方，內裏展出了梁先生的大量書稿、手跡，尤其是飲冰室合集裏的書簡，有大量寫給兒女和孫子輩的原件，寫得非常精彩，到今天還是發出智慧的光芒，不因時代的改變、歲月的流逝而過時，比如寫於一九二三年十一月五日的書簡裏的一段話是這麼寫的：「天下事業無所謂大小，只要在自己責任內盡自己力量做去便是第一等人物。」不是說得太好了嗎？《飲冰室合集》流傳至今，反映了「清末為救國奔走的志士們焦灼而力求自致冷靜的心態」。

接着，大會又安排我們參觀天津大學。具有一百二十年歷史的大學非常古老了，重點是讓我們看與馮驥才有關的展館，他對民間文化的貢獻，材料非常豐富。這裏有一家大樹書屋，十萬冊藏書主要來自馮驥才的藏書贈送。牆壁上寫着這樣一句話：「世界所有的一切在書裏，世界沒有的一切也在書裏。」非常有意思。

參觀完兩個不同領域名流的故居、一間百餘年的老牌大學，已經天近黃昏，猛然一醒，從北京晨早出發，不怕路遙，來到天津，為的就是安排我們看文化人的故居和老牌大學，這一番苦心，完全是因我們都是文化人、都是為寫作人而設，是否含有希望我們自己的故居以後也可以達到開放給後人參觀的意思呢？那就看每個人的成就和造化了！

晚餐的菜肴和湯每一樣都夠鹹，不知是不是廚師下鹽時一邊聽電話或看手機，抑或味覺失靈。真是嚇了大家一跳啊。我們要來滾水，倒進湯裏，還是鹹。

晚上在天津郊區觀賞舞蹈化的武術表演，分七八幕，水準很高，止戈為武，我以前不知道是啥意思，今晚臺上對武術的演繹，讓我明白「武「的含義就是為了「止戈」。節目不短，約一個小時，回到北京，已經是晚上十時多了。

從斜巷到百年名校

十二日　今天是藍莓老師、海藍藍老師從山東膠州特地來北京看望我們的日子。一對夫妻老師從那麼遠的城市乘夜車過來，多麼令人感動？他們要在高鐵車廂內睡上一夜，實在辛苦啊。車子很早就抵達北京，編劇趙嫣老師一早就開車去接。

我們很早起牀，準備到酒店樓下等他們，沒想到走沒幾步，就在酒店樓上的走廊見遇到他們上來。還提着兩箱好沉的山東蘋果，要送給趙嫣和我們。

按照趙老師的安排，大家也沒有異議，今天就乘地鐵遊覽煙袋斜巷一帶。走出酒店，大家似乎都覺得今天天氣有點異樣，不經意抬頭向天空一望，驚喜地差一點失聲叫嚷起來。原來，北京那陰霾的招牌臉色已經一掃而去，換上一張帶微笑的淺藍色的臉，那笑紋，就是呈現在藍天上的條狀白色雲彩。太驚豔了，從六號到北京，只有今天天氣那麼好呀！

我們乘地鐵到南鑼鼓巷，出站走沒多遠就看到一塊刻有「大運河——王河故道」的石碑立於路口。這兒有白色的橋、河水、青青的柳樹、金黃葉子的銀杏樹，而屋宇、四合院大都是灰色的牆瓦。水中，鴨子三五成群地在在悠閒游戈；小巷裏沒有多少行人；再看看天空，依然是美好的藍天白雲，我請瑞芬、趙嫣、藍莓她們站好，手機相機一起出動，先後拍了不少照片。海藍藍老師不斷抓拍，他捕捉大街小巷的動態相當敏鋭，動作也很快，他對狗啊、單車啊都很感興趣，我也拍了一些北京的糖葫蘆、手捏麵粉人、馬路寫生之類。在煙袋斜巷，見到小店鋪大小不一，高低連接，未見特別重建的痕跡，一問，據説沒有改建過，難怪還是散發出一種濃烈的原汁原味，不同於南京的夫子廟和福州的二十八巷，都是重建的，古味差了很多，我們看到了大清郵局，很感興趣，雖然是舊瓶新酒，倒也很吸引，走進去看看，一會走出來，我們在郵局前面拍了照。

景致的確很好，不禁走到了後海一帶。上回我們和小勾逛過刹什海一側的酒吧街，這一次沒再走，倒是趙老師帶我們走了一大段路，兩邊都是灰色的建築物。走了很久，原來是為了找那家很著名的「餡老滿」吃午餐。在二樓，見到了趙嫣老師的堂妹，她和我們一起吃了午餐。食客很多，全館爆滿。看來都是為了餃子裏有一隻蝦而來，普通餃子裏不是包豬肉就是包韭菜的，以蝦做餡北方很罕見。

下午我們逛國子監，幾次來北京，這是第一次來參觀遊覽。國子監建於一二八七年，是元、明、清三朝的最高學府，現在的建築大多數是清代建的。在文化大革命時期，聽過多次「國子監」的名字，有不少作家和幹部被紅衛兵「揪」來此批鬥。我們在國子監走了一圈，就到孔廟參觀，在此，看了有關孔子的展覽，看得比較詳細，非常佩服他的一套儒家學說，那麼早就提出來，兩千年流傳下來，成為了我們中華民族做人立業、待人處世的基本思想。

我們一直走到下午五時許，口渴，在國子監街路口一個賣石榴汁的檔口停下來，買榨石榴汁喝，女檔主身體健壯，一個人緊張地砸，兩三個石榴才夠榨一杯，逛街累了的遊客、北京市民一下子圍聚攏來很多人。生意雖然大好，但看着大嫂那麼一個人緊張地榨，覺得任何生意都不容易，緊張而辛苦啊！

十三日　今天是趙嫣老師開車，按海藍藍老師、藍莓老師的願望，遊覽中國著名的學府北京大學。趙嫣老師去泊車的時候，我們看到一隊隊中學生來參觀遊覽名校，老師們在學校跟他們如何介紹北大？就不得而知。崇拜名校是中國家長的普遍心理，深深影響着下一代。望着那似曾相識的一些建築物，油然想起了那年兒子在此讀三年碩士的事。我和瑞芬都不是名校狂熱崇拜者，香港社會是講學歷的，但那時兒子讀的那間學校還沒升格為大學，找工作都會很困難，就是這種原因，我們支持兒子經過考試而北上到北大讀碩士。那時為了住宿的問題，瑞芬親自從香港北上一次，她在北京大學住了一段時日，在校園裏經常租了一輛單車，一手打傘一手抓車把滿校園跑來跑去辦事。這件事她經常回憶，充滿了一點豪情。兒子終於從租金昂貴的留學生宿舍搬到了普通的內地生宿舍。

整個北大校園一派濃厚的深秋氣息。我們的「終極目標」是北大的著名地標——未名湖和湖畔那塊刻有「未名湖」三個字的石頭。我和瑞芬是著名的「方向盲」，也只好跟着大家走吧！一路走，一路談，一路拍照，趣事不斷。譬如，南方來的我，因天氣相差至少二十度，加上嗜好利尿的咖啡，天氣驟冷，新陳代謝特別快，海藍藍老師見到一棟樓宇，就帶我進入，收發室的人詢問了一番，就放行了，我們男男女女全得益，進入方便。之後，海藍藍老師發現學生讀書、溫習的環境很好，瑞芬發現一面牆上的群魚奔遊的藝術裝飾很美，大家又輪流拍攝，頗花了一些時間。

深秋初冬的北大景色的確很美，我喜歡秋色，那是收穫、成熟的季節，當然也是思考的季節。秋，是蕭殺、淒涼，還是壯麗、輝煌？就看每個人的不同解讀。一路的落葉，彷彿從天而降，不斷地來，這是落葉的偉大告別、盛大落幕，我真是無上的歡喜，尤其是當我看到落葉滿地的林子裏，突然，出現一張木頭長椅。我總是禁不住地請趙嫣、藍莓、瑞芬一一坐上去，為她們拍照。我眼前總是浮現給我長篇《暗角》寫序的《澳門日報》副總廖子馨說的——讀《暗角》最好的季節，應該在深秋，走進公園，找一處落寞的角落，坐在長椅一邊，攞開這本書，任着落葉飄在你頭上、肩上、腳下……那是廖子馨對我小說的最高嘉獎，她預設了那麼美的閱讀環境啊。

北大的那個未名湖，我們終於走到了。

我們在未名湖紀念碑拍照，一位優雅裝扮、風度翩翩的女士（看來是教師）為我們拍攝，還懂得站位、角度。留下了佳話；我們吃蘋果，海藍藍老師乘大家吃得津津有味時走出鏡頭，很快抓拍，又成功了一張「吃相趣味版」的「經典」照片，成為山東台兒莊那張《煎餅卷大蔥》的精彩姐妹作。

相處總是那麼短暫，別離到底要悄悄來到。走出校園，午餐後，藍莓、海藍藍老師將與弟弟相會，與我們分手，我們在北京的相聚就寫上了一個句號。

十四日 是在北京最後一天，我們約了印尼歸僑作家、作協會員章萍萍見面。她文筆很美，如果妳讀過她，必然印象深刻。她花了一個多小時才到回龍觀區。中午小勾和高若誠先生也來了，高先生送了我一本書。大家一起午餐。下午趙嫣老師來酒店房間小坐，我們談了很久。趙老師喜歡喝咖啡，牛奶咖啡或咖啡烏都行，我們正是遇到了咖啡的「好此道者」了。寫劇的趙老師劇本已經完成多部，希望有天，她的賣座電影首映禮上，我們能得到她的邀請，成為她的座上賓，飛來北京為她道賀。

晚上張修智夫婦請我們到附近吃餃子，我和瑞芬吃餃子百吃不厭，既健康，也讓對方不需要花太多錢。張夫婦曾經外派到香港工作，我們請過他們喝茶，還到過出版社。

十五日 上午來了小勾、吳世平，滕導、趙嫣老師，中午一起吃。趙老師堅持要送我們到機場，我們接受了。我們是四點的飛機，滕導開車，趙老師陪同，送我們到了機場。

再見了，北京的各位朋友！謝謝趙老師，藍莓、海藍藍老師，謝謝各位朋友的盛待！有緣千里再來相會吧。

二零一六年十一月六日至十五日

在金陵以文會友

1

我們在南京多逗留了兩日。想參觀南京大屠殺紀念館，目的其一；其二是見見幾個文友。按預先約好的，十二月十八日約十時許江蘇文藝出版社的編輯蔡曉妮來金陵酒店，帶我們一道乘地鐵去百家湖探訪《百家湖》主編張昌華先生和他們的編輯部。

蔡曉妮和張昌華先生來過香港，我們請過他們飲茶。

我們認識蔡曉妮是因為南通的學者欽鴻，他為我們編的《香港微型小說選》就是小蔡

接手，由鳳凰出版集團屬下的江蘇文藝出版社出版的，我和劉以鬯先生曾經為這本書寫序，我也協助欽鴻組稿。小蔡為他們社出版劉先生的書而多次與瑞芬及我聯繫。小蔡還承接了大馬、印尼兩地的華文小小説的出版，説實在的，內地願意為海外華文文學作品出書的出版社還是不多的。那次她説會帶一個人來，沒説是誰，咋一見面，報上姓名，彼此都吃了一驚，原來二十幾年前我們有過聯繫。當時我的一部長篇小説《人海梟雌》，就是張先生推薦給北京的中國華僑出版公司出版的。張先生還説一九九六年我與他在南京見過面，可惜我印象已經模糊了！事情隔了太久，記憶奇怪那麼快褪色。

喝茶後大家分別，我仍記得張先生和小蔡殷殷吩咐：有機會到南京來，一定不要忘記找他們。想不到機緣那麼快，我們就來到南京了。記得那次張先生翻閱《獲益之友》第五十一期後，對着最後一版那篇《走過春夏秋冬》説，他們《百家湖》擬用，回去後還讓我電郵電子稿。那文，當初是因為見到我和瑞芬在四個不同地方拍攝的相片富有四季特色，是寫着玩的，沒想到不少人喜歡。

曉妮與我們乘地鐵，幾個站就到，但找《百家湖》編輯部所在大廈，就費了一番周折，花了不少時間。只怪我和瑞芬是一對不可多得的方向盲活寶！由於時間緊迫，曉妮與昌華聯絡，我們就直接到附近一家餐廳，一會，昌華兄和編輯部兩位執行編輯萬輝、陳愛華都來了。飯後，我們上編輯部聊天，問起《百家湖》雜誌營運情形，我才大吃一驚。原來這《百家湖》雜誌不賣，每期印幾千份，老闆是搞房地產的，刊物大部分就送客戶。每年還出版一本文物藝術藏品畫冊。二零零七年被評為中國房地產最佳文化內涵期刊，二零一一年被評為中國房地產優秀企業內刊。《百家湖》封面的類型文字定為「情景●人文●生活雜誌」，大度十六開六十頁，十分生活化，走美文、純文藝路線，欄目有專稿、生活、憶往、文史、美文、茶話、閱讀、收藏、書畫等等，文章精短，可讀性很高。其幾大特點非常突出，一是彩色印刷，編排美觀；二是居然宣傳味極淡（有的機構為宣傳自己的產品，連麥克風都寫上企業名稱，只差演員沒有赤膊漆上企業招牌圖案）；三是文化濃度高，涉及到不止是文學，還有不少相關的話題。雜誌名字起得好，位於百家湖，而真正刊登百家美文，匯成文化魅力海洋。很多雜誌到我手，因為各種原因，只能讀個四成，《百家湖》到我手，閱讀率居然是八成，自從結了緣，我就收到每期的《百家湖》，上街乘車，從公文包掏出消磨時間閱讀的就是《百家湖》了。月刊週期緊張，昌華兄和萬輝、愛華三人撐起編務，實在也不簡單啊。

這一天，聊得真愉快！晚上在地鐵裏的麵包店買了些食物帶回酒店當晚餐。

2

來南京後，因為有了「博友」盛虹的手機號碼，瑞芬開通後，彼此聯絡就很方便了。在「虛擬的世界」認識的「博友」可遇不可求，特地安排多逗留南京兩日，剩下最後一日（十二月十九日），我開玩笑說，這一天就全部獻給妳盛虹。

與盛虹結緣，很是偶然，她在一次評論裏，希望讀到我的書，我感覺上此話很有誠意，現在願意讀紙質書的人越來越少了，認真的我，也就試試發紙條向她要地址，我好寄書，她也真發來了。那麼巧那時她在她的博客於公祭日（十二月十三日）發表了一篇《南京，充滿憂傷悲痛的歷史文化名城》，我愛不釋手，就決定試試與她見面。她也爽快地答允，而且很高興地表示歡迎。在那麼短期的文字交之後，機緣巧合遇到我們有機會到南京，這也全靠緣分。

十九日有司機開車載她來。在大堂迎接盛總，初見嚇了一跳，她短髮，身材高挑，活力，開朗，我讚歎一句，你好高啊！博客大頭像太小，該換一張了，你微信裏的那張就不錯……見我這麼說，瑞芬和她不期然地停住腳步，立正，並排在一起，叫我看看誰高一些。我們也許是二十來年的出版業養成的職業病，身高比諸早期有所減，盛總稍比瑞芬高些（我以前也高瑞芬很多，長期揹書、負重，現在身高與瑞芬差不多了）。在酒店房間坐了一會兒，用自動方式拍了幾張照做紀念。我們就按計劃前往南京大屠殺紀念館參觀。走向紀念館，我們在一組雕塑群像前看了很久，盛總在身旁加以解釋，告訴我們設計者名字。我們最感動的是「家破人亡」和母嬰雕像。那個主題雕像名家破人亡，母親高達十一米，提着萎謝的孩子，非常震撼人心，盛總説作者是中國雕塑院院長、南京大學美術研究院院長吳為山教授。此館，居住南京三十幾年的老南京盛總不知來過多少次了，依然耐心地陪我們參觀了兩個多小時。（參觀感想已經另寫《南京大屠殺紀念館沉思錄》）

中午吃飯後已經是三點左右，距離晚上的飯局沒多少時間了，也就省去休息和舟車勞頓，盛總帶我們在以前她掌管過的酒店餐廳喝下午茶吃花生聊天。盛總文章寫得好，原來學的雖然是企業管理，但酷愛文學歷史，難怪非文科而勝文科。她解釋「退到二線」的真正含義，對於我們這一雙對內地制度已經完全陌生的制度盲，太有新鮮感。尤其佩服她的旅遊觀，一年一度的遠距離區域的深度旅遊哲學尤其是讓我們聽出耳油（詳見她的博客文章《行走在路上的時光總是美好的》），她開玩笑説，你們去過很多次的地方可以減少，但像這次來南京的方式很好啊，就不要放棄。我們大笑起來。又談到了博客，她本來不過為「記錄一下旅遊到過的地方」，也為推薦自己讀過的、喜歡的文章與大家分享而開了博客，其實平時沒多少時間去打理。談話期間，酒店、餐廳的人來去、經過，都很尊敬地與她打招呼，我們感覺到她的人緣很好，領導魅力不同凡響。彼此又說到博客的交友，有人很擔心，但我們都有共同的看法，世界上還是好人居多，尤其是寫文章的，一般都是在寫自己，將自己不少情況袒露，很難偽飾的，大抵也可以從文章多少瞭解對方。最令人欣慰的是盛總有個幸福的家庭，女兒在英國，先生在常州，家庭成員都有很好的工作。是的，太令人豔羨了。我們最初認識盛虹，源於她的精彩美文，哪裏想到有那麼多意外的令人驚喜的收穫？

晚上盛總豪氣，在這間酒家設宴，我們的朋友也是她的朋友，可見她的重情好義，連《百家湖》主編、作家、書法家張昌華和編輯、作家蔡曉妮也都一起請了，菜肴豐美，談話內容文化氣息濃，可聽性很高，令胃口大開。以文會友實在不錯，朋友素質起碼低不到那裏去，文化興趣大致相同，話甚投機千杯少。一旦發現比想像得還好，更是會感謝上蒼和文字，怎麼會把那麼好的朋友「送來」給我們認識。見到盛虹的感覺就是這樣。此行太值得了，今晚，想見的都集中在一起了。感謝盛總的好安排。

相遇一朵雪蓮

相遇是緣，相扶是情，相知是愛。

我們在人生的旅途中，相遇一朵雪蓮，真有無限的驚喜，無限的感動和感激。

有的人，相見無數次，就是泛泛而交，在我們有限的生命裏只是擦身而過；有的人，只是相觸一天，卻一見如故似的，刻骨銘心，時時縈繞浮現於懷。難怪俗語有道「有緣千里來相會，無緣對面不相逢」。

與雪蓮相遇於二零一三年的夏季的紹興。我在當時的遊記中曾經描述了對她與女兒的印象：「車子開到一家很豪華的酒店，上來一對母子……。母親戴着遮陽墨鏡，穿着淺藍色牛仔布短袖及膝，有着幾個口袋的連衣裙，樸實中不乏時尚和洋氣；長髮披肩；小女兒看來十三歲上下，穿着淺橙色上衣、深藍短褲，背上揹着一架看來價格不菲的照相機；她的頭髮向後束成一個小髻，炯炯有神的眼睛雖然不很大，但透露出慧黠的光芒。」（《夏季，走在傘影相疊的紹興長巷》）我們回到各自生活的城市（香港和寶雞）後，雪蓮還寫來文學色彩十分濃郁、我特別喜歡的讀我散文的感想文字。那樣的文字需要博覽群書和熱愛文字才能寫出來，我罕有地把她應用在那篇散文裏了。文章末尾，我這麼寫：「啊！這樣看來，紹興之旅，不僅重溫了魯迅，而且竟結交了讀書人的朋友！這真是意外的收穫！炎夏下的紹興長巷，連一對很文化的、愛讀書的母子——雪蓮和煜晨，都會互久地烙印在我們的記憶深處了，不失為一次名副其實的有意義的文化之旅！」

就是那一次紹興的一日遊，竟讓我們「相遇一朵雪蓮」，與她結緣，從此電郵不斷。最感動的是，那一次紹興之旅，因為紹興高溫高達三十九度，我們最後的步行街倉橋直街無法再遊，逃回酒店避暑。沒有料到心細如塵的雪蓮不忘千里寄來有倉橋直街的一張明信片，以作備忘。為了感激，我寄了幾本書給她和煜晨。沒想到她在我們女兒海瑩結婚時寄來了很有陝西地方特色的紅布花門簾兒，有次還寄了一本精裝彩印的價格不菲的有關介紹兵馬俑的厚冊《秦始皇帝陵探秘》給我。雪蓮想人之所想，珍惜彼此的友情，真乃我們所遇的難得的一位旅伴，慢慢也進入好友的視野和層次。

這一次我們要去西安，有心的雪蓮很高興，知道我們言出必行，也就翹首以待。最難得的是她心兒細密，認真處事。除了不斷來問我們的行程，她還願意儘量配合；還多次查閱網上多種對西安的介紹資料，電郵過來供我們參考。她而且是有問必答，自己不清楚的就問別人，最後還提出了適合我們的一日游和自由行結合的特殊方案。最叫我們感激的是她將特地從寶雞趕來西安，全程陪我們同行。酒店，甚至大型歌舞《長恨歌》的戲票，她都幫我們預定好了。她設想得很周到，酒店就選點在距離好幾個景點都不遠的中心地帶。她的準備功夫做得很足很細，考慮很全面，甚至酒店的要求等等細節，都認真細膩一絲不苟，令我們歎為觀止，猶如服了一大顆的定心丸。

雪蓮在我們抵達那天，也同日從寶雞乘了三個鐘頭的巴士到西安機場，下車的站就特地選擇距機場不遠的車站，為的是方便接我們的機。那天下午飛機晚點，又下着雨，雪蓮在機場等了很久，我們走到出口處就看到她笑着揮手了。她十四歲的女兒煜晨一直由她照顧，這一次只好放給爸爸，真是叫我們於心不忍。

此後四五天，我們和雪蓮同吃同住（在同一家酒店）同行，讓我們充分感受到她對我們的感情和友愛。她付出是那麼多，真讓我一個大男人慚愧。她不怕對西安的某些細微末節不熟悉，愛問話的一張口非常管用。景點、車站、辦事的地點……她沒把握時就問，無處問時就自己出動，做先遣部隊打探。還有，她對瑞芬的照顧，細心得已經遠遠超出一位朋友的關心了，好叫人感動。瑞芬腿部在途中觸及舊傷，我們多次出入醫院，到銀行、寄速遞等等，都是靠雪蓮陪同和帶路，因而一切順利。因為彼此的信任，瑞芬把心裏話一股腦兒向她傾倒，我對她說：「瑞芬喜歡說話。」她說：「我喜歡聽她說話。」她也說了好多她的故事。

雪蓮顧及他人需要，給我印象特深。我未敢問及她的家庭父母，但從不少細節看到了她的良好的為人品性，秉承了中華兒女與人相處的優良品德。我們年紀大她不少，重物她總是搶着拿：陽光強烈時，她協助打傘。有次在大雁塔附近，瑞芬因腳傷，在樹蔭下坐着休息。她帶我到噴水池那裏轉一圈，下午的陽光正強烈地將熱威灑下來，灼燒着皮膚，她為我打傘，我不好意思，雖然她把我當老大哥般照顧，我卻不習慣那樣被「服侍」，我就說「不用、不用」，她就答我說「瑞芬老師不愛你曬黑」。心兒細密如針，教我感動極了。她把準備好的三十張打印的西安旅遊資料給我，上面一張赫然是她手寫的西安四日《行程計劃》。她知道我是業餘寫作人，需要的是甚麼。最感動的是對於我們來說，瑞芬因為從驪山走下一千多級石階傷及剛治好的腿，旅途不順利，理應多休息，但雪蓮擔心如此一來，西安計劃就要全部泡湯，因此在顧及不要太勞累的同時，她還是以慢節奏、慢速度陪完我們走完全程。她耐心、諒解又善解人意地儘量使旅途輕鬆，減輕瑞芬的負擔。在大雁塔外，我說，雪蓮，不用進園了，這樣看外觀已經很好了，我們到西歐旅遊，很多也只是從外面看看及拍拍照而已。妳設計的西安計劃，我們還是大部分都去了，您為我們做導遊已經可以獲得一百分了，我們十分滿意。

我們也喜歡雪蓮對自己祖國的滿心熱愛，永不嫌棄。她和女兒煜晨喜歡拍照，到處拍照，對於祖國的好景點、難得的美食、鎮館之寶始終懷着一顆好奇的童心，知道我們也喜歡拍照，我要是有甚麼漏拍了，她總會提醒：「這一件全館最重要的。」「這一個，您可以拍一下。」我們更是感激她對一對來自香港、非親非故、喜歡遊覽卻又是「方向盲活寶貝」的我們的信任，特從生活的地方來陪我們游西安，讓我們的西安行寫上完美的句號。

嚴寒發芽的雪蓮只有五千余米高的天山一帶才有，人間的雪蓮式人物迄今已經不多了啊。用感謝已經不足於表達我們對她的喜歡和敬意。

二零一四年七月九日

西安印象

那街，哄哄騰騰飛上天

夜市、步行街成為很多旅遊城市的景點，是的，缺乏這些，會令城市大大遜色。如果說那些歷史博物館、藝術館是一個城市旅遊業硬件的話，那麼夜市、步行街就是軟件了。和喜歡從觀賞一個城市的市容來為城市打分一樣，我也喜歡從夜市、步行街欣賞一個城市甚至一個國家的風土民情。可惜我們感覺到有的夜市、步行街無啥性格特點，其開發純粹從商業性考慮。這樣的夜市和步行街沒甚麼看頭。

西安回民街不然，不來走走看看似乎有點兒損失。

西安回民街簡單地説就是鼓樓一側那條街，具體地講指的就是從鼓樓到北院門的那條南北向街，因為靠近化覺巷一帶，清真寺也都在同一區，因此要走，可以連清真寺也瀏覽一下，進入清真寺每人門票是二十五元人民幣。

西安回民街熱鬧、聲雜，人多，西安本地的人固然喜歡來這條食街尋尋覓覓，外地遊客更愛來走走看看，邊行邊吃。好奇的眼睛，好奇的鏡頭，像獵狗一樣敏鋭，從四面八方遊走，不斷地拍攝，不斷地獵奇；整條街鬧哄哄的，熱騰騰的，好像就要飛上天去。多少次在其它城市的步行街亂走亂闖，沒有驚喜的感覺。但西安回民一條街真的好特別。

回民街夠風情。從不曉得西安那麼多回民，更不知道在回民街那麼集中。在印度尼西亞的一些大都市，我們未必容易見到伊斯蘭教徒戴上那種回教徒帽子（也就是新疆維吾爾族男人常戴的帽子），在這一條街，不少小夥子、店員都戴着回民帽子，一些女性包着頭巾，這種異域風情，實在為一奇。妙的是還有女子坐着招徠看戲；而最誇張、最動感也就感動的是兩個回族青年在掄大錘，以最大的動作幅度、最大的力度捶打着一塊核桃酥厚塊，你一錘我一錘，好像在打鐵，看得遊客咪咪笑，一個嬌弱女子也在模仿着。如此一來，買賣營生中還配合了技藝表演，令一條街活潑生動，充滿朝氣！甚麼美食的製作過程和方式，也都在攤檔公開，沒甚麼秘密。別樣風情還見之於，有檔雪糕，命名「土耳其雪糕」，那個買賣的老闆也真是土耳其人，站在那裏任好奇的步行者拍照。

回民街夠世俗。所謂世俗，就是實在、通俗，不高調，不虛假，一走進來，店鋪賣甚麼東西一目了然，小攤的美食怎麼賣也明碼實價。有的攤檔現炒現賣，色香味俱全，我們看到東西，知道怎麼製作的，還瞭解怎麼賣的，實實在在，貨真價實，喜歡就買，滿意再買，不滿意看一眼就走開，像那一攤「神農架小土豆」，就非常引人。一顆顆馬鈴薯，塗上一層金黃色的咖喱粉和其它配料，嬌小玲瓏，令人垂涎欲滴，雪蓮買了一大杯讓我們品嘗，也不過八元人民幣。嘗試後，果然美味，鬆脆可口，很快就成為腹中物了。最喜歡的還是那些招牌，將賣的貨色清清楚楚寫出來，單單是那些美食名稱，就是不可多得的食街大食譜，足以滿足我們的想像力，刺激我們的舌蕾。

回民街夠市井。西安回民有許多美食，幾乎都可以在這條回民街看到和吃到。各種個樣的肉夾饃、餡餅、羊蹄、烤羊排、烤羊肉、烤肉串、綠豆糕、花生酥、核桃酥、花饃、……看得我們眼花繚亂。從甜的到鹹的，從小吃到足以飽肚的，從現場製作的到做好裝袋的成品，無不齊備。想在路邊打打牙祭，到進入有冷氣的館子，翹翹二郎腿地慢飲細啜，無不隨意。最爽心的是不滿意開價，可以慢慢講價，雙方不滿意也可以不成交，呵呵，只要走進回民街，臉皮厚薄都沒關係。

回民街夠喧鬧。我們是在大熱的白天來的，小街已經夠熱鬧，何況晚上？吆喝聲，交易聲，摔酥團聲，說話聲，招徠生意聲……構成了回民街的聲音河流。我們走得腿酸了，就跑進店鋪看看有甚麼手信好買。西安出產紅棗啊，山核桃啊，碧根果啊……做成袋裝的，擺滿店鋪的架上、攤檔上。瑞芬還與包頭巾的回民店員、老闆一起合影。

傍晚時分，我們走得盡興，從來鼓樓的原路走回去，看到洶湧的人流，正向回民街走來，好像一潮一潮的浪，奔騰不息席捲而來，可想而知，夜晚的回民街一定被熱烈的人氣哄哄騰騰地蒸發到天上，受到天上諸神仙的歡迎。

夢幻帝妃生死戀——觀大型舞劇《長恨歌》

把這樣大型的舞劇吹噓得天上有，地下無，我很不贊成；但我依然將西安的大型舞劇《長恨歌》列為我們西安之旅的必須觀看的節目。這樣融科技和舞蹈為一體、極盡視覺之娛的、又是在華清池實地演出的大型浪漫舞劇，不看實在可惜。因此，儘管一張票近乎三百元，那也是很值得的。主辦單位打造這一千三百年前的皇帝妃子愛情神話就耗費了一億五千萬人民幣。決定觀看並非臨時的權宜之計，除了我們喜歡藝術，也因為楊貴妃的傳奇。我們在鄭州看過少林寺，也是以山為背景的大型演出；在澳門看過歷久不衰的《水舞間》，其實也是同一類型的大型舞劇，主舞臺就淹沒在水下。楊貴妃和唐明皇的戀情，之所以超越一般的皇帝與妃子的關係，除了他們各為對方的才華所吸引外，還因為白居易那首《長恨歌》將他們的戀情不朽地流傳。唐明皇李隆基懂音律，楊貴妃擅歌舞，還創造了史無前例的霓裳羽衣舞。唐明皇除了喜歡楊貴妃的國色天香、絕世容顏、豐滿身材外，還傾慕她的絕世藝術才華。雖然她是從兒媳身份慢慢轉型為第一夫人，終究也能獲得專寵真愛，兩人達到了不離不棄、纏纏綿綿、甜甜蜜蜜的生死高境界，至少也相處了十一年，以致大詩人白居易不能不寫出了千古名篇，罕有地為一個皇帝和一個妃子歌功頌德，寫下充滿華文麗詞的愛情經典，這在中國帝妃史上還是不多的。

我們參加西安一日遊的最後一個景點就是遊覽華清池，當晚的演出就在現場。我們從驪山走下來疲勞不堪，我們沒再走出園，就在園內的酒樓吃東西，雖然只是煎餃、麵條，但東西做得很精緻，價錢也不菲，真讓雪蓮費時又花錢。吃飽我們就不需要再出去，就走到了華清池的演出現場。觀眾很多，從每年的四月到十月，除了節假日加場，每日一場都有人滿之患，可見《長恨歌》受到歡迎的程度。幸虧雪蓮替我們預早訂票，不然今日就要向隅矣。

我們面前就是一面靜靜的池水，水背面就是驪山。將暗未暗的天色，呈現一抹紅霞，煞是好看。當華燈初上，地上的點點星光點綴着眼前的山水，我們不敢想像等一會的演出將怎樣進行？會有甚麼樣的驚人之處？只覺得一切都是那麼不可思議。中國歷史上的大唐、盛唐時代，我一直就覺得是一則長篇神話，一種傳奇，那樣的國力氣魄以後幾個朝代都無法再現，他們的唐詩和接着而來的宋朝宋詞，合力將中國文學推上頂峰，其所到達的文學高度，甚至迄今在也無法超越。唐詩一句是七個字，一首是二十八個字或五十六個字，密度濃度極高，勝過了今天充滿水分的文字裏腳布。那時候（唐詩）的愛情詩詞，可歌可泣，凝練美麗，也成了今天的絕響。因此，多麼期待今晚的演出，帶我們回到盛唐，從中披一身大唐年代的盛氣和豪氣回來。

……當約九十分鐘的演出結束，我一直就感覺那簡直是一場夢幻，也明白了為甚麼會在水上演出，畢竟水朦朧，水柔情，水中滿是昔日美麗而破碎的記憶；鏡中花，水中月，現實和夢幻就常是那樣的交纏和分辨不清：水是時間流逝的最佳最重要的意象；水也可以淹沒無法解讀和很難破解的被歷史塵封的秘密。啊，當帝王和妃子雙雙飛到天上續寫他們的愛譜，眼前的水池和驪山恢復了先前的一片漆黑安靜，你能說剛才的盛唐愛情故事不是一場夢幻嗎？

真的要感謝唐朝的詩人們，今天的許多熱門景點就因為被他們寫過，而今，如果不是從白居易的《長恨歌》得到靈感，舞劇不太可能如此美麗緊湊豐富，甚至可以說大型舞劇的內容，其實也是依據詩詞作為提綱，才會造致那樣瑰麗的、聲色俱佳的結果。當然，全劇完全是浪漫主義色彩的，將唐明皇李隆基安排與能歌善舞的楊貴妃對舞，舞的姿態又揉合了芭蕾舞、現代舞和民族舞的精華，看得我們渾身細胞在快樂地跳躍。唐明皇縱然不是上舞臺的第一個帝皇，但相信他會是皇帝中被正面歌頌的擁抱着心愛妃子跳舞的第一人。從兩情相悅、持寵而嬌到生離死別、仙境重逢，舞劇排戲頗為緊湊，顯然受到白居易《長恨歌》的影響，有關的介紹文字就以詩句作為內容分場，如「楊家有女初長成」、「一朝選在君王側」、「夜半無人私語時」、「春寒賜浴華清池」、「驪宮高處入青雲」、「玉樓宴罷醉和春」、「仙樂風飄處處聞」、「漁陽鼙鼓動地來」、「花鈿委地無人收」、「天上人間會相見」，均來自《長恨歌》。舞劇重現和演繹《長恨歌》內容，難怪也以它命名。白居易如天上有知，也會老懷大慰。

規模浩大，動員三百名演員演出，將一場又一場不同的舞蹈、宮廷儀式、禮儀、重大變故、帝妃的愛戀的始終和變化演繹得淋漓盡致；而服飾色彩豔麗，氣勢恢宏，佈景堂皇華麗的皇宮和亭台樓榭，又為我們勾畫出一個無與倫比的強盛朝代。唐代的舞蹈因楊貴妃霓裳羽衣舞的創造更加多姿，其中穿插了楊貴妃參與的胡人強勁緊湊奔放的胡旋舞和胡騰舞，達到鬆緊有致的舞臺效果。在眾人背景中突出了唐明皇和楊貴妃的雙人舞，非常出色。安祿山造反一幕效果也極佳，現場的熊熊大火和背景的奔騰戰馬很是逼真，氣氛濃烈，彷佛讓我們嗅到了安祿山反骨叛逆的惡味和戰爭的嗆鼻硝煙，將大唐的命運推向了衰敗，也燃毀、凍結了李楊的春宵殘夢。最後的一幕「在天願做比翼鳥」以及放飛和平鴿，令觀眾疑幻疑真，還不過神來，那是真鴿子還是紙鴿子？至此，藝術、舞蹈、科技、自然、傳統、歷史、文化、傳說……全都成為一場大型舞劇的盛宴，在一片水的帷幕裏化為朦朧的光影慢慢隱去，將你從盛唐的夢幻裏喚醒回來。

多麼令人懷念的大唐年代，多麼美麗的帝妃愛情的傳說，多麼令人好奇的在中國歷史裏的一個奇女子楊貴妃。好一個《長恨歌》大型舞劇！

古樸典雅的碑林

那個靜靜的碑林下午，我們在園內待留了很久很久。

那個空寂的碑林下午，我們坐在石凳上小憩和思索，想到了中國書法藝術的淵源流長，也想到了人的渺小，生命的短暫，藝術的永恆，時光的珍貴。

當遊人盡數散去，只剩下我們，我們倍加感覺偌大一個碑林博物館，沉靜雄厚，博大悠遠，我們可以在露天下的石桌石椅上慢慢沉思默想，仔細咀嚼一天參觀的收穫，那真是旅遊的最高境界。可是，這樣的情景多時可遇不可求，很感激好友雪蓮的自由行設計，在接近傍晚的時分才入園，避免了人潮高峰。

我們對於書法，雖然沒有練習和鑽研研究，但也頗為喜愛；從在小學開始，就知道印刷字體分為宋書、草書、行書、隸書、楷書、篆書等等字體；長期在出版行業浸淫，也明白哪一種書法字體適合用在甚麼內容的書籍上。在刻印章的時候，雕刻人也總會問要刻甚麼字體。許多人學習書法，在運氣過程中也健了身，活得很長。書法和中國繪畫也密不可分，成為雙絕雙藝，影響深遠。因此，中國的書法實在神奇，兼具實用書寫和藝術欣賞兩種大功能，世界獨一無二。

這西安的碑林在北宋末的一零八九年創建，歷經好幾個朝代的修建和擴大，原先是孔廟的舊址，前身是西安博物館，後來博物館搬了出去，這兒就是碑林專地了。其佔地極廣，約三萬一千九百平米，展覽用地有四千九百平米，展品由碑林、石雕藝術和歷代文物三大部分組成，包括了七個碑石陳列室、八個碑亭，六個墓誌廊，總共十一個展室，目前是全國最大、（國寶一級展品就佔了五百三十五件）、年代跨越二千年的碑林，早就被列入世界文化遺產。

我們喜歡看大師傅拓碑的示範，那是第一次如假包換的打開眼界。大師傅先在碑石上的字塗上一層墨汁，然後將紙貼上去，再用一支扁筆在紙上輕輕地掃勻，這樣就摹出了碑拓，再經過編排及拍攝（現在用掃描）、大量印刷的一系列程式，就將珍貴的碑帖從石頭上面臨摹下來了，成為我們在書店經常見到的臨摹拓本，彌足珍貴。當專家、師傅在示範的時候，連外國人也看得嘖嘖稱奇！

我們喜歡和欽佩在幾百年前、千餘年前就以風格獨特名滿天下的顏真卿、柳公權、歐陽父子、懷仁、懷素等等書法名家的書法名碑，一直到今天，他們不少書法藝術，依然沒有人能夠超越。在這碑林博物館，藏有顏真卿的《多寶塔碑》《顏家廟碑》，柳公權的《玄秘塔碑》、歐陽詢的《皇甫誕碑》，懷仁的《集王羲之聖教序》、懷素的《千字文》等等，都是膾炙人口的稀世珍寶。他們都是大家，代表了中國書法藝術的幾大流派。

我們喜歡那些展示許多奇禽怪獸的博物館，欽佩雕刻者超凡的想像力，當然，最欣賞的還有豎立在園內的露天那些拴馬樁（明清一三六八—一九一一），每一個都有不同的面貌，每一支頂端都有不同的人頭或動物的精雕細刻。它們密集排列着，好像一個個插在地上的巨型印章，又好似少林子弟練功的木人巷，好有氣派！讓我彷佛看到古今的書法家們就在這些拴馬樁上跳躍狂舞，手握着巨筆，將天地當大張宣紙那樣瀟灑揮毫……啊啊，見到了那樣的場景，也就不能不多拍幾張照片了。

我們當然總是會順便在博物館裏的店鋪看看有甚麼好買的。瑞芬在這店裏選購了了不少藍田玉、龍紋玉、絲巾和毛筆，準備送人的。店鋪裏擺賣很多有關書法的書，也有石碑拓本，書法史、名書法家的傳記……這些書都出得很精緻，設計好美，也不算太貴，我都很喜歡，無奈家裏在鬧書災，我不敢再添書了，也就翻一翻解解饞吧！

我們最喜歡的還是碑林的環境，堪稱清幽寧靜，古木處處，濃蔭蔽日，建築物典雅凝重，有不少亭榭掩映在樹叢深處，四周圍都有一些美麗的花草引人入勝。這不禁使我們聯想起當年在北京香山參觀曹雪芹的故居，那幽靜典雅的氛圍幾年後都無法忘懷。當夕陽斜下，遊人離去後，碑林剩下我們三個人在這裏喝水、休息和談天，感受一種儒雅氣和書卷氣。當然最好的還是可以慢慢地拍照，不需擔心有人遮住視線。

慢慢走到園門，看看表已經接近晚上七點了，可是天色還是很亮，看園的人在忙着關門，見到我們也沒有驅趕。雪蓮說，我們再到書院門走走吧！

筆墨香飄書院門

這樣的步行街，我們生平是第一遭領略，要不是到西安，可能在其他城市看不到；要不是好友雪蓮的導引，也許我們就失之交臂，留下幾許遺憾。

這一條步行街，太獨特，不知道中國其他城市有沒有？我看很少，甚至沒有。當我們從碑林走出來，拐向右邊，放眼張望過去，兩邊的攤子，都是清一色擺賣書畫、文房四寶，彷佛在滿街的庸脂俗粉中突然發現一位玉潔冰清的美人，是那樣教我們感到驚喜。

在電腦、手機等通訊工具、聯絡方式日新月異的今天，有關店鋪（比如科學城、電腦、手機中心之類）開得成行成市、如雨後春筍，書寫的文具、工具、傳統的書法備受冷落的時候，買一支毛筆都很困難，有誰想到，這兒有那麼一塊推銷文房四寶、攤攤檔檔都幾乎和書法有關的最後陣地？在電腦打字迅速替代手寫的大變革時代，有誰不願意與時俱進？有誰還在苦苦地抗拒傳媒、寫作、文化領域裏的大變革？在傳統的書法藝術越來越離我們遠了的時候，可是，在這兒，依然奉書法為中國至上藝術之一，頑強地堅持，好像守衛書法高山上的最後一位戰士，苦守在戰場上，死也要死得壯烈！

走着走着，心上升起了無限的感動和感激！

感動於不隨波逐流，在世俗裏有那樣難得的堅持。

感激於不是錢至上，甚麼好賺就賣甚麼！望着這樣的一條特別的長路，想起了攜手和瑞芬行虎山、甜酸苦辣鹹兼備的艱難的文化出版的二十三年，我們從來就沒有出版過一本違心的精神毒品、文化垃圾！

一個那麼儒雅的名字：《書院門》！於是這樣的題目很自然就浮現上來：「筆墨香飄書院門」，我還想對上下一句：「字畫色映文化路」。「色映」最初擬用「揮灑」或「色染」，似乎都沒有「色映」為好。「色映」可以對「香飄」，格調似乎高雅一些。

書院門一條路，其中一側就是高高的明城牆，那些小檔和地上攤，就依在城牆腳下開檔，另一側就是碑林，倒也是頗為天時地利人和的，環境氣氛都濃郁和諧，尤其是兩排濃密樹木的枝葉交錯成綠色的屏障，猶如把把大傘，將炎熱擋在外面，灑下了一大片如水的清涼，漫步其中，說不出的涼爽快意。

一檔一檔的、一攤一攤的，有的有攤檔，主人正在整理；有的乾脆擺在地上，書畫成市，已經不管它是原件真跡，還是仿造版本。

有的地攤，售賣的是各種各樣的彩畫，從耶穌到觀音菩薩；從佛祖釋迦摩尼到各種偉人、宗教領袖、偶像、天上諸神仙……而孔子、孟子和朱熹，僅是平面畫是遠遠不足的，在書院門路邊還有他們的半身銅雕像豎立着，異常矚目。

有的攤檔，賣着剪紙、毛筆，各種大小毫，有貴有廉，一分錢一分貨，那麼多那麼齊全。我想到了有一年印尼的文友托買毛筆，我們找遍了香港，毛筆有是有，但貨色就沒有這兒的齊全，我恨不得買下半檔帶回去，批發或贈送都不失為弘揚中國書法文化的好事，可是我怎麼搬得動，海空遙遠，萬里雲天，山川阻隔啊。

有的攤檔，賣的僅是珍貴的舊書，都是有關書法和名畫的。層層迭迭，儘管那麼陳舊了，可是主人就是不願意丟棄，他們顯然都是識貨的人，縱然認識很淺，可是浸淫其中，年深月久，也從淺到深了，都無不是半個專家了，否則顧客問起來怎麼能回答呢？

有的攤檔，只賣紙張，主要是各種各樣的宣紙。一迭迭的不同規格的宣紙和其他類型的紙。這樣大量供應的紙張，我就覺得非常神奇，極度的興奮，完全不可思議。在世界上，多少千萬、百萬價格的超級名畫畫在其上，多少龍飛鳳舞的書法在上面成為絕響。特殊的工藝，才能製造特別的紙張！我從小對紙張就有濃厚的興趣，一直愛好了大半世紀，到了今天，雖然我們已經從爬格子動物轉身成為了鍵上舞者，我對以前買存下來的原稿紙還是不願意丟棄；平時，見到一張白紙、小張紙片，總是珍惜地收集起來，愛在上面寫寫字。

還有一些攤檔，專賣印石，為人刻章；賣國畫、賣紙傘，賣玉器……總之都和書畫有點關係，都和文人雅士沾上了點邊。越走進去，發現攤檔的後面也有一些店鋪專賣紙張、為人刻章與賣各種石頭。

我不知道這無數的攤檔的生意怎樣，但對他們在做一種和承傳與弘揚中華文化的「生意」產生了一種敬意，我在想，我們中國古代不少經典文學、民間特殊技藝、行當就是靠老百姓和民間流傳下來的，但願這條不朽的書院門，出現在祖國大地每一座城市，也發展到海外有華人的地區，那就很令人欣慰了！

遙居香港，寄上我們的衷心祝福，並為農曆新年的書院門，送上一對缺乏音律平仄的對聯：

筆墨香飄書院門

字畫色映文化路

讀兵馬俑

走進兵馬俑一號坑，彷彿穿梭到兩千年的秦朝，感覺歲月的腳步就煞住在歷史的某一刻，時間凝止了，畫面定格了，萬籟俱寂，遠去了戰馬的蕭殺嘯叫，也消失了刀劍的光影交錯和疾速碰撞。你不由得也屏住呼吸，靜待某一個時刻的到來……

走進兵馬俑一號坑，也像走進了古代的練兵場，欣賞着一萬四千平米的大操場上整齊地排列着六千位兵俑，四十五架戰馬車（全部出土的估計），他們是多麼對稱、多麼正規而嚴密，儼然構成一個馬上可以奔赴前線作戰的長方形軍陣。多麼的撼動人心！這不是如假包換的是步兵和戰車組成的方陣嗎？

你走進兵馬俑一號坑，就好似接到秦國皇庭的請柬。邀請你觀摩一次消滅六國的實習，只是讓你做無限的遐想，讓你想像的空間呈現豐富的戰爭畫面，避免了現實裏的血腥氣和不忍目睹的肉體堆積如山……

是的，走進兵馬俑一號坑，我們會被一種整齊和安靜所震懾，覺得安靜中好似即將會有一種可怕的爆發，而此刻只是暴風雨中暫時的片刻寧靜；沒有戰爭中的殘酷和廝殺，沒有血腥和硝煙，但那種氣魄，那種架勢，那種整齊，您不能不驚奇萬分。比起那些沙塵滾滾的戰馬奔騰、戰士的拼搏和衝鋒，這樣的靜中寓動，更是勝出一籌！所謂的無聲勝有聲，也許就是它的最好詮釋！這完全不是那位千古一帝的功勞，而是無數留名或不留名的陶工，無論來自朝廷的，還是從民間徵集的，都不約而同發揮的默契和天賦，他們為一個莫名的主題而日夜製作和焙燒兵馬俑，理解的天分和巧妙的手藝達到了高度融合的地步。

再看看兵馬俑二號坑，雖然沒有一號坑大，六千平米的面積也站了至少一千三百個兵馬俑，如果全部出土，配套的馬車至少也也有八十九輛。這個方陣，專家們研究了很久，發現了它的複雜。步兵陣、弩兵陣、戰車陣、騎兵陣混合成奇特的方陣，你會覺得，雖然在地下的皇城廣場，他們一點也不含糊，可以想像你一旦想進攻這地下皇城，一定會陷入重圍、無法逃脫，死無葬身之地！

再走到三號坑看看吧，那是最小的一個坑，只有五百二十平米大，但那站着的六十八個看來有相當級別的吏俑，被委以重任；還有馬四匹，戰車一輛，據說這是指揮部，所有的攻守策略，均由此定出：也包含了儀仗人士，為勝利和平安做出美好的祈禱。

三個坑，形成了一個品字形，組成了驚人的地下龐大的衛戍部隊，也是大規模的兵團。雖然理念來自千古一帝「事死如事生」，但在完成這些空前絕後的陪葬品設計的過程中，民間的陶匠、一身絕技的藝工，卻貢獻了他們的本事與天分，把民間的傳統技藝、高度文化、中華文明、古代雕塑等等的聰明才智全部淋漓盡致表現了出來。

最不可思議的是那麼多的陶俑，貌似相同，其實迥異。細細辨別，就可以明顯地體察到陶俑的類型、級別和身份多種多樣，有跪射俑、高級軍吏俑、中級軍吏俑、鎧甲武士俑、騎兵俑、戰袍武士俑、御手俑、車俑、立射俑……不是統一分工，群體配合，如何千變萬化？

最不可思議的還有千人千面，栩栩如生，有血有肉。不要說那些較粗略的，比如站姿、兵器、武器、站位的不同，就是那些最小最細的地方，兵馬俑都一絲不苟。從他們的鬚眉毛髮到五官大小，從他們的嘴角張合到眼神表情，從他們的服飾冠帶到戰袍鎧甲，都無不雕塑或繪畫得細膩逼真。其中有些官職的，襦袍鶡冠，神情肅穆；普通的兵俑，甚至連他們的束髮帶也呈現不同方向，千變萬化！至於姿態，最教人感到生動逼真，有的嚴肅巍然，眼睛炯炯有神；有的憨厚老實，木然可愛；有的儀表優雅，器宇不凡；……兵俑是如此，連那些出土的陶馬也是感性生動，仿如匹匹活馬。它們棱角分明，引頸昂首，馬頭方正，肌肉呈現，臀部豐滿渾圓！兩千年的陶俑陶馬竟然就有這麼高的製作水準，太天才了！據數據稱，兵俑

的平均身高就達到一點八米，最高的有兩米，最矮的也有一點七二米，而陶馬身長兩米，高約一點七米，有人考據，這些眼睛較小、身長、腿短的兵俑，正是兩千年秦國人的模樣。如此說來，這樣的兵馬俑，除了為皇帝「御用」外，又是相當有價值的研究歷史的生動資料，不是文明和智慧的產物而已矣！

歲月已經流逝了幾千年，看過多少遺址，多少古跡，兵馬俑是最要細讀的一處，讀他們的神情，讀那些方陣，讀那些數量，都會讀出無數感歎感觸，讀出一部大書，讀出許多反省後的醒悟，讀出一系列疑惑後的釋然。

歷史，其實真是不好解讀的。

兵馬俑，其實迄今也只是冰山的一角而已。

相約在棗莊

想到山東已經很久，二零一四年六月底到七月初，把到西安和到山東連成一條線，想將十朝古都的歷史餘韻和齊魯孔孟之鄉的儒家氛圍融合，煮成一鍋不滅的記憶。不料人算不如天算，在意大利比薩斜塔下扭了腳、舊患未愈的瑞芬，在下又陡又窄的驪山石階時，又添新傷，取消了行程，令棗莊的許秀傑老師好生失望。

想到棗莊已不短時日，如何選擇最佳的季節出遊，汗不必出得太難受；如何將幾個重要的大城小縣都遊覽一遍，如何在離團後，科學地自由行，再探一探我們欽佩的才女許秀傑老師，她的生活，她的一家。因此，相約在棗莊，無論如何艱難，一定要成行。

這個棗莊雖然沒有青島、濟南名氣大，但畢竟是山東第三大城市。查看網絡資料，再細讀山東地圖，不得了啊，孔子故鄉曲阜、台兒莊大戰紀念館、台兒莊古城、徐州、青檀寺、冠世石榴園……都只是一到三個多小時路程，棗莊彷佛就是一個天然的旅遊根據地和棲息點似的，園規中心一點，景點環繞在東南西北。熱情的許老師一再請我們放心，我們就把全部交給她安排吧。只是怕驚動許老師一家人。

相約在棗莊，如果不是許老師在那裏，讓我們服了定心丸，我們也許不會去踐約。感謝妳美麗的文字，讓我們先在博客相遇，然後成為朋友，然後無所不談，然後親人一般，互相關懷，互相鼓勵。想到這一點，也就疑慮全消了。

相約在棗莊，是的，縱然景點再美，歷史再古，都會成為過眼雲煙，但真摯的朋友，我們可以從她的身上學到很多東西；深切誠懇的感情，友情，是一生可貴的財富。相約在棗莊，這個仍然被許老師視為異鄉而漂泊的城市，我也不免感到好奇，正如我們原來在南方熱帶島國生活的人，怎麼會北上到中國大陸讀書，後來又怎麼會落戶定居在香港？我們也想看一看，妳生活的周遭環境，妳是怎樣奮鬥、從妳自稱的「女農民」改變命運、成為一位女教師的？而且在業餘，能變幻出那麼多那麼好那麼美的文字的？

二零一四年末在北國冰天雪地的時分，妳和家人因緣際會來到了香港。可惜行色匆匆，我們居然無法餐枱上細酌慢敘，暢談個痛快。夜晚，我們到很遠的酒店看望妳和家人，然後陪妳們搭上計程車來我們家，先在黃埔號陸上巨輪前拍照留念；瑞芬在家裏烹調神秘美食表示迎客的盛意；白天在尖沙咀星光大道，也是那麼匆忙，我特地跑去為妳一家拍攝留影。話題還沒煲熱，故事仍未入港，我們已經揮手告別，頃刻間各在天涯。我們相信，會有再見的機會；我們相信，會攜手結伴到山東遊覽，但不敢期盼，竟是那麼快！

二零一五年八月，在青島離團後，膠州的藍莓老師和先生李老師陪同我們，還買好車票，一起乘高鐵到棗莊。抵達後不久，就看到許老師妳激動地從遠處小跑着過來。妳的先生郝先生開車，雖然坐得較擠，但大家都感到高興得不得了。我們要感恩文字，讓我們原本不認識的、而且距離那麼遠的人在人生道途中相遇、相識、相交往、相激勵！

最早無意間闖入妳的博客，一下就被你那些抒情、詩意的博文題目所吸引，而且數量龐大。那些題目的組合都好美，遇到我這樣也素來講究題目的人，有着很強烈的吸引力。不少篇名關乎時令和文字，如《冬夜，用文字取暖》《文字，捧在掌心裏的暖》，像這樣感覺到文字溫度的句式，我覺得好新鮮。再後來，我讀到一篇《穿梭奇記》，妳敘述自身回到唐朝的感覺，穿梭自如，構思妙，句法好、文字美，令我愛不釋手。再慢慢一篇篇讀下去，發現妳寫寒夜裏的蟋蟀，傾注了人道主義的關懷，那麼細膩那麼悲天憫人；妳的小說題目也大都很詩意，寫主人翁在槐花中那個場面好美，令我想起了少年時代讀過的荷花淀派大師孫犁的《鐵木前傳》。可是，令我大惑不解的是妳小説裏的大多數女性的命運，又是那麼愁苦那麼淒慘；縱然那些抒情的美文，思緒都隱隱透着一種悲觀的、負面的主調，究竟為甚麼呢？不像是無病呻吟啊。慢慢地隨着閱讀的擴大和深入，我一方面發現了妳對唐詩宋詞的嫻熟，許多句式彷彿被古典詩詞薰陶過似的，或者純粹就是浸染在詩詞裏，在古典之火爐裏鍛錘打造出來的，散文多數寫得多麼漂亮啊，那另類的文采在博客世界裏太稀有了。可以説我將妳的博文讀的最多。可是我完全不知道妳名啥姓什，我也不知道博客名稱kehuanhonglou是甚麼意思？如何稱呼博主。自從我開博後，在互動交流中，將瑞芬和我的合影作為大頭像放在首頁，其實也給了我一些方便，免得一些女性顧忌。但正當我很想進一步閱讀和瞭解更多時，在紙條裏妳不但很快告訴我妳的真實姓名，還告訴我妳的年齡和做教師的職業。這樣的信任和直爽，也着實讓我吃了一驚。都説年齡是女性的秘密，可是你完全無所畏懼，沒有那些心計，那是友情的開始；如果一開始就警惕着博客外來的探索眼光，將自己如同用鐵籬笆般圍得滴水不漏，那我必然會將讀妳很快截斷，奪路逃遁。

我們要感謝文字的力量，感謝文字這種超然的真誠，有那麼一種天然的磁性，將具有真誠、善良共同品格的人結緣在一起；我們要感激四方形文字具有那種魅力和神力，能化陌生為相熟；因為所有的散文小說其實都是在寫自己；在對文字外表剖析之後，發現的是我們都具有相近的人生價值觀。我們為甚麼不可以文會友呢？互相彌補，互相學習，正如妳說的「用文字取暖」。是的，你多次用「暖」這個字，如《在冬日的暖陽中行走》《深秋，素心一片向暖》《文字，捧在掌心裏的暖》等，難道不正是對人間暖意的一種嚮往嗎？我無法再深入探索妳的心靈深處，為甚麼會被一層淡淡的灰色蒙蓋，只好發紙條含蓄地探尋，我終於明白妳大量的美文無法找到本該有的歸屬，你常常懷疑它們的價值從而懷疑自己橫溢的才華。我常常哀歎出版家無法為好稿結集成書是出版家的恥辱，我也不時傷悲，如果寫作人只是顧自己獨唱，文壇如此寥寂沉默，寫作同道不能相互勉勵，唯有自己發聲，比自己好的的佳作卻向隅哭泣，寫作還有甚麼意義？以我之力，我難道不能輸送一點暖給妳。就這樣我向你伸出了友情之手。當我看到編輯如同我欣賞你一樣賞識你，還有甚麼比這更令我高興。當你公開感謝我的時候，我是多麼尷尬為難，某些人會誤解我法力無邊、關係滿天下，而有誰知道，我唯有讀過、而且欣賞的作品才可能試試那麼有限的一些識或不識的編輯的口味？我因此也得罪了一些人，評論我博客幾句也就從此不見影蹤。而你從來沒要求過我一句甚麼。你有尊嚴，我是何等欽佩，是的，有麝自然香，我一直記住這老話，儘管現代人已然有不同見解。在這世道，由於交換利益已經成為潛規則，我這樣一隻稀有動物想伸出溫暖的手，也真擔心被人懷疑有甚麼所圖？然而我那麼多文章發在博客上，幾乎把自己的靈魂赤裸在太陽底下，還畏懼甚麼呢？儘管我們的經歷、背景是如此不同，但不妨礙對許多問題看法的探討，對醜惡現象的厭惡，對文字的癡迷，對寫作的狂熱。

我慢慢將你讀全了，無論你發表甚麼，寫得怎樣，我都會儘量來讀，彈讚你都不會介意，都會為你好、更好；當然還有一種意義，那就是我一向堅持的「哪怕剩下最後一個讀者，都要堅持寫下去」的共勉的意義。多時是欣賞和喜歡，抒情淒美的文章，都有那麼一種我好喜歡的唐詩宋詞的流風餘韻，妳甚至將女兒米命名為「煜」，你能背誦一千首詩詞，你一兩年功夫就寫了近百首詩詞解讀或欣賞；你那麼多小小說，寫的大多數是農村女性的不幸，妳的小說人物群像是研究和關懷現代鄉鎮社會可貴的活生生資料，也體現你不忘本、可貴的悲天憫人的高尚情愫；天國裏的外祖母，妳好嗎？母親的紙條、牆上的記憶、父親、父親的瓦房……讀到妳父親五六歲乞討為生，你們小時候的貧窮，我心顫抖，默默眼熱；讀到你小時候遭歧視，為你不平；讀到你被挑釁時終於奮起反抗，打架打贏那個欺負妳的男孩，為你喝彩，為你鼓掌！我讀東西從來認真，好作品會反復讀幾遍，為你寫長評時就是如此。

文字真好，竟然拉近了原來那麼陌生的距離，誰都不會想到香港和棗莊有一日會變得那麼近。四天來，最初兩天我們、你們和藍莓老師與李老師一起遊覽了台兒莊大戰紀念館、台兒莊古城、李宗仁紀念館、冠世石榴園、青檀寺，藍莓老師和李老師回膠州後，妳和郝先生又陪同我們到徐州獅子園楚王墓、徐州歷史博物館、徐州漢兵馬俑博物館、水上騎兵俑展廳、曲阜孔府、孔林、孔廟……馬不停蹄，一起品嘗中國現代歷史和古代歷史的盛宴，漫步在現代和歷史交錯的祖國遼闊的大地上。在曲阜，我們幾乎將孔府、孔林和孔廟都走遍了，走了一天。從青島開始，幾天下來我們拍攝了一千餘張照片，我們相信，每一次欣賞照片，都會泛起一幕一幕美好溫暖的畫面，笑聲和交談聲都會從相片畫面破空而來。

那四五天裏，郝先生驅車一千多公里，是多麼勞累啊！妳一家啊將我和瑞芬呵護照顧得像一對幼嬰，為我們夾菜、包餛飩、遞水、送蘋果，給核桃汁、拎行李，每日接送……最令人感動的是，為了不讓我們失望，妳和郝先生還在我們抵達棗莊前特地先辛苦地到徐州視察了一次，對值得不值得去做出判斷後才放心再陪我們前往。臨別那天，我們恍如做夢般，多麼珍惜彼此的相處，妳、郝先生、郝煜，妳們一家人送我們上車，久久不願下車，瑞芬擁抱妳和郝煜，再也忍不住，淚流了下來，我們看到妳和女兒也是那麼依依不捨，一直到車子開了，妳們又走到路口送別，向車窗內的我們頻頻揮手致意，我也感到了眼眶濕濕的，耳畔響起了妳說過的許多話，我好疼你們，我捨不得你們走，牽掛你們，這幾天相伴遊玩開心不已，一下子離別，難以接受；妳還說，妳好喜歡瑞芬，瑞芬善良樂觀，她的笑真美，我們都喜歡得不得了……妳說一起遊覽的那幾天是妳最開心的幾天，在妳心目中，我們就是妳的親人……我們在濟南過一夜，飛機是八點起飛，在酒店半夜三點半就起來了，發微信與妳告別，沒想到妳與我們一樣心情緊張，午夜也醒過來了，馬上回復，關心我們是否起來了。啊，難道好友間竟真有那種靈犀？我和瑞芬在歸途中談到了山東之行，我說這一次來山東，好戲都在後頭；瑞芬說，沒有妳們的精心安排和一起陪遊，山東行會遜色很多！一直忘不了妳的善良、直爽、樸實、真誠、體貼及對我們的愛護，文字非常柔美、女性化的許老師，相處起來卻有一股豪氣。

多麼遙遠的風塵和雲月，我們終於完成了棗莊的相約。

我們感謝文字讓我們相遇於博客，相忘於名利，相約於香港和棗莊，從虛擬的世界夢幻一樣變為真實。儘管我們之前走過的路多麼不同，卻有共同的文學理想。我們感謝文字讓我們互相欣賞，互相勉勵，寫得更多更好。正如妳說的，我們一定要好好生活，好好寫作。

下一站，我們將在甚麼季節，甚麼地域再見呢？

幸會，膠州

沒有到過山東的膠州，卻似曾相識；沒有到過與青島有一個小時車程的膠州，生命中彷佛已經探訪過它。原來我寄過幾本書到膠州。那裏是藍莓老師工作和居住的地方。

參加旅行團有時很難。行色本來就匆匆，只是短促的幾天，一天的行程密密麻麻，往往要把所有的景點走完、吃過晚飯才入酒店分配房間，也往往已是晚上過十點了。

當山東行已成定局、在途中拿到住宿的資料，仔細一看，最後兩天居然安排住在膠州的喜來登酒店！我們最初很猶豫，如果膠州距離青島太遠，與藍莓老師見面就太為難和麻煩她了！當然，無論遠近，都算從她家門口經過，都應該通知她一聲，爭取有機會見面，因此，

早在香港，我們就通知藍莓老師，我們將有山東這行。何況，現在安排我們住在膠州，距離她的家僅是五六分鐘車程。真是天意。甚麼叫有緣？這或許就是緣。

當年大陸吳伯蕭和臺灣的余光中，都沒有到過長城而敢於書寫長城。

我們沒能暢遊膠州，最後卻有幸與膠州的文友結伴同行。

我們終竟沒有餘暇到膠州遊覽，也無法應周老師盛大家宴的預約；她和李老師一直引以為憾，認為似乎沒有盡地主之誼。然而，另一種驚喜卻隨着即將見面而來，藍莓老師知道我們在離團後，就會直奔棗莊找許秀傑老師一起遊覽，問我們好不好她和先生也一起去？大家相處交流交流？好啊，從博友到文友，許老師一定也會感到意外的驚喜吧！

到了青島，我們發微信託周廣英老師買高鐵票。沒想到李老師、周老師比我們想的還周到，預早就預訂了。更吃驚的是由於開學將屆，八月下旬那幾天白天的各班次高鐵票早就售光了，只剩下八月二十三號清晨六點二十八分的。如果不是周老師和李先生先買定票，恐怕連這麼早的票也沒有了。他們成了我們旅途上遇到的貴人。非常有心的李周兩位老師從膠州趕來青島的話，非得半夜從膠州動身不可。於是她們決定提早一天開車到濰坊過一夜，二十三日大約清早七時半就從濰坊上車，然後到我們車廂找我們。令人不安的是他們還特地買了二號車廂的一等座位給我們，她們倆卻買十一號車廂的普通座位，還堅持不要我們還車費。啊，我們理解兩位老師「敬老」，但我和瑞芬不願被稱為「古稀」，不想彼此之間有一條太闊的鴻溝，與其那麼見外，我們寧願朋友當我們是同輩，我們會更舒服更喜歡呀！長期以來我們希望和盡力保持心境的年輕，努力「爭取」「形由心生」啊！我們這些年有數不清的忘年交朋友呢。……很快，在車廂上，就見到周老師拎着一袋蘋果、水蜜桃從後面的通道走過來了！我的博友一下子就成為瑞芬的好友，周老師和瑞芬坐在一起激動地說話，我站起來給她倆拍了照。

這是第二次見面。第一次就在二十號當晚，那時我們回到酒店已經是晚上十點了。周老師和先生在酒店等候了一個多小時。她帶了兩包昂貴的蝦米、給我們孫女的嬰孩衣服，還將車票交給我們。初見周老師，我說妳比博客（幽幽野藍莓）裏的大頭像年輕很多啊！有客遠方來，他們都視為非常高興的一件事。還一直念不忘，一定要請我們一餐。那個夜晚，一直覺得世界夢幻一樣地不真實。

我回想起與藍莓老師認識的經過，那麼偶然，大約半年前，我無意中闖入她的博客裏，她那一泄不可收拾的《寫給時光的情書》非常吸引我，我曾經一口氣讀了幾篇，其中有一段評語我是是這樣寫的：「奔放熱烈，情感飽滿，想像奇特，浪漫無拘。沒有無病呻吟之語，有出奇制勝之句。收放自如，瀟灑感人，自小抓筆，一生與筆有緣。此情不悔，東瑞與您共勉，並願意向你好好學習」……記得好似藍莓老師也說過希望讀到我的書的話，我為人認真，從不會客套，真的一口氣寄給了她六本。很快地我們在博客裏有互動、有進一步交流了。不久，從泰國清邁回來，我發了一篇《披一身蘭花香歸來》，大約那些照片，那些美麗多姿的蘭花照片，觸發了藍莓老師讀我的書和資料後的靈感，她創作了以我和瑞芬為模特兒的小說《蝴蝶蘭之戀》。那時正處我大忙的季節，她發來後，我只是匆匆過目，提了簡單的修改意見，我說既然是創作，就不必太真實。藍莓老師不厭其煩，三易其稿。博友中有誰能這樣的？我感覺到藍莓老師的創作苦心和對文友的深情厚誼，我將小說珍惜地收藏。如今，沒想到，還有當面謝謝她的機會！文友間的緣分，你說夠微妙和神奇吧？

在每天一早就坐在電腦前的日子，我發現藍莓老師和許老師一樣，也是勤奮耕耘的「快子手」，博客幾天就更新，我佩服她參加學習班後，小小說寫得真的見成績，她在小小說末尾注明的字數多數是六百五十字到七百字，文字短小精悍，內容扎實，言之有物，言短意深，我實在很羨慕她的才華，我的小小說就沒辦法寫得那麼短呀！而她不但快，而且好！就在回膠州的第二天（八月二十五日）她發表《清檀精神流遠香》，敘述文友一起暢遊清檀寺和石榴園的情景：過兩天，又發表了《傷心知了情》，都是不可多的的架構。

我讀藍莓老師博文下方的評論，還讀到她的一群名字都有藍或雪字的姐妹（如藍雪、如雪等），雖然她們各各生活在不同地域，但感情都那麼好，文字都富有有我喜歡的濃郁的文學色彩。慢慢地我也留意起來，慢慢抱着欣賞的態度去讀她周圍的一群朋友的佳作。而如有甚麼事聯絡，藍莓的回應也總是最快的一位。我感覺到她寫作的勤奮、勤快，非常喜歡她如許老師的那種對文學的狂熱。是的，我也是一位狂熱寫作中人啊。

與藍莓夫婦相處的時刻，除了感覺到山東人那份爽直真誠外，還深深感覺到李先生和她對我們的敬愛。我們下榻於棗莊的連鎖店錦江之星酒店，第二天他們就預早到樓下餐廳買早餐票請我們吃早餐；夫婦為盡地主之誼，對請不到我們吃一餐而耿耿於懷，二十四號中午在一家園子裏滿是石榴樹的風情餐廳，終於找到機會搶先買單。一路上，藍莓的心很細，買金剛鍊、買石榴……給瑞芬。在台兒莊古城，還買山東大蔥卷餅請大家品嘗。對我們的重視和照顧猶如暖暖溫泉水，讓我們渾身熱乎乎。生活上是如此，精神、人生方面對我和瑞芬也一直讚不絕口。我和瑞芬生活了大半人生，一直把自己當作很普通的一般人，追求的是只是知足常樂、崇尚自由、看淡名利、熱愛朋友、助人為樂、努力工作，多寫一些好文章，儘量避免和婉辭一些無聊的酬酢，有條件多出外旅遊度假。諸如此類而已。這些，目標似乎都不太高呀！可是李老師和周老師一直那麼喜歡我們，高評價我們，在幾次的餐局上，李老師和多次的讚美，真令我慚愧，一時無措：而周老師更是在文章裏讚美我們具有「積極陽光的生活態度，相濡以沫的愛情觀念，真誠善良的美好品德，高雅詩意的生活情趣」。太令我們臉紅了。不過我們還是很感謝周老師和李老師，信任和愛護我們。周老師樂觀陽光、慷慨大方、熱情難擋、重視朋友、勤快好客，我們也被照顧得不好意思。李先生謙謙君子，手上的專業照相機，攝下了不少生活中的美，包括了周老師的各方面的美，我們相信他和藍莓老師倆的脈脈深情一定比東瑞瑞芬之間更具有優勝之處。細觀李兄，縱然對藍莓不是「千依百順」，也是萬分體貼照顧的。我們倆大男人，都同乘上同一艘「愛妻號」大郵輪，駛向那叫「金婚」「鑽石婚」……的大海洋。李周之戀，誰説個中故事不精彩！?

不知為甚麼認識的博友十有八九都是語文老師，藍莓老師就很有代表性。

膠州，在我們旅途中已經很難淡忘了，因為周老師、李老師在膠州的緣故。

幸會，膠州！後會必然有期！

為你歡呼，台兒莊

為你歡呼，台兒莊！

為你歡呼，台兒莊！

在我出生的年代，許多可怕的事發生了，也有許多事過去了、結束了。南洋的熱帶土地，一樣遭到日寇鐵蹄連續幾年的蹂躪，大地，一樣在流血。我出生的婆羅洲那個小鎮三馬林達，寧靜偏僻，也如同一片廢墟。從長輩的敍述中，我知道在戰爭的硝煙即將快散去、天將破曉時，我被大人抱在懷中，沿着馬哈甘河，逃難到深山老林，與長耳朵的當地土著（達雅族）為伍，住在高腳屋裏……

稍長，五十年代末，進入少年時代，我坐在雅加達巴城中學的課堂上，讀中國現代史，除了南京那悲慘血腥的一頁，還有兩個字眼（或地名）印象很深，都就是中國人打贏仗、打敗日寇的兩次大戰：一九三七年九月至十一月的平型關大捷和一九三八年一月至五月的台兒莊大戰。然平型關大捷，中國共產黨的林彪被大大宣揚，從此林彪的名字和平型關連在一起，而台兒莊是哪一位將軍或司令主導的？從歷史教科書密密麻麻的字裏行間細縫尋覓，始終找不到答案。

一直到半個多世紀後，到了反法西斯戰爭、抗日戰爭勝利七十周年，孤陋寡聞的我，才見識了歷史真實的一頁。共產黨和國民黨的分歧和恩仇，影響了我們正確地瞭解歷史的真相。

知道北方有個台兒莊，就在山東棗莊不遠、約一個小時的車程：有個熟悉的好朋友、文友許老師在那裏，我們興奮得不得了！細談中還知道台兒莊有個古城，好大好美，更增加了我們去台兒莊遊覽參觀的興致。是的，網路的搜索、螢光幕的文字漫遊遠遠不如實地的直觀；實地氣氛的感受一定比心造的幻象衝擊力更為直接也更強烈吧。

盼望啊，台兒莊！

盼望啊，台兒莊！

八月二十三日和山東膠州的李老師、周廣英老師夫婦一道探訪在棗莊的許秀傑老師一家，許老師和她的先生郝大哥驅車一個多小時，第一站赫然就是「李宗仁史料館」。啊，有點意外。我們覺得，這位國民黨的名將，不管他後來的人生大決定如何，就他的歷史和民族大節而言，尤其是在抗日戰爭的年月，他是有大功勳的。李宗仁史料館不很大，主要以珍貴照片和部分實物的展出為主。原來，一九三七年七月抗日戰爭爆發後，十月，李宗仁被蔣介石任命為第五戰區司令長官（一九三七年八月至一九三八年），駐在徐州。一九三七年十二月發生了南京駭人聽聞的大屠殺慘案。一九三八年一月，李宗仁任軍事委員會委員。一九三年年二月至五月，指揮徐海會戰。他領導國民黨軍隊於三月至四月進行台兒莊大戰，殲滅日軍近二萬餘人，取得輝煌的重大勝利。那時候，著名作家白先勇的父親白崇禧任軍訓部長，三月，隨着蔣介石到徐州視察，並留在徐州協助李宗仁指揮台兒莊會戰，經常到戰地與各軍、師的高級將領聯絡。在展館，我們還看到李宗仁的秘書程思遠隨行在李宗仁左右，他體型高瘦，富有文才。驀然想起他和夫人蔣秀華結婚，於一九三四年誕下的長女程月如，她就是少女時代在香港憑一張懸掛在影樓的照片被星探發掘，以「林黛」為藝名，拍了不少電影、紅遍香港和東南亞、成為不少觀眾的偶像大明星，曾經四度榮獲亞洲影后殊榮，轟動影壇。林黛風華絕代，笑容甜美，演技專業而精湛，代表作有許多，如《江山美人》《貂蟬》

《千嬌百媚》《王昭君》《花團錦簇》《白蛇傳》《寶蓮燈》等等，其中《不了情》主題曲迄今仍是懷舊歌曲的經典。林黛於十八歲就與嚴俊、鮑方合演過根據沈從文名著《邊城》改編的《翠翠》，形象純真可愛，她出色的演技和演繹贏得廣大觀眾的喝彩，可歎這一部黑白電影的拷貝已經散失，不然其藝術價值堪稱彌足珍貴。五十年代末期，我們在海外就看過不少林黛主演的電影。一九六三年林黛自殺身亡，只有三十歲。一九六五年，在海外的程思遠就隨李宗仁回到中國大陸。這一頁我和瑞芬較為熟知的歷史和影壇舊事，猶如電影畫面，借着參觀，一幕幕掠過腦際。真沒想到，到台兒莊大戰紀念館參觀前，許老師帶我們看的這個小館，有着那麼多的人事滄桑和無法預料的變數和融合。

接着我們很快就到了台兒莊大戰紀念館。三對文友夫婦在觀前合影留念，大家都感到興奮，臉上笑容展現。

台兒莊大戰紀念館座落於棗莊古運河畔南岸，新舊那樣一種組合，我感到比較特別。館從外觀看去，頗奇異。圓形的城牆下是一棕色底金黃字，由著名作家、書法家啟功先生題寫館名書法。整體上感覺上非常雄偉，與很多外觀不起眼的紀念館建築造型不同。資料上介紹，三十八級花崗岩臺階寓意台兒莊大戰發生的時間：一九三八年。而平臺上二十四根粗大的立柱頂着白色天棚，寓意為中華民族頂天立地，傲立於世界民族之林。展館頂部碩大的球形建築物是一種感覺，實際上那是城牆的造型。

紀念館於一九九二年十月十二日始建，一九九三年四月八日開館。佔地面積三點四萬平方米，建築面積六千平方米，於一九九二年十月十二日由台兒莊區人民政府出資三千萬元興建，之後又進一步擴建。

我們覺得與博客的文友於今年遊覽參觀這個紀念館，格外有意義。今年是抗日戰爭勝利七十周年，回顧歷史，緬懷我們的先烈在戰爭年代的捐軀和付出，才有我們今天幸福的生活啊！環顧當下，我們必須警惕，千萬不能讓歷史重演。

台兒莊大戰！

台兒莊大戰！

兒時讀過的平面文字即將變為圖像和實物了！

一進入紀念館，就被一種中華民族的正氣和志氣感染，那種不屈，那種與國土共存亡的、視死如歸的精神一下子就令我們熱血沸騰。

仍記得去年寒冬臘月，在冰冷的冬季，我們在文友盛虹的陪伴下，參觀了南京的大屠殺紀念館。走出館外、幾個月來那義憤填膺的怒氣，那無法呼吸的窒息感覺，延續了很久，一直無法舒緩，彷彿人就要被濃烈的血腥海洋淹沒，好似周圍都堆滿了斷頭殘軀，日日夜夜都是我們同胞死亡前的呻吟和呼喊。唉！一直不明白，我們中華民族為甚麼會這樣任人奴役和宰割？

但這個館完全不同。我們大贏、侵略者打敗！那豪氣教我們振奮；那勇敢教我們欽佩；那勝利教我們喝彩！我們為你歡呼，為你鼓掌！雖然我們愛和平，不愛戰爭：雖然我們痛恨戰爭、反對戰爭，我們是被迫反抗的啊！

為甚麼戰爭在台兒莊爆發呢？因為台兒莊地處蘇魯交界，乃山東南大門、江蘇北屏障，地處險要，富有戰略價值，歷來為兵家必爭之地。

我們看到，日寇瘋狂地叫囂「三個月內滅亡中國」！一九三七年十二月日軍磯谷師團渡過黃河攻下濟南後直撲泰安、兗州、滕縣；阪垣師團沿膠濟線西進，企圖與磯穀師團遙相呼應，他們對台兒莊夾攻合擊，攻佔徐州，打通津浦線。一九三八年一月至五月在李宗仁指揮下，中國軍隊出動十萬人，日軍前後調動了三萬人。中方雖佔優勢，但由於武器裝備差，雙方的力量對比仍是敵強我弱。中國軍隊同日軍展開以徐州為中心的蘇、魯、皖三省大戰。在台兒莊戰役中，中國軍隊斃傷日軍一萬餘人，取得了抗戰以來國民黨正面戰場最重要的大勝。但我方傷亡也慘重，三萬餘人為國捐軀。

其中，最慘烈的是第四十一軍第一二二師長王銘章奉命駐守滕縣時，三月十四日，日軍以第十聯隊以三千人左右的兵力進攻滕縣，王銘章決定將兵力部屬在城內與日軍進行肉搏爭取時間，「苦守要區，逾三晝夜」，在城中心十字街口指揮作戰時，不幸中彈殉職。艱苦激烈的肉搏戰和巷戰，兵士們流盡最後一滴血，最後全軍覆沒。滕縣的死守為我方戰略包圍爭取了時間，讓台兒莊大捷得以實現。王的犧牲，蔣介石發電報、毛澤東、董必武等等人獻挽聯，國民政府追認他為陸軍上將。

台兒莊大戰以日寇的失敗告終。

台兒莊大戰紀念館分為展覽廳、影視廳、書畫廳、全景畫館等。我們慢慢走了一圈。心緒高漲，熱血奔騰。台兒莊的大贏鼓勵了中國人民抗戰到底的決心，打破了日寇速戰速決的夢想，也鼓舞了全世界反法西斯戰爭走向勝利，大大揚了中華民族的志氣。

走出紀念館，感覺和走出南京大屠殺紀念館完全不同。似乎出了一大口惡氣，棗莊的八月底，白天雖還熱，但早晚涼快。涼快更令我們心情舒暢啊。

我們的下一站是台兒莊古城。

走出台兒莊，內心在呼喊——

台兒莊，為你歡呼！你令我們熱血沸騰！

台兒莊，為你歡呼！你令我們熱血沸騰！

走馬看齊魯的尋常巷陌

在大饑荒的六十年代，傳來消息，也有言之鑿鑿的議論，人們說，全國最窮的省份就屬安徽和山東兩個省。那時候我們在閩南，富饒的沿海地區，雖然也受困難時期的影響，甚麼都要用票，布票、郵票、肉票……稀飯稀得幾乎都是水，可以照見人影；但每年大除夕中學吃團年飯都「加菜」，幾大盆油膩膩的肉菜，我們鯨吞虎咽，由於肚子長期太乾，無法承受一下子那麼飽，幾小時之後，起碼好幾個同學都蹲在廁所裏，嘩啦啦、嘩啦啦、嘩啦啦……大瀉肚、大排解。一直到六四、六五年，我們下鄉到南安，搞四清運動，住在農民家裏，與農民三共同，也難得吃上一頓乾飯……那是一段很難忘的經歷。後來我們大學畢業分配，分到安徽合肥，已經是六十年代末期七十年代初期的事了。

奇怪的是讀許秀傑老師的不少小説，寫的背景是六十至七十年代，下層人物的生活還是那麼窮苦。縱然生於六十年代、文革時期才丁點兒大的許老師，讀書沒有書包，凹彎的瓦片當石板，石頭當筆，一家子生活也那麼窮啊。我和馮兒讀來感到揪心的辛酸，幾乎淚下。

這一次到山東旅遊，也就格外留意大街小巷那些小市民的生活。可惜無法深入到他們一些人的家庭裏，進行一些抽樣調查。看表面，自然也可以推論一些情況，但畢竟很皮毛啊，也不科學。在棗莊的日子只有四五天，只是探訪過許老師的一家，在她們家吃餛飩，其他只能「走馬看齊魯的尋常巷陌」了。

每次看到一些老百姓生活的艱辛，無限憐憫湧上心頭。在香港街市，看到弓成一隻大彎蝦似的七十多歲的老婆婆拉着紙皮堆高如小山的車子吃力地上斜坡路，那張老臉幾乎就要貼到地面上了，我眼發熱，心顫抖；在濟南距離我們住宿酒店不遠的人行小徑，一對過了六十幾的老夫婦，在地上擺着幾把菜和少許蔥，瑞芬不忍，對我説：「這一對夫婦好可憐，我很想買他們的菜，可是不好帶上飛機。」她一步一回頭，看到好久，菜沒人問津。我們本來要到麵包店買次日早點，因為飛機是八點起飛，我們半夜得起身，自己沖咖啡，可以配麵包吃。就在走向目標的時候，看到一個山東大姐站在一輛麵包車後面，賣着款式不少的麵包，當下改變了注意，花了七塊錢，買了她帶微甜的兩塊方麵包。

——小記

跟車資深導遊

在飛機場接機時，她就來了。短髮，很容易發笑，那笑，不太像職業習慣，而倒是傻傻的，像是傻大姐式的傻笑。她的褲腳只是長及膝部，以下小腿就全裸露，是那種常見的旅遊裝，香港的「師奶」很喜歡的裝扮。一時疑惑，這位導遊究竟是來自哪裏？尤其是那一口比我講得還好的廣東話，簡直讓我這來自香港的聽出耳油，也無法不慚愧和自卑。

在旅遊車上，她漂亮的廣東話贏得大家的心，她幽默的話語源源不斷，喜歡對自己進行自嘲。比如，她說以前她是舉重運動員，也差一點去參加健美比賽，很可惜，因為她做了導遊，世界少了一位健美冠軍！她說着說着，會彎起手臂，鼓起，凸起一隻大雌鼠給我們看。她的直爽有時叫我們吃驚，甚麼都說，旅行車經過青島步行街的時候，她會告訴我們她的家就在附近。她做了二十幾年的導遊，算是很資深了。她的直爽也叫我們心照不宣，她說除了規定的小費外，如果團友另外再給，那是非常歡迎的，多多益善。因為她們沒有底薪。最驚人的是。她將小費如何攤分、旅行社、各人所佔比例多少都清楚無誤地讓你知道。山東人的豪爽真叫我們領教，大大吃了一驚。

山東人的勤奮也叫我們萬分驚異，北方的山東語調和南方香港的廣東話相差太遠，一點兒都沒有相似之處，但這位導遊大姐講粵語講得多麼準確漂亮！

對於生活工作她有許多的不滿，她公開表示，她一家很快就要移民美國了。

真是一愕。

賣花生的小販

黃河邊，我們遙望母親河奔騰不息地流動；河水渾黃色，一如你我的膚色。

黃河邊，一位和我們同膚色的小販，擺着小檔，賣着花生。短短的刷子頭，灰上衣，寬寬的長褲。花生有一包包真空壓縮裝的，五香味，十元兩包；也有帶着殼的，都擺在攤子的方格上。另一邊，放着好幾個蓮蓬，綠綠的，樣子好像浴室沖涼用的花灑。

「賣花生賣花生，十元兩包，十元兩包！」「大哥，花生好吃嗎。可以試試嗎？」

「好啊，這包我拆開了，試試呀，試試，不好吃不買不買！」「買一包」「啊，你買兩包比較合算。買一包六元。買兩包十元！」「好，那就兩包吧。」「大哥，都不知道好不好吃。」「你可以先試試。」「可以再拆開嗎？」「開開！再開一包！你們買得多的我送兩個蓮蓬！給！」「十元，給！我取了兩包。」「你記得自取兩個蓮蓬！」「大哥，這蓮蓬剎那蓮子來吃，蓮子的心很苦，可以吃嗎？」「可以的！蓮子心是吃涼的！您不會剝，一會我剝給你！」「大哥，你是本地人嗎」「是的，我是濟南人！」「大哥，你看，我為你招徠那麼多生意，你獎賞我甚麼呀？」「應該的應該的！獎賞你，這一大包花生就獎賞你吧！」……

曲阜的女導遊

從孔府到孔廟，又從孔廟到孔林，多不勝數的導遊，似乎只是比遊客少一點啊。遊客如潮水，一波一波湧到。

講解員，一個點一個點般集中，三三兩兩嘰嘰喳喳，然後自我推銷、自我招徠，明碼實價，又像螞蟻分散開去，一個小團一個小團地或甚至為一個人服務。

八十年代初期的一片荒涼，已不見影蹤，如今換了人間，看滿街毗鄰的密密麻麻的商店食肆，每一間都將「孔」字寫得大大的，任何營業，都要沾上一點「孔」字、「孔」氣，唉！從烏鎮茅盾故鄉的「吃作家」到曲阜孔子故鄉的「吃孔老師」，只能悲哀歎息，甚麼時候我們景點的門票不要收得那麼貴？甚麼時候能讓先輩們靜靜地安睡，高雅的名字不要變得那麼世俗？從這個小城走出了中國的第一位老師：如今，所有綁馬尾的，也都是你的學生，縱然沒有詳細地詮釋你那些禮儀廉恥仁的內涵，介紹一座廟、一塊碑、無不穿梭古今，在歷史長河裏聽着妳滲透滄桑氣息的訴説，重複着那些越説越起勁的故事。

白衣長褲。馬尾鴨舌帽。白上衣斜掛着播音器，脖子下吊着職業牌。鴨舌帽上是漂亮的黑髮，頂着熱辣辣的陽光；鴨舌帽後，馬尾在左右甩動前後飛舞啊飛舞。她們啊，那滔滔不絕的解説淹沒在鬧哄哄的遊客嘈雜聲中，又像空谷清音、飛越柱與柱之間，彈回來時，引起無數視線的尋覓。妳有時為顧客拍照留念，有時還為你指示洗手間的方位……一座孔廟一兩小時走完，也許不過收個一十二十元，這麼廉價，留下我們無數的懸念。

開長途車的司機

揮手不忍別，終須別。妳的一家像送親人到遠方。

自古多情傷離別。彼此的不捨的眼淚，沾濕紙巾，一張又一張。

我們被安置在長途車上的第一排，被許家呵護得猶如一對薄瓷製造的孖公仔。好心的司機調我們坐在他駕駛位後面的座位，説這位置安全些。「你這上面放了一隻桶，叫他們怎麼坐？」送我們的許老師説。司機大哥半開玩笑、半沒好聲氣地説：「啊呀，桶是死物，人是活的，你們就不會搬開啊？」

在沒留意間，很快那只紅色塑膠桶已經移位在他司機位置的右側。

車開前，身型高大的山東大漢司機上上下下多次，煙不離手，我們看着車前的時鐘，似乎一分鐘都不願提前或延遲；車開了，我們留意那個紅色膠桶，不禁駭然。圓桶內四壁，都是一個又一個的密密麻麻的黑色窟窿，那顯然是按熄煙頭的印記；桶底盛空瓶紙屑果皮垃圾。這簡直就是一個超大的煙灰缸與垃圾桶的「二合一」呀！站在那裏，太有礙觀瞻了。遊目至左側的視窗，看到有張車上公約，十條，語重心長地希望乘客遵守公共衛生。

車子在高速公路平穩快速行駛。為免打瞌睡，司機大哥不時喝水、一手抓方向盤，一手剝花生；長期的抽煙，令他的喉嚨一直咕嚕咕嚕地好像被痰塞住。令我們膽戰心驚。正當我們懨懨欲睡的當兒，那「克、克、克……」聲音又響起來了，我們不知道那將沖口而出的痰歸屬何處，但見說時遲那時快，司機已經伸出右手，抓住那傷痕累累的紅色膠桶，空中，一道渾黃污濁的痰畫出一個拋物線，飛落在桶內。這一幕真叫我們心驚，眼光，不禁又一次落在車窗上貼着的衛生守則。

在途中服務處停車給人小解時，問司機大哥，停車多久？他說五分鐘。真的五分鐘；問他，多久到？他說，三個半鐘頭。啊，真的，分秒不差。

進入泰安範圍，泰山遙遙可見，司機大哥突然熱情地回頭問瑞芬，有沒有上去玩？瑞芬回答他說，有啊有啊……

餃子店的胖老闆

一間間的餃子店，不知那一間好吃？識途老馬郝哥，總是有第七感，像知道哪個林子有好鹿一樣，每次帶隊進入，貨色總是至少可打個八九十分。

喜歡北方的餃子，許多菜肴燒得差強人意，唯獨餃子一枝獨秀，隨便捏捏都讓我們吃得很滿意。我們喜歡餃子，更有瑞芬這樣的韭菜餃子王，讓我因為愛她也愛屋及物（烏），愛上韭菜餃子。

這走來招呼的山東大姐應該就是餃子店女老闆吧！老闆娘和女老闆大不同。老闆娘是老闆夫人，未必要介入生意：但女老闆絕對是老闆，獨當一面，收銀、下廚，收拾碗筷，甚麼都做，她們可能是十八姑娘未嫁身，或離異女性，或單身貴族，或不幸新寡。

這位女老闆有着山東三四十歲女性的粗曠身材體型。一臉的慈眉善目，好像彌勒佛女版。微微的笑容看上去非常舒服；那樣一張似乎不知「火氣」為何物的臉，即使肚子還飽，也會在餐牌上多點幾樣，用於嘉獎她的溫柔。當她走過來，我才仔細地觀察她，大約四十幾的年紀吧？幾乎就是我印象中山東大姐的標準模式，自然，是嫌胖了一些，不過卻是胖得相當平均。不算難看的臉下，上身圓圓寬寬的，下身則是寬寬圓圓的，中腰部呢，那也是寬寬圓圓的，猶如一張厚厚的人形睡褥。女性身材，一般看腰的大小粗細，腰既然和上下不是彎線而幾乎是直線，那就是胖型了。不過，她是胖得那麼可愛啊。

打量山東女老闆而不是打量她做的餃子，那自然很不應該。不過應該也有點關係，形由心生，她臉那麼慈，乃因心好，心既然好，餃子也不會差到哪裏去。一會，兩大碗餃子，肉的，韭菜的，端上來了。許老師拼命為我們夾。我們也拼命地往口裏塞。我們好滿意。一下子，餃子從碗裏躺在我們肚子裏了。湯要嗎？忽然，女老闆問。我們是湯桶啊（心裏說），要！很快，她端來五大碗湯。她做的湯甜美味道好，竟然是我們在香港經常喝的那種味道，一直到現在，都不知道她是怎麼做的？怎麼知道我們愛的味道？

挺着圓圓的肚子走出店鋪，看到她戶外和幾個男女坐在矮矮四方桌旁吃東西，我對她笑笑，向她伸出了一個大拇指。不易動情的我，這是破天荒的。

賣包子的漢子

即將告別棗莊的最後一天早晨。按照昨晚我們的協商，早餐喝的，就沖帶來的咖啡包，兩杯；點心，就到小巷裏或大街店前買包子吧！加兩個五香蛋。雞蛋耐飽。

但清晨七時多，我也許走錯了方向，街上一片冷清，車子稀落，店鋪多數還沒開門。哪有街邊賣包子的？我有點失望。明明昨天問了超市的人，她指着這街的方向啊，也許，我領悟錯了，把意思理解錯了。我們為甚麼不易地而處，也許真有意想不到的結果。是的，我試試向另一方向的大街走去。十字街口很熱鬧，車來車往。好半天，才戰戰兢兢走了過去，希望在這一條新的大街，找到賣早點的攤檔。我放眼望過去，啊，有一團白煙在不遠的街邊嫋嫋冒起，那是甚麼？那很可能就是賣包子的啊！我加緊了步伐。

真是賣包子的！我喜出望外。有人騎着單車來買，而且比我早。

在冒起的縷縷白煙中，仔細看這一位賣早點的山東大哥。看樣子並不老，頭髮沒花白，身體蠻結實的，胸膛鼓鼓的，從撇開較多的衣襟露出茸茸胸毛，頗令人遐思。黝黑的膚色，讓我聯想起他經歷的雨露風霜。最叫我難受不忍的是，那到處可見的、山東漢子式的高大、粗曠、艱苦、奮鬥似乎都寫在了那臉上一個又一個的「井」字裏。人臉上的皺紋是一大學問，魚尾紋在一雙眼睛的左右遊動，那是歲月給你增加的魅力；縱橫的長長鐵軌，刻繪着不少無名苦難的印記，而那形狀奇特的疤痕一個個都是短篇，令你憂傷，促你沉思，在沒有機會訪問他的時候只好任你發揮想像了。唉！賣包子的大哥就是這樣。他的童年也許比許老師還苦還窮，現在還好不到那裏去，不然不會那麼早起來做這營生，而且沒人幫忙他。

要甚麼？

包子有肉的嗎？

有。豬肉、牛肉。

韭菜的呢？

你等等，我看一下。他說話慢些，我聽得懂。

韭菜的只剩下一隻。

那，一個韭菜的。三個豬肉的，兩個牛肉的。

他裝着。我問，全部多少錢？

八毛錢一個。全部四塊八。

沒有雞蛋？

沒有。

四塊八！我喜牧牧地抓着五個包子，像兒童般跳着腳步回家！

每人兩塊四毛的早餐！

這比生活水準很低的印尼同級早餐也還便宜呀！在深圳，這要十幾元！在香港，差不多的貨色，則要二十五元一份！

腦際另一半閃現的思索是；漢子臉上的疤痕，以及他那我不知道的長長人生故事……

駕駛摩地的大姐

那是我們見到、遇到的山東最後一位尋常巷陌的女性了！濟南大姐。

我很相信，假如她在香港生活，或者我們定居在濟南，那麼有緣，一定會交上朋友。遇到她，是在我們感到極度彷徨無助的時候。我們告別棗莊，不想再到青島、從青島飛回香港，雖然青島班機很多，天天都有，但從棗莊去，太遠了，何況我們之前來來回回青島已經兩次！棗莊到濟南，較近，但濟南飛港是早機八點，這意味着我們必須半夜就起牀。我們於是約定提早從棗莊乘長途車到濟南住一夜。

許老師一家捨不得我們走，寫了叫我們下淚的真情美文《揮手不忍別》。

我們也懷着依依不捨的心情告別英雄城棗莊，忐忑不安地前往陌生的濟南。

三個半小時後，我們從長途車下來，走了很長的路，才走出車站，就看到叫人心驚的景象，眼前的濟南交通亂成一鍋粥，公車、的士、摩地、摩托車、單車亂七八糟地將一條大街塞得滿滿的，所有的交通工具幾乎無法動彈，就好像大腸裏塞滿了無法消化的超大塊食物。所有的的士都有人，沒人的，我們搶不過人家；後來按警員的指示到適當的地方等的士，十有七八都不願意前往，嫌太近了；要不然就是趕着下班。唉！這時好多小型的摩地來招生意，可是我們有兩個大皮箱，她們那麼小的小車載得下嗎？我們沒留意。

一個多小時過去了，瑞芬告訴我，當初她在網上訂酒店，就選市里較中心的地點，想不到確實是那麼旺！唉！就在我們焦急萬分的時候，一位開着摩地的大姐，停在我們跟前。面容好和藹，也善良可親。看上去她也至多四十開外的歲數，馬尾，一頭棕色頭髮，顯然是染過的，但頭髮下五官放的位置很好，一看就見「善良」兩字似乎寫在臉上。她問我們上哪兒，我們說了地址，她聽到那街名，明白就在不遠，我們問多少錢？她說十五元，啊，這麼老實的女車夫！我們大喜，好像遇到了大救星，因為就在說話的當兒，我們就看到原來濟南的摩地空間很大，放兩個皮箱綽綽有餘。如果我們一開始就不要拒絕那些摩地女司機的好意招徠，也不至於等到這時候了啊。只是那時會遇到這樣淳樸老實的濟南大姐嗎？那就和難說了，一上了車，只見她的棕色馬尾在我們面前左右地蹦跳着……芬一股腦兒地發了的士的牢騷，司機濟南大姐也熱情地與我們談起來。說起擔心這擔心那，大姐說這世界還是好人居多，請我們不要太擔心。她開到中途問了一個路人酒店的確實走法，就老老實實地一路開去，好近，一會就看到了酒店的招牌。

我們給她二十元，芬說，五元不要找了，謝謝她那麼快那麼老實地把我們載到了酒店。

很可惜，路途太短，無法多聊聊，我們好想知道她的一家生活。……

如今，她好看的面孔還在閃現，她棕色的馬尾還在外面面前蹦跳着，蹦跳着……

水繪園湖上飄蕩的琴聲

從如皋回來有許多日子了。可是拂不去對如皋水繪園的印象，彷佛耳畔仍然迴響着董小苑的琴聲，看到她和冒辟疆坐在水明樓裏琴瑟和諧的情景。水明樓就彷佛一首船，慢慢地、靜靜地駛向我們的記憶深處。去年江南游，乘高鐵時偶爾在窗外看到「如皋」兩個字一掠而過，沒想到車程距南通不遠，一個多小時就可抵達。

這一天（二零一三年七月二十日）下午四點多光景，就已經抵達如皋了，駕車的是徐築大哥從美國回來的孫子，真是帥哥一名。車子在高速公路駕駛得很快。到水繪園時，如皋僑聯楊主席和幾位辦事員已客氣地在「恭候」我們了。如皋的天氣沒有紹興熱，水繪園門面的一些建築呈現古雅的灰色，與江浙很多其他園林不同，倒是惹起我們的陣陣好感。正門口門扁是中國佛教協會會長、已故的趙朴初先生的題詞「水繪其中」，據導遊和網上的解釋是「以水為貴、倒影為佳，既秀且雅；而其以園言志，以園為憶、並融詩、文、琴、棋、書、畫、博古，曲藝等於一園的特色，又足以說明它原來是一座饒有書卷氣的「文人園」。難怪感覺有些不同，雅氣彌漫。當然，大部分建築已經是按照原先模樣重建了。水繪園原是明朝萬曆年間冒一貫的產業，歷經四代，一直到冒辟疆才加以改善圓滿。清初名士陳維崧在《水繪園記》中寫道「繪者，會也，南北東西皆水繪其中，林巒葩卉坱圠掩映，若繪畫然。」進園不久就看到滿池的荷葉，青綠茂盛，閱之一消暑氣，喜不自勝，相機連攝數張。再走，看到「范建華小品」，不錯的話是攝影展，因為時間不足，我們沒看。導遊重點是讓我們欣賞見識大型盆栽，在此欣賞停留了好久。盆栽是中國的傳統藝術，雖然我歷來覺得人為的手藝太過委屈植物，讓它們扭曲成長，但也不能不為它的造型奇特、錯落複雜的枝幹所驚歎，何況這裏展出的不但歷史悠長，而且屢屢獲獎。其中有盆叫「蛟龍穿雲」的刺柏，已經有一千年的歷史，據說是北宋著名教育家胡瑗古柏園的遺物，除了被稱為「活化石」外，還於一九八五年被評為一等獎，果見枝幹彎曲生猛如龍，樹葉狀似雲，難怪取名貼切。

我們慢慢走，天色陰陰的，好像要下雨的樣子。園內樹蔭濃厚，遮去了酷暑，景物光線有些渾暗。但感水光處處，水影朦朧，長廊寂寂，空無一人，令人頓發思古之幽情。雨點開始在天空中飄灑。我們走到了「長壽館」，原來如皋是中國長壽鄉。世界長壽五大鄉是廣西的巴馬、新疆的和田、巴基斯坦的坦罕港、外高加索地區、厄瓜多爾的比爾卡巴。據說，聯合國規定，每百萬人口至少要有七十五名百歲老人，該地才可以稱為為「長壽鄉」。走到此，風起，雨來，傘張，大家腳步加急了。連日來幾個小鎮都熱得可怕，多麼難得的涼風啊！

最後是走到那最出名的湖上水明樓，氣氛最為文化和寧靜。據說這裏就是冒辟疆和董小宛隱居及度假之處。水明樓全長約四十二米，寬僅約五米，由南而北，依次築有前軒、中軒和樓閣。它們之間由九曲之彎的回廊相銜節，軒閣之間有蕉石竹樹裝飾，體現了空美之氣。徐徐進入，遊人有一種雖咫尺之間但有境界無窮之感。前軒內懸冒辟疆與董小宛的畫像，看他倆的繪像，顯然年齡有段距離。董小宛，才貌雙絕對才女！這位在冒辟疆戰亂中生病而服侍他仁至義盡的情義女子，琴棋書畫女紅美食都有一手、僅活了二十七歲、被懷疑就是後來順治寵愛的董鄂妃的、身份成謎的女子，我們不免對他們的愛情故事聯想得很多。當我們從那水上畫舫式的水明樓走出來時，我多次回望那樓，好像看到董小宛和冒辟疆牽着手走出來，向我們頻頻揮別。琴聲更是拂蕩繚繞在樹頂林間和水上，長久不去。我感到了中國古代一些名人，尤其是那些文人和才女美人的故事，實在是為一座文人歷史公園增添了很大的魅力，促使我回去要多讀書，得以瞭解他們。有一點責怪自己為甚麼當年不讀歷史系。

走出水繪園，開車到一些古街參觀，那的確是很有古味的筆直長巷和平房。在一條河上的橋欄，大家很有興致地輕聲閱讀橋兩邊對寫的兩行紅字：願天常生好人　願人常行好事

美好的願望，如果實現，天下將太平了啊。

接着我們很意外地被帶到一家小小的博物館參觀，原來是「李昌鈺刑偵技術博物館」。最初還一時想不過來，猛然憶起門口一堵牆上的大頭像就是為被譽為「華裔神探」的、在美國的李昌鈺。小小博物館掛滿了獎狀，資料也少而精。他的母親叫李王岸佛（一八九七—二零零三），有個石膏白頭像，神情慈祥，她被譽為教育家，培育了十三個子女，個個都極其出色。可見母親不怕平凡，只要盡職培育兒女，也是為國家做了好事，也很偉大。李昌鈺有句語錄是：「甚麼殺人兇犯、恐怖現場，我都不怕，我只怕媽媽生氣。」很有意思。至於門口那句「我一生只做了一件事，使不可能變為可能。」如果嚴格推敲，可以說他無所不能呢。

晚上由如皋僑聯宴客。菜肴豐盛鮮美。楊主席頻頻祝酒，熱情灼人。

回程仍由徐築兄美國回來探親的孫子駕車，到南通已經是萬家燈火了。謝謝我們的江浙旅遊顧問徐築，讓我們收穫極豐。

跟許教授穿梭小鎮古街

離開讓我們「偷得半日閑」的龍穀山莊，沒料到行程還沒結束。也許華僑大學華人華僑研究中心的許金頂教授早知道我們喜歡走老街，發思古之幽情吧？他密計裏的一系列的安排，都與小鎮、老街有關。他還特地請夫人小李陪同我們坐在後座，跟司機交代了行程，開始不聲不響帶我們闖蕩疾走於距離集美不算近的後溪、灌口等小鎮，一個古鎮一個古鎮地停下、行走，又上車，趕到另一個古鎮，馬不停蹄。見他對地形和人情那麼熟悉，我們從他口中，才知道他曾經帶學生到這些古鎮老街調查，和老街的居民搞得很熟絡。他不時與街坊打招呼，他們也當他是兒子般回家看看，親熱地與他話家常。

有時許金頂教授帶我們參觀一座古廟，叫我們仰頭欣賞廟宇屋頂翹起的、雕龍刻鳳的屋角，稱讚古時的工匠工藝是如何精細；有時進廟之後，對着香案上的一個田螺香爐，講起了有關的典故，滔滔不絕、倒背如流，從中可以看出他的博學，以及他研究的村莊歷史和民間傳說有着多麼密切的關係。

有時在我們不經意間，他的速度好快，從口袋裏掏出零錢，停在一間小鋪，我們看到小鋪主人取了一包東西給他，不旋踵，他已經將一件熱乎乎、鮮辣辣的小食塞在你手中。我們從他的舉動中，看得出他不是為了我們的「集體貪吃」，而純粹是一種對民間傳統手藝的欣賞和尊重；那些在大城市已經失傳的、散發出古早味的美食，不但激發了我們的腸胃久違了的嗅覺敏感，而且更重要的是喚起了我們對我們祖輩的遙遠記憶和懷念。

在一家美食小鋪，一位婦女在製作麻糍，我們吃了，竟吃到鹹的，覺得不錯，就趨上前來看她製作，我在一側拍照，遠景、美食特寫……，不知誰說了句，等一會走回來想買些帶回家，她聽了說，要買就現在買，等一會就會給人買光了，我們就做那麼多，大家聽了都「嘩」喊叫起來，沒想到她製作麻糍，還是限量版的呢。我們又走開去，我看到一家賣蚵仔煎的，最吃驚的還看到了一家照相館，如果刪除「數碼照相掃描刻錄」那些招徠的字句，幾乎就和我的得獎小小說《轉角照相館》內描述的背景差不多了。如果慢慢地走，一間一間地去發現和發掘，一定會看到和吃到不少在大城市已經絕跡的傳統小吃。可惜我們的節奏不能太慢，我們晚上六點就要趕往廈門飛機場回港。

在小鎮的古街上走，許教授會跟我們說上幾句過往的趣事，但最重要的還是突然會在某一家小鋪停下來，在某個路段、屋子駐足，在後溪、灌口無不如此，印象最深的是，幾位灌口富宮的負責人帶我們在小巷一路走，突然在一家的門戶前停下來，許教授指着貼在門上的紅紙說：「如果我們辦事的人都能那樣將收支一筆一筆清楚地公佈，像他們那樣，那就很好了！」我們一看，那紅紙上面詳細地列明富宮廟宇的收入支出的項目和數額。在霞城古街，許教授有時會向上一望，對着那戶人家的一堵頹敗的牆說，你們看，水泥裏還有一張舊報紙呢。我們跟着抬頭一望，真的，那些頹牆敗瓦掉落，內裏露出了一張字跡仍然清晰可辨的英文舊報紙，上面報導着當時的新聞。許教授說，當時這些報紙為了防下雨、擋濕，不小心也就成了水泥牆的一部分了。

許教授最得意的是在後溪帶我們參觀一棵歷史悠久的古樹。那是在後溪的石頭拱門的一側牆上。那拱門上面大字寫着「拱辰門」，小字寫着建於康熙元年捌月。一株古樹在拱門上面長着，可是它的根特別強勁，穿過石塊與石塊間的縫隙，向下紮根，一下就爬滿了牆，最驚人的是，那些牆磚幾乎都看不到了，粗大的根盤根錯節，黏在牆上，好像天然的根的化

石。古樹的生命力是如此旺盛！當我們的塵世改朝換代了，一個一個英雄豪傑隨着流水東逝去，新生的嬰兒啼哭聲一代一代地劃破宇宙的黎明，這些樹，經歷了多少人類的風風雨雨居然還在。我們不能不與它留影紀念啊。

我們的車在許教授宿舍前的馬路停下，望着這位重視「民間」的教授，心中有無限的感激，我們今天的飛機是晚上才飛，白天本來會很無聊，但他一系列緊湊豐富的安排，大大充實了我們的時光。車子逕自開往廈門飛機場，我們下車後，教授夫人小李也得回泉州了。她陪同我們在車子後座談話，令我們不覺時間的緩慢和飛逝，他們真是貼心周到啊。

二零一三年十一月二十五日

在漳州的涼秋裏與思梅同行

交友之道，不敢説熟練和老道，文人經常都從文章開始。更具體地説，以文會友之外，欣賞，成了一種觸機。許多時，欣賞遇到了緣分，友緣就在人生旅途中結成。與思梅的友情，最初，還居然從網上開始。

網上交友，聽起來很可怕。種種奇事怪事恐怖事，有時都因網開始。還在女兒讀高中時，她在網上認識了臺灣一位年齡大她很多的臺灣女子，女兒還到臺灣見她，我們有些擔心，沒想到我們到臺灣小游時她還請我們吃飯，她到香港還來探望我們。不過是一位熱情的可愛的臺灣女青年。後來她開我們的玩笑：「阿姨，叔叔，您們一定為海瑩從網上交上我這個朋友，很不放心吧！」我們尷尬地笑笑承認：「有一點吧。」

* * * *

欣賞思梅，情況不同，一樣的只是在網上，讀了她博客裏許多散文小說，欣賞她的才華，散文寫得活潑生動，充滿朝氣，小小說寫得細膩入微，刻畫人物心理真實形象，深得我心。她有意識地運用了多元的文學技巧，將各種寫法融合為一體。那種陽光文品、那樣實事求是地刻繪人性，令我們激賞。我的博客偏重文學性，多數是遊記和散文，為輕鬆一下，有時也附上了和瑞芬出遊的照片，沒甚麼神秘感。就這樣，我們經常在彼此的博客交流，寫些真誠的讀後感。沒料到也有見面的一天。我們受邀在十月到廈門參加兩項活動，回顧往昔在集美讀書的少年歲月，我福州、泉州、廈門、武夷山等地都去過了，唯獨漳州沒去過。漳州，對我們可說完全是一張白紙。於是發電郵向思梅求教。當時我們未敢太麻煩思梅，希望她能協助我們找到能安排一日遊的旅行社（像我們到紹興一樣），然後抽空與她和她先生見見面就很高興了。那裏想到她那麼熱情，發來了有關漳州主要景點的豐富資料？還願意陪陪我們遊覽！真是喜出望外。為了她對我們的行程心中有數，我們也很早就把行程電郵給她了。一切按她的建議計劃進行。

從我們抵達漳州勝利東路的漢庭酒店連鎖店，思梅來我們酒店接我們，到我們告別花果之鄉，她來到酒店、長途汽車站送別我們，思梅表現出一種有始有終、有頭有尾的、中國式待人之道的傳統。是我們所接觸的內地最為重情好義的文友之一！實在令我們感慨系之，也感動萬分。兩天半來，她都一直陪同我們遊覽。首日我們由思梅介紹，施先生做導遊，一起追蹤弘一法師足跡，次日由思梅的先生澤強駕車，到漳州國家公園火山島，路程好遠，兩個多小時才抵達。不過，物有所值，在閩南地區，我們還沒看過火山遺跡。當海水退潮時，沙灘上躺着數不清的黑熔岩。我們在兩天半裏還爬上雲洞岩，遊覽趙家堡，參觀林語堂紀念館，漫步漳州老街……可以說，漳州值得一遊的景點我們都去了。最滿意的尤其是漫步了趙家堡、漳州最老的老街香港街和臺灣街，兩條街少說也有四百多年以上的歷史了，大都是明清兩朝的建築，有些更早，毀了重建，有些建築物、牌坊、門牆、歷史久遠，很有價值，還特設石碑，刻上文字說明。我們兩天半來所走的，當然遠遠超過「趕鴨子」般的「一日遊」。

與思梅一見如故，連她的先生也與我們很快熟絡了。幾天來我們被思梅照顧得無畏不至。思梅心細，一路關照、貼心、關愛，令我們過意不去。我們訂住的連鎖店，好大，但只有一百九十元一晚，我說：「我們其實吃、住很隨便，瑞芬就是多了一樣愛好而已——喜歡買買衣服。」在火山島海邊，那個遊人絡繹不絕的看海台，思梅心細，帶了茶水、還切了紅色火龍果讓我們吃，我們簡直被照顧成了一對大幼嬰。漳州產鱸魚，又有柚子、香蕉……舉凡佳果美饌，我們都一一嘗遍。最後一天傍晚，瑞芬說：「不必再吃那些大魚肉了，晚上我們就吃粥吧。」思梅說：「那到我們家吧。」我們又說：「要麻煩您們了。」思梅說：「我們平時不也一樣要做嗎？」想到了思梅寫過她天臺上的花卉、菜蔬，我們都很雀躍；也渴望着參觀思梅的家。雖然是在六樓的一個單位，但一階一階爬上去，倒也不覺得辛苦。

簡單而美，是思梅家居給我們的印象：他們的家在公寓式的六樓一個單位。他們過着一種「簡單就是美」的生活，也為我們所激賞，這一如思梅的小小說一樣，沒有枝蔓，情節也完全不複雜，具有一種單純之美。家居好大，收拾得乾淨舒適寬敞，不見東西堆積。思梅的書房門口，對着露臺。他們帶我們爬到天臺參觀，那是他們的「自留地」，看得我們都傻了，一排排的菜蔬用長方形的容器種栽着，品種不少。在現代化的小城市裏，思梅夫婦仍在追尋一種純樸的農家樂。尤其是澤強那句聽來很普通的「等一會我們就抓兩把來炒」，就體現了與繁華香港多麼不同的瀟灑生活方式。

我們坐在沙發上，真的太不客氣了，思梅、澤強在廚房忙開了。看到他們如此投契、配合無間，很快就端出了滿枱的菜，總五碟：一碟是澤強釣的六款魚、一碟罐頭花生、一碟蘿蔔幹炒蛋、一碟蚵仔煎（漳州話習慣上稱海蠣煎）、一碟炒芥蘭（吃完又端上一碟炒芥菜，都是他們在天臺自己種的）。看，雖然吃粥，但佐餐的菜，是如此豐富。這是所有漳州再高檔的餐廳也吃不到的思梅夫婦的「友愛餐」，我們的滿心感動不言而喻。由於十分好吃，我和瑞芬手不停筷，五碟美味菜，很快就被我們風捲殘雲般地「搬」到肚腹裏去了。瑞芬說，很後悔沒在她家裏留影，只拍了五碟菜。那些魚不知會否恨我和瑞芬，幾乎都是我們倆將牠們瓜分掉的。這一晚，吃得好飽好香。

這一晚是我們在漳州的最後一晚，沒料到網友椰林赤子來酒店探訪，小菁那麼夜了也趕來，心中好感動。我們用自動式拍攝了很搞笑有趣的照片。我的書留在泉州，後來托了校友給他們各寄去我的一本新書《走過紅地氈》。

二十八號清晨，說好不必來送，思梅還是來了……

還在幾天前，我們只是從文字讀思梅，這幾天，就從近距離的接觸，讀思梅其人，感到人文合拍統一。思梅是有情人，陽光，細膩，有內涵，和澤強一樣，對人充滿了關愛。我們有理由期待她會寫出更多更美的精彩文章。

難忘在這一年的深秋，有好文友思梅夫婦與我們在人生旅途中同行，陪我們一程，美不勝收。

二零一三年十一月五日

那慈祥溫情的幽默微笑

——參觀林語堂紀念館

福建出大師，而且是重量級的文學大師，閩侯的冰心、漳州平和的林語堂（一八九五—一九七六）都是。應該說，和人傑地靈的江浙，不遑多讓。因此，漳州小游，參觀大師林語堂紀念館，成了不可或缺的節目。文友思梅老師夫婦陪同我們，終於讓我們滿足地回顧了他一生的偉績以及走過來的路。

林語堂紀念館（二零零零年奠基修建）在漳州薌城區天寶鎮五里沙村，從漳州驅車前往並不太遠，只是如果沒留意路旁的指示字樣，很容易錯過。駕車的澤強兄以前來過，估計已經開到附近了，還是要問路人。車子就開始拐入兩側都是香蕉林的小路。沒料到那紀念館座落在香蕉林的深處，臨近，那香蕉林越發濃密，正如漳州才女小菁老師所形容的「蕉海綠濤」；曾經在南洋生活過的我不時在爪哇島旅遊，看慣了香蕉樹，也很少看到種得那麼密集，蕉葉彼此相擁着，似乎不留一點兒空隙，遠遠望過去，確實猶如一片驚心動魄、波浪起伏的綠色海洋。紀念館建在高處，必須拾級而上。石階兩旁，密密種植了開着小黃花的樹，也是隨石級而上。「林語堂紀念館」六個大字立體呈金黃色，貼在一堵灰色的牆上。那面牆，由一塊塊方磚堆迭而成，倒也別致。看得出設計者頗花費一番細密的心思。

啊！在牆的前面空地，我們看到了一個圓形草圃中間，座放着著名設計家利瓦伊祀教授設計、二零零二年揭幕的林語堂坐着的石頭雕像，他穿着長袍，坐在靠背椅上，翹起二郎腿，左手平放於腹部，右手在右腿側，手指夾着煙斗；戴上眼鏡，額頭寬圓，平視，露出慈祥溫情的笑容，仔細端詳，會發現他的笑容裏隱藏着幽默的元素，大概想到了甚麼快樂好笑的事情吧。這一幅輕鬆自得的姿態，不禁令我想起了也是在二零一三年七月，我和瑞芬在紹興魯鎮看到的魯迅像，那是銅像，一樣穿的長袍，也是靠背椅，但魯迅雙腿平放，不同的是雙手臂交叉，右手指頭夾着香煙；沒戴眼鏡，魯迅的頭髮向前，硬尖如戟，他的臉部表情嚴肅，顴骨突起。瘦削的身體、肅穆的神情與林語堂瘦胖適中的體態、寬厚溫和的微笑形成了有趣的對照。所謂形由心生，兩位大師的雕像、姿態和表情一如他們作品的風格、價值觀的相殊，成為中國新文學的兩道靚麗鮮明的風景觀。不過，比較兩位文學大師紀念館前的那堵牆，魯迅故居那一面大得多了。這也體現五十至九十年代中國新文學史上揚魯抑林的傾向。儘管兩位都曾經獲過諾貝爾獎的提名，但舊文學史給他們留下的篇幅和位置是多麼不同。

林語堂紀念館門口有一副對聯寫得很巧妙：「兩腳踏中西文化，一心評宇宙文章」，據說是林大師自己撰寫的，他為自己畫像，非常準確貼切，據他的一位朋友說，林語堂曾對他說，他最大的本事是向外國人介紹中國文化，向中國人介紹西方文化。他請梁啟超寫了這一幅對聯，掛在自己的書房內。這對聯，照我看，也可以理解為，以很淺白的文字概括了林大師的學問、文化、文學和翻譯的成就。館內主要分兩個展廳：第一展廳分「山鄉孩子」、「負笈歐美」、「風華正茂」、「走向世界」、「歸根之戀」五個部分，以相當豐富的圖片和文字說明，介紹了林語堂的生平事蹟，包括他的出生、家庭、父母、妻子等的故事；第二展廳分「東西文化宇宙文章」、「《語絲》猛將幽默大師」、「東方智慧生活藝術」、「中文打字機當代英漢詞典」、「桑梓情深澤被後人」五部分，以他著作的各種版本、手跡稿、實物等，全方位展示了林語堂的成就。最令我佩服的是他的博學，學術、翻譯和創作都出成績，竟然還會發明東西——中文打字機，太厲害了！他不但是作家、翻譯家、編輯家、教授，還是一位發明家呢！臺灣陽明山的林語堂紀念館，稱他喜歡發明東西，中文打字機就是他的發明！展廳也展出打字機的照片。最叫我感興趣的是他還寫了幾部長篇小說，如《朱門》《京華煙雲》《風聲鶴唳》，還拍成電視劇。多年前我買過他的《京華煙雲》。三十年代（一九三二年）他編過著名的雜誌《論語》、《人間世》、《宇宙風》，提倡幽默趣味的小品文，讓我印象最深的是魯迅對他文學主張的不認同，曾經寫了不少文章批評諷刺。林大師一九一九年就獲得哈佛大學碩士，萊比錫大學博士，此後接連在中國好幾間大學任教，包括廈門大學。

林大師很早地在一九三六年到了美國，一九六六年到臺灣定居，一直到一九七六年逝世。如果按他生活的地域來看，他在中國生活了四十一年（其中四年在美國、德國留學），在美國三十年，在臺灣十年，許多著作都是用英文在美國寫的。他的著作中比較重要的，如《吾國和吾民》、《中國人》、《藝術人生》、《生活的藝術》、《老子的智慧》、《蘇東坡傳》等等，內容主要是介紹中國文化和中國人的風俗習慣，因此，他的影響遠及西方和臺灣。這和中國文化巨人魯迅不同，魯迅沒活得那麼長，在臺灣文壇還未開放時，臺灣讀者不知道魯迅是誰，不知道他的小說寫得那麼棒。又因為林語堂大師學貫中西，他既有深厚的中國古典文學基礎，又有很高的英文造詣，編寫過《當代漢英辭典》，香港中文大學為之出版，林語堂在香港也有影響。而我對編辭典的人素來佩服得五體投地，此類工具書，我們一輩子都讀不完，編，那是更不容易了，那是大師級的學問家才可以勝任的大事。

林語堂一生寫了六十幾部書，魯迅有十幾卷本。兩位大師都有幾部經典不斷重版，林大師的，例如《生活的藝術》，我們十幾年來到學校展銷，展臺上經常擺着這本書。魯迅的《彷徨》《吶喊》也是。走出紀念館，我不斷聯想起幾十年來的讀書記錄，不乏兩位大師的妙篇佳章，都對我有影響。然而，四十五十後的老讀者，當年大都跟傳統文學史的導向走。我們不諱言讀魯迅多一些，甚至多得多。魯迅為國為民，憤世嫉俗，被譽為民族魂，活在世上的日子很短。他使命感很強，活得較累；林大師主張幽默、自在、快樂的生活哲學，活着未必要有太嚴肅的目的和意義，他活了八十一歲。而他們都是愛國的。從生理、家庭、國家、歷史、文學成就等等不同方面來比較，兩位大師其實都有可取之處。

很慶幸也很高興，我們的文學觀如今也開放了。兩位大師都有後人為他們塑像。魯迅的眼神深情地望着江南水鄉和他深愛着的魯鎮上哀其不幸恨其不爭的小人物；林語堂含笑地哼着「鄉情宰（怎）樣好……」的閩南小調，含笑地望着他始終無法忘懷的漳州土地，他們都是值得我們敬愛和紀念的文學偉人啊。

二零一三年十一月二十二日

曼谷隨記

難為了大象

泰國的旅遊業開發很早。在東南亞堪稱旅遊大國。在世界上也足以與幾個熱門國抗衡。我們發現越是具有民族文化特徵和本土色彩的國家，越開放，其旅遊業必越是火爆。

已經很多年沒來泰國，這一次來清邁遊覽，才發現泰國有關當局在開發他們旅遊業的資源方面確實不遺餘力。不斷有新的進境。值得一些國家旅遊部門深思、參考和仿效。在香港我們只見到印傭和菲傭，但見不到泰國輸出他們的勞工，到泰國一走，發現泰國人民好客、

熱情、樂業敬業，笑容常開。縱然是服務行業的人，見到遊客都是雙手合十作揖向你致意，面露微笑。這樣的禮儀之邦，微笑，就成為他們雄厚的吸客資本之一。比如進入他們的長頸族村，攤檔都是婦女，見到遊客都熱情招呼。我於是就想到她們生活的知足常樂和聰明樂觀，各行各業在開發本國的旅遊資源方面也必然計謀辦法很多，令遊客不斷增加。緬甸、老撾，泰國三國比鄰，就數泰國生活最好。

就以最值得一提的大象表演吧。大象的表演幾十年前也有過，但沒有今天那麼精彩。對大象的訓練，實在非一日之寒。以前的大象表演，只是站立、仰臥、伏下、致意等幾種簡單的動作，這一次在清邁參觀的大象表演，項目增加很多。很難想像體積那麼龐大的動物居然能乖乖地聽命於人的智慧。大象節目計有踢足球、投籃球、點頭致謝，搖頭晃腦、睡覺、拉木頭、集體推動木頭、為人按摩……，最好笑的是為人摘帽子，再為人戴帽子（最絕的是戴了後，大象還在的帽子上用鼻子按兩下，幽默滑稽之態，惹得觀眾笑聲不絕）。最驚人的是畫畫表演，無論我們如何想像，都無法想像他們是怎樣進行訓練的。人搞藝術都要有少許天分，更何況動物呢！當然，每一隻大象都需要一位訓練師陪着在一側指導，才可以獲得成功。表演的大象是五隻，各有一位馴象師陪同出場。大象用鼻子勾着一小木盆的顏料上場，煞有介事般，令人忍不住發笑。到了場地，馴象師打開畫布架。我們於是明白大象表演的是油畫。大象的手就是牠的長鼻子，不像踢足球用的是後肢。投籃就和畫畫一樣，也用了鼻子投。這鼻子真是萬能，甚麼都會。畫筆吸在鼻子裏，塗抹甚麼顏料還需要靠馴象師指導。沾上顏料後馴象師會指示大象塗抹在畫布甚麼位置。但縱然如此已經很驚人了。有時牠也不太聽話，在一側露出不太耐煩和不喜歡的樣子。五幅油畫先後完成。主要是兩類：一類畫的是花樹，花枝上開着橙色花，另一類是山巒大地。這後一幅有天空原野，雲彩、樹木，色彩感和層次感都很強。五隻大象陸陸續續畫好，在馴象師的引領下面向看臺的觀眾點頭致謝，然後，鼻子勾起顏料小木架走下去了。其傑作擺在一側任人拍攝和購買，據説價值不菲！

我們這次來清邁正遇五一勞動節假期，大陸同胞很多，這天來參觀大象表演的座無虛席，表演實在太精彩。不過真也太委屈和難為大象了，為了旅遊業有新意，連大象的大腦智力也被大力開發，看得出來大象沒太大興趣，不太樂意，純粹為了生存，看人類份上。那也是沒辦法的事。如今世界活着艱難，人類都要受點委屈，才可以活得好些。

中央美食廣場

在清邁的最後一天，我們在距離清邁飛機場不過五分鐘路程的中央機場大廈（CENTRALAIRPORTPLAZA）逗留了幾乎四個鐘頭。頗為喜歡。

這座商場兩層，上層是咖啡閣、各種名牌店、日用品、工藝品店等等，平時的白天，顧客似乎不多。如果就此逛一圈走出來，那就會很失望：幸虧導遊跟我們說下層是「食街」，才引起我們的興趣（正好這一餐自己掏腰包吃），真的是大有乾坤。

乘電扶梯下去，頓時感覺到那是另一個世界，鬧哄哄熱騰騰的是一派「民以食為天」的生動景象展現在我們面前。居然有些激動起來，腸胃在一剎那都興奮地奏起「我想吃」之歌，向那些食物鞠躬致敬。儘管「禍從口入」，這些年儘量「壓抑食欲」，以免太早「告別美食」。但欣賞美食，也可以用眼睛撫摸和品嘗啊，滿足一下眼福和鏡頭。

泰國餐在香港早就大有生存的土壤，一個泰國女子就在我們家附近開泰國餐廳開了很多年，香港人適應力很強，甚麼餐都不怕嘗試，因此泰國餐很受落，那位女老闆也就賺個盤滿缽滿！當然，泰國餐也分高低檔。這個規模、氣派浩大的美食廣場，也就是香港那類「放大和集中的大牌檔」，但在香港，平民化的在大街小巷的大牌檔早就消失了。改之以著名商場內的美食檔，例如在旺角的朗豪坊五樓，太古城中心的食街，檳城露天的關仔角。

一走下美食廣場，迎接你的就是清邁最有名的「芒果糯米飯」攤檔。那攤檔招牌貨的賣相特好，玻璃廚內是粉紅、藍、綠、紫等各種顏色滋味的糯米，另一邊是推得如小山高的芒果。一盤六十泰銖，相當於港幣十五元而已。一盤芒果糯米飯，大約是半碟糯米，半碟芒果

（約半粒切塊）。由於糯米糖份高，又摻入了脂肪高的椰汁，我們先買一碟四個人試吃。味道確實一流，頃刻掃光，女兒女婿又去買了一碟紅糖味道的。我們看到領隊早坐在不遠處的一張椅子上一個人努力「單幹」一盤了。我們知道，在此，除了要將喜歡的食物舒服地送進肚腹外，還有逛逛拍拍的任務。正是中午時分，食客坐得密密麻麻，但要找位置還是有的。一人守座位，其他人分頭「獵食」。咖哩飯、雜燴飯、冬陰功湯麵、炒冬粉、肉丸湯、泰國沙律、肉包子、海鮮清湯、椰子冰、雜果冰……我們買了冬陰功湯麵、炒冬粉，海鮮清湯，最後瑞芬還買了炸魚、肉丸、肉包子，打包上飛機，帶回香港。

這個美食廣場食攤至少百來家，食鋪環立，中央也有，留出人行通道，猶如八卦陣，佈局合理，大片座椅共用，盤碟叉匙碗筷公用，吃完自助收拾送到規定的地點。泰國售賣者有華人泰國人。泰國人性情溫和可親，多數微笑待客，也多數懂説簡單的華語和廣東潮州語。

我們喜歡大眾化的美食攤，價格不會有殺頭天價的擔憂；我們喜歡平民化的買賣作風，可以吩咐配料多一點或少一點，講的是人情而不唯賺是娘；我們喜歡那種活潑生動的營生情景，拉茶固然是高超技藝，炒冬粉的身手也美如舞蹈；我們喜歡泰國人樂觀的拼搏，始終微笑着，溫柔着，少賺一點又算得了甚麼？我們喜歡各地的美食攤，那才是真正地譜寫着當地特色的美食文化，清邁這一美食廣場，就是一個典型。

日本三題

大阪城的一天

大阪城三十一年前來過，當時小兒子海維才四歲。我們參加旅行團，沒有留下多少照片。二零一五年一月二十五日我們按計劃來到了大阪城。隔了幾十年，印象全然模糊了。

大阪城在大阪市中央。遠遠就看到那座白色的、青藍邊的大阪城。那外面的護城河一派靜寧的景象，對對天鵝，雙雙鴛鴦在水靜如鏡的河面上游戈，半明暗的晨曦令我們拍起照來呈現陰陽臉，仔細研究，才發現我們站在樹陰處。

我們是跟着女兒海瑩、女婿偉麟設計的路線走，經大阪城公園時，看到操場上一片熱

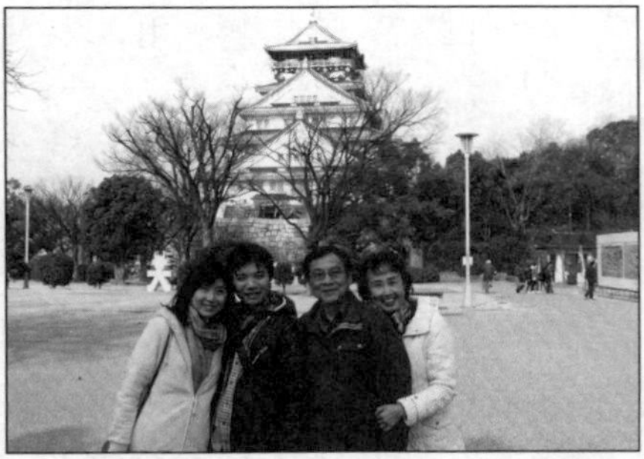

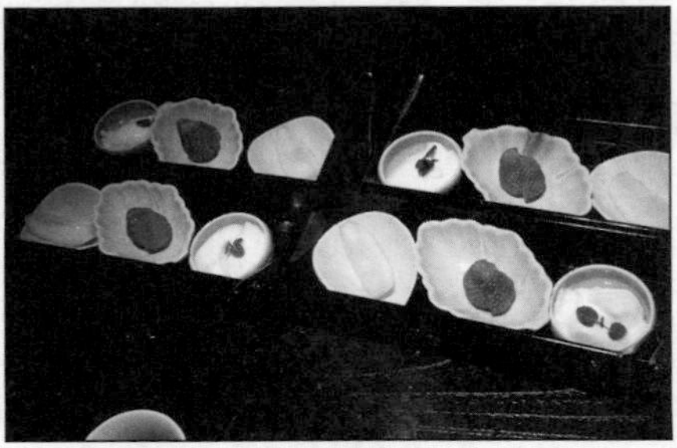

鬧，人們都穿着運動衣在做熱身運動。操場一邊是一列帳篷。原來今天將有馬拉松長跑。

走向大阪城，感覺到不同角度拍攝景物都會有別。環城河水、橋、城牆主體天守閣，只要善於搭配，都會拍出不同的藝術效果。我們在此很久，都在切磋和交流攝影角度。

遙望大阪城，造型奇特，好似是由好幾個綠色琉璃瓦屋頂的小建築搭配而成，氣勢夠雄偉。相傳它又名金城、錦城，在桃山時代是豐臣秀吉的居城，於一六一五年遭火焚，接着豐氏被消滅後，就成為德川家康的幕府，一九三一年重修，一九九七年就成為大阪城公園的一部分。我們一路走近它，一路拍照。遊客很多。在拍照的時候，竟然聽到了遊客在講粵語，知道是香港來的，偉麟走上前去，主動幫他們拍照，他們也加以回報。結果有一張拍得不錯。

在大阪城不遠的空地上，有幾攤「汽車大拍檔」圍住一些桌椅，供人解決午餐。畢竟走出大阪城公園找餐廳，那是夠遠的。我們的午餐只好也在這兒解決。烤香腸、烤牛肉、湯麵、炒麵、蘿蔔絲做的糕、墨魚丸……我們都各買了一些大家一起吃。

最意想不到的是，吃過，一個穿着樸實外套、背着相機和一個小背包、約過了七旬的長者走過來，說他可以將我們拍得很美，是否願意讓他拍？我們本能地反應，他必是專門靠為人拍攝營生的，就婉言謝絕。大概看出我們的疑慮，他仍糾纏着我們，說一定要給他拍攝，他不要任何代價。女婿將他的話翻譯給我們聽。那就好吧！他很高興地把我們引到一個對着大阪城的小湖邊。我們才發現，小湖在隱蔽處，如果不留意，那是很難發現的。他讓我們一家站好，擺弄很久，我們以為有甚麼問題，原來他説水中有大阪城的倒影，要等水沒有漣漪，水中影才會清晰。我們輪流拍攝，還和他合影。拍出的效果，真的看得見水中的大阪城。偉麟和海瑩懂日語，與他交談，從中知道他住在大阪，名字叫森安政市，今年七十七歲了，喜歡攝影。雙方還交換了聯絡資料。最妙的是他還高歌一曲讓我們欣賞。

……差不多花費了一個鐘頭與這位喜歡攝影的日本人接觸，感動於他的熱心和熱情，也感慨於他的寂寞。

大阪城的一天，因為與一位日本長者的邂逅而令人難忘。

日本的包裝文化

在日本，進手信店鋪、餐廳，發現日本民族重視包裝，已經到了驚人的地步。這種包裝文化，照我看是利弊參半、得失兼具。

日本的手信店裏的甜品，多是麻薯、綠茶做成的，形狀五花八門，但嘗試後，味道都差不多，中間的餡，十有八九都是紅豆做成，甜得不得了，可是那包裝，尤其是外面那個盒子的圖案，太美了，你無法不承認它是藝術品。為了方便你送給親友，有時盒子外面還給你包好一層設計精緻的禮物紙，真為你想得周到。這是一個特點，你想買下那種點心，一半的因素是被外面的包裝所吸引，送禮自然是很體面的。其次是裏面所裝的美食數量往往很少，六、八、十、十二個不等。與價格之昂，形成鮮明的對比。在你決定買下的時候，往往會這麼想：「包裝這麼好，這麼美，送人是很體面的，甜就甜吧。」，那些製作完美的食物，他們還做成膠質的樣本，解剖其中一隻，讓你看到裏面那紅豆做的餡，酷似真品。這樣的手信店極多。再者，日本的綠茶用途非常多，蛋糕、雪糕、各種甜品……其製作的過程我沒參觀過，有沒有加入綠色色素我不清楚，但樣子甚為引人。

還有就是各種豆類、花生的加工，幾十種豆子包上了味道不同的「皮」，也看得顧客眼花撩亂。

日本包裝文化運用到了飲食文化，也就是向盛器花樣款式的發展。中國的美食向食物的烹調花樣開拓和發掘，日本則向盛器的繁多和花樣絞盡腦汁。一小片蘿蔔，專門盛在一個小碟或小碗裏，在中國大陸各地都是不可思議的；同樣，一塊小豆腐、、一隻蘑菇、一小塊魚……單獨放在碗碟也是很罕見的。有一次在有馬溫泉吃早餐，那服務品質可以打上一百零一分，那位年紀較大的女服務員將晚餐（早餐也是這樣）送來，由於碗碟太多，來回走了七八次才將我們四個人的晚餐送完。細細數了一下。每個人用的碗碗碟碟至少就多達十七八種。有的小碟裏的極小的小食物，上面還放一絲蔥末或點一點豆鼓醬。如果將所有食物擺在一張大盤裏，當然也盛得下，甚至不到三分之二滿吧！所謂色香味，中國飲食文化是在食物本身狠下工夫，日本人則把「色」分給了盛器擔任。

有時候想到了日本人的長壽是有理由的，他們吃得清淡，重視豆腐、魚，只是不明白那些手信（美點）為甚麼做得那麼甜？而菜色中的天婦羅，都是炸的。炸南瓜，炸西蘭花，炸燈籠椒、炸蝦，就未必比平白地來吃蔬菜有益健康。

包裝文化運用在餐室、商店，可以在吸引顧客上大起作用。在大阪地鐵商場、京都商場的食街，櫥窗裏把賣的美食標本都可以亂真地做成樣板，標上明碼實價。在京都嵐山的遊客區，有家精品店門面就全用各類風鈴吊住來裝飾，經過的外地遊客幾乎都會進去看個究竟。那一天我們也在裏面超過半小時，買了不少禮品。

日本包裝文化，我認為在裝飾商店的門面方面最好，也最能達到目的。

日本的文學與影視

兩度去京都這個只有一百七十萬人口的日本文學發源地，不由得聯想起自己幾十年來對日本文學和電影的喜愛。一直到今天，仍是如此。

那時候我剛到香港不久，最早的就是被他們的推理小說和森誠純一的「上班族」系列所吸引。那種推理小說走的是與福爾摩斯探案不同的路線，後者重視人證物證，前者靠推理破案。推理則用抽象的邏輯推理，在缺乏證據的情況下依然可以靠嚴密的抽絲剝網推論而使兇手或作案者無所遁形。照我看這比靠人證和物證的局限更高明。我寫少年推理中篇小說《校園偵破事件簿》同年獲得全港小學和中學好書榜，其實都是受日本推理小說的影響。

而後我讀他們小小說大師星新一的科幻小小說，也讀了很多，非常喜歡。中國大陸出版了他很多的科幻小小說集，這位寫了一千多篇小小說的日本作家確實寫得很有自己的特色，也很精彩。我也喜歡獲得諾貝爾文學獎的川端康成的「掌上篇」，他的《傘下》《廁中成佛》等都是不可多得的傑作。由於當時我的工作與接觸新書有關，我閱讀了不少日本的小說，如我將水上勉的小說集《越前竹偶》《雁寺》讀完了，我又特別喜歡專寫「婚外情」的文學大師渡邊淳一的中篇小說集《光與影》，向朋友推薦還把書出借，沒有還書給我，我後來又買了一本。以後凡是他寫的長篇短篇我都購買，一直到他寫得太多、香港也出他的中文譯本，售價太貴，我才作罷。其中最震撼最大膽的數《失樂園》，電影、漫畫都出全。

日本文學以寫人性感人，文學描述細膩，巨人式的文學大師有川端康成、三島由紀夫、芥川龍之介等等。電影也如此，人性、親情、人情味，都被他們表現得淋漓盡致。出現了許多經典，迄今很難忘。《感官世界》、《鰻魚》、《赤橋下的暖流》、《戀愛、花火、摩天輪》、《跳跳舞、談談情》、《伊豆舞孃》、《情書》、《四月》、《火花》、《禮儀師鳴奏曲》……他們的電視劇也將愛情親情表現得動人，例如酒井法子主演的《星星的金幣》《同一屋簷下》迄今還是非常令人難忘，可歎可惜的是這位香港年輕人歡迎的明星兼歌星，因為吸毒而毀掉了大好前程。電影中，岩井俊二的《情書》電影和原着我讀看了很多次。影片拍得很美。

有一段時間，家裏所藏的日本影碟和小說非常多。他們的文學、電影在表現人性的溫暖、親情的動人、人情味的濃郁、生活的細膩描述、人與人的關愛等方面都有不俗的表現。那部《禮儀師鳴奏曲》電影就獲得幾十個國內外大獎，其實題材多麼平凡，就是說的一位專門為死者化妝的禮儀師的故事，平凡中見功力，賺了觀眾不少眼淚。

有人因為日本在第二次世界大戰中犯的罪而拒接他們的文化，日本電影、小說一律不看，我看是將兩件事混淆了，那是風馬牛不相及啊，正如中國古代有千刀剮、五馬分屍這樣的酷刑，完全無礙於中國文學的偉大和輝煌。

九州別府地獄遊

這真是一次沒有經歷過的新體驗。

那一次，我們一家子彷彿真的在地獄裏走了一趟，回到地面時心有餘悸。那天我們一早就抵達目的地，看前方，群山環繞，山上山下座落些純木建築，上下飄着一面旗幟，上面「地之獄」三個大字映入眼簾，驀然心驚，不知為甚麼旅遊勝地要取一個那樣嚇人的名字？後來查閱一些資料，方知「別府八湯」組合都用了「地獄」命名，其觀念確實與古時中國佛教傳說中六道最苦的「地獄」有關。別府是日本九州著名的溫泉地帶，無論哪一「湯」都是熱氣滾燙、煙霧瀰漫，滿山遍野迷濛一片，在山谷和樹林間被風一吹，似乎造成了白霧氤氳、寸草不生的恐怖景象，酷似地獄的氛圍，於是就將八湯按其顏色的相異以××命名。

這八大溫泉區分佈在同一個區域，都在方圓之內，各自成一園，以外面的路相連。每一個地獄園門口都有職員看守，撕下套票中有關的門票。我們首先遊覽了「山地獄」，園內小徑清潔如洗，前半彷彿一個小型的動物園，一些小羊羔被拴在翠綠平整的草地上，媳婦在無人看守的飼養蔬果攤上買了一小包小蘿蔔，滿足了小孫女將蘿蔔條親手送到小羊嘴巴的心願，那個畫面溫馨和諧，亙久難忘。園裏還有一些適合在溫泉地帶生活的河馬、兔子、孔雀、松鼠、飛禽等少量動物，罕見人影，也許艷陽熾烈，怕曬黑了皮膚吧。我們走着，看到一間小舖門口，溫泉灶鍋上蒸着雞蛋、番薯和玉米，都熟了。暗想，溫泉真是太厲害了！一路走進去，才看到景色大轉換，出現了冒着熱煙的石頭堆，還有漂浮着「大鬼蓮」的湖泊，感覺連植物都鬼裏鬼氣的，好像真來到了地獄。接着，我們走出門口，又一頭奔入「海地獄」園內，這一次溫泉呈現出漂亮的純粹的藍色，比真大海的藍還藍，實在太驚艷了，「海」面上不斷地冒着白色熱煙，尤其令我們感到萬分震撼。湖外圍着籬笆，「危險」和「攝氏九十八度」的兩個警示紅牌，在八個溫泉中，數這個海地獄最有氣魄也最美。

參觀遊覽「鬼石坊主地獄」時，感覺比較特殊，事緣溫泉範圍不太大，最可觀的也不過是一個小小的灰泥漿池而已，看起來非常稠濃，一個一個半足球形的「泡」在「冒」，也酷似人的光頭在灰泥漿裏一浮一沉。原來，在日語當中，「仿主」就是「和尚」的意思。無論想像力如何豐富，都無法想到溫泉可以這樣怪。接下來的「灶地獄」最值得一遊，其原名稱來源於古時氏神灶門八幡神社的廟會祭品，都是利用此地的地獄噴氣蒸熟，故稱「灶地獄」。此地底的噴氣和溫泉的高溫，令其溫度高達九十度。走進灶地獄，可以看到六種不同地獄的景象。這兒，也最熱鬧，我們就看到好幾團日本遊客在導遊的帶領下參觀遊覽。有一位日本導遊非常諧趣，在溫泉一側取出一支香煙，然後接近溫泉池吹氣，池面剎那掀起一團白煙，香煙頭則發出絲絲聲響燃燒起來，得意之狀令眾遊客也樂的哈哈大笑。在這灶地獄遊覽，確有些恐怖感，一個好像地獄守門的凶神惡煞雕像站在屋頂上，赤面怒眉、咧嘴露牙，雙眼瞪得牛大，手持武器，張牙舞爪，實在嚇人。接着遊覽的是「鬼山地獄」，又稱『鱷魚地獄』，利用了溫泉的熱度養鱷魚，多達一百來隻，倒沒甚麼好看。

再出門口，就往「白池地獄」參觀，溫泉溫度據說是九十五度，這兒飼養着一些各種各樣的大型熱帶魚，最奇特的是溫泉水呈現青白色，溫泉湖邊的亭子建築融合了中國和日本的建築風格，景致和溫泉相得益彰。望着那白霧也似的熱煙在青白色的溫泉湖面上凝留不散，屋宇在朦朧中隱約，這幅畫面，太酷似了中國畫中的水墨畫，青白色的湖成了美麗的點綴。

我們無法不提及「血池地獄」，那是參觀「白池地獄」後去的第七個地獄。如果說，最美、最蔚為奇觀的是「海地獄」，那麼最教人觸目驚心的則是這溫泉色呈現血一般紅的「血池地獄」了。由於這樣的名稱，會無端令人聯想起傳說中的地獄裏對那些造孽太多的惡人進行極刑後血流一池的情景。此溫泉附近的「紅粘土」，據說可以提煉製造對治療皮膚病有效的「血池軟膏」。我們最後參觀的是「龍卷地獄」，這是八大地獄唯一設有觀賞座位（看臺）的溫泉，主要是觀賞溫泉水間歇性地噴水，噴泉上面有石頭擋住，受到阻礙又打回來。和前面遊覽的多個色彩變化無窮的溫泉比較，這龍捲噴泉算是比較簡單而小型。

走出最後一個「地獄」，已經耗費好幾個鐘頭。在八月的酷暑天，露天遊覽參觀八湯汗如雨下，馬不停蹄地一個溫泉看完又一個，天上地下兩高溫確夠熱，孫女兩頰也被熱得通紅，大人連濕了幾條毛巾，不過我們覺得還是物有所值，不枉此行。年輕人的好，事無鉅細，充分準備，景看全套，吃要最好，要玩就玩得足夠，那就不辜負那樣遠道而來了。

遊覽參觀別府八大地獄，我們心裏很矛盾，非常抗拒又很被吸引，地獄似乎不吉利又被忌諱，但換了稱呼，好像又不那樣刺激了。當我們結束了所有的遊覽，回過頭來想，那樣的命名和地理佈局，順了大自然的天意又摸准了遊客的好奇心理，不能不說是一個高招；而闖蕩了一個又一個地獄的我們，肯定在旅遊日誌上留下了一筆特別難忘的精彩記憶吧。

充滿書卷氣的洗手間

與兒子一家到日本九州北部遊覽，算自由行兼自駕行，節奏比較慢，可以從容、仔細地四處看看拍拍。那天下午，我們在福岡，從住宿的酒店附近搭地鐵到了繁華熱鬧的天神站，大開眼界。那裏有一條地下街非常有名。

最沒想到的是這天神站地下街本身就是一個購物的好去處，但感覺上和俄國的地下鐵比較幾乎是兩個極端，莫斯科的地下鐵氣派渾宏、廣大空蕩，猶如宮殿，福岡的天神站地下街雖是人潮川流不息，但天地矮逼，街道分支多，但都不甚寬闊，我仔細數數，從中央的大堂詢問處輻射開去，總共有五條人行道延伸到「遠方」，兩邊甚麼商店都有，服裝、雜貨、

咖啡閣、假首飾、書店、果子店……年輕人喜歡購物，怕我們走得太累，就建議大家隨意走走逛逛，約定時間和地點再匯合。這是同行中兩代人各取所需、非常合適的最佳方式。我們看着那樣人來人往的洶湧人流、密密麻麻的迷你小店，不要説走半小時一個鐘頭，恐怕走個十來分鐘，已經「迷失天神站」了。我們用手機拍攝了集合地點的特色招牌，就開始隨意逛逛了。內子瑞芬一頭栽進一家人頭湧湧的人造首飾店，隨意選擇，我就到處走走看看，就在我獵尋目標、東張西望的當兒，突然看到有一面牆，正門口掛着一個有着兩個小人的長形迷你白色燈箱，一紅一藍，像剪影那樣精緻，紅色女人像很淑女，藍色男人像頗紳士，各自下方還用英文、韓文和中文寫上「洗手間」的文字説明，中間是大大的英文字「RESTROOM」」。我一時大為驚奇、被吸引的原因，是因為除了其外觀的仿古裝飾外，還以一面排列了大量書籍的書架「牆」裝飾了門面。衛生間外面都是仿古的紅色磚牆，另有一個四方形燈箱，如十九世紀西歐小巷街燈高高掛起，映着男女小人像的廁所標誌燈光箱，乍看之下，感覺猶如在威尼斯或捷克古城內的小古巷走着，走進去，才完整地看到最吃驚的一幕：那大幅假書牆，將洗手間的左女右男兩邊分開，書架上的書設計得很費心思，有平迭的，有豎排的，不規則而外，還不時塞貼着書主的臨時説明或筆記紙張，呈現相當的真實感；書如果放得太有秩序、太過整齊，就會很虛假，一眼就讓人看出破綻。正如一個人的臉或照片，菱角分明，條紋清晰，倒不是甚麼壞事，會覺得非常真實，如果修飾太多，拉皮、平皺紋，就看出是一張假臉了。仔細觀察，這書架塞着的幾乎不見流俗或庸俗的畫報或通俗的書，而多數是一些精裝本或仿精裝的硬皮本，可見設計者一定下過一番細密的心思。這家「廁所」書店在設計和裝飾上太用心良苦，我無法不肅然起敬。當然，洗手間建在地下鐵內，不會是私人投資的物業，可能是屬於地下鐵當局建設天神站的一部分吧。

我在洗手間外用手機拍攝外，還用數碼相機拍攝了很多張照片，即使沒有內急，我也願意進到內裏一試，當我走到門口，突然我一時又猶疑，煞住腳步，懷疑我進錯地方，可能我真是走進了一家高檔書店了？疑幻疑真間，我又折了出來，看看外面的牆上文字，確定無誤，才再一次進入。在男人小解設備牆上，我看到都掛着一幅幅攝影沙龍和繪畫佳作，古雅高檔，我拍攝的時候，沒想到大鏡子也將我拍攝在內。走出男洗手間，我站在分界處，也看到女洗手間牆上都用攝影作品裝飾了，裝潢得非常高檔，我很是興奮，遠遠地又拍了幾張。

啊，這就是我在天神站地下街最大的收穫了。這家充滿書卷氣的洗手間，我認為比一些沒有甚麼特色的景點還好看。聯想到在其他公眾場合，例如餐廳、商場，九州北部大小城鎮的公共廁所也非常乾淨。我們這一次到九州北部自駕遊，感到比起二三十年前我們去時又有了不少變化，例如有不少洗手間的馬桶沖水設備又有新的創意設計，上面是一個小小洗手瓷方盤，有個小孔，洗過手的水倒流下到水箱裏，還可以供沖水用。在福岡的一些三四級以上的酒店房間，吊着的衛生紙不是一筒而是兩筒，衛生紙厚度十足，有時還在梳粧檯多擺一卷。我們也到過一些小鎮或鄉村的日式旅館過夜，洗手間面積雖然很小，但絲毫都沒有異味，地板不見一滴污水跡，還備有一雙乾淨的膠屐供你入廁時替換。

當然，最令人難忘的還是前述天神站地下街那一間非常「高檔」的充滿了「書卷氣」的洗手間了，可以和歐美一些藝術家設計的美觀洗手間相媲美。我想，這設計者或者管理層的負責人一定非常喜歡書籍，重視圖書煥發出來的氛圍，才有那樣別致的設計，將廁所打造得完全像一間高雅的書屋，而且彌漫一種古典和厚重的味道。回想我們多年前到北歐、俄國旅行，不時見到一些廁所，外面綠藤覆蓋或由一些藝術家、漫畫家畫些漫畫作為裝飾，遊客喜歡而留影，也曾經住過一家俄國大酒店，房間走廊兩邊牆壁上都掛滿俄國作家的畫像和經典名着中的富有代表性的插圖，那時心情極為激動，自己畢竟是熱愛文學藝術的人，感覺到那完全是一家向俄國作家致敬的酒店啊！

我們拍照，常常嫌棄垃圾桶和廁所，覺得其形象不雅，不好入鏡，儘量避開；而今，廁所成了風景，而且被其美好的構思感動了，真是始料未及，驚喜不已了。

馬來西亞小品

美絕蝴蝶園

八十年代來過檳城的蝴蝶園，一直念念不忘，事緣我曾經寫過一首蝴蝶園散文詩，還把它寫進我長篇《迷城》，作為小說背景之一。一個地方會因為被名家描述過而天下知，一個地方也會因為自己記載過而印象深刻。那一次是文友駱麗絲開車陪同，這一次則是是她先生尼克駕車她陪同。

滿園的蝴蝶少說也有整萬隻，花團錦簇，蝶兒翩翩飛舞，一點兒都不畏人，忽然感覺到詞牌「蝶戀花」名字確實起得有道理，我們就看到一幕幕「蝶戀花」的情景。蝴蝶園上空用了網網住。園內數不清的蝴蝶在飛，有時還飛到我們頭上、衣服上，一小叢花樹上往往有十來隻蝴蝶停留在花瓣上，在紅花黃花各種不同顏色的花上面，張着雙翼的蝴蝶緊盯着花蕊，那一對花紋千變萬化的翅膀一旦張開，就構成豐富多彩的斑斕色彩。我們不知拍攝了多少的照片。只要你的動作不是太粗野，手腳發出的聲音不是太大，蝴蝶們都不會被驚動。乖乖地讓你拍攝。虧得管理蝴蝶的人心思細密，將花朵摘下鋪滿一個方板，無數的蝴蝶就黏在上面，一動不動的。

大自然這造物主最是神奇和不可思議，將蝴蝶這種昆蟲的雙翼製造得那麼美。除了色彩絕配，你意想不到的色彩搭配在一起，就顯現了一種豔麗、奇詭的色調。例如一張翼上面，將三分之二給了黑色，三分之一給了紫色，那麼觀感的效果就不僅僅是黑色神秘了，還有一種瑰麗、奇詭的感覺。再說，那些花紋、條紋，也決不俗氣，千奇百怪，無一雷同，難怪蝴蝶的品種以千種、萬種計。就像世界上的人種，那怕有非常相似的，那怕是孖生的，也總不可能完全相同。總是有些微妙的差異。當然，蝴蝶的美翼，也總是有共同的規律可尋。蝴蝶的色彩花紋最大的特色，即是雙翼呈現對稱之美。仔細觀察牠們的雙翼，縱然有極其微小的差別，但至少有九成多的雷同，那已經非常神奇了。正如人的五官，大多數都是對稱的。蝴蝶這種對稱之美，實在令人激賞，歎為觀止。

我們入園的幾個人失了魂似的，慢慢滿園地追蹤和拍攝，拍了很多精彩的畫面，以致最後走散了。蝴蝶園，除了活蝴蝶，還有豐富的蝴蝶標本，還有一個小室，供表演和互動。我們還看到了未蛻化為蝴蝶的醜陋毛蟲，大自然真不可思議，從醜陋的毛蟲過度到美麗的蝴蝶，只是時間的遲早啊。

拉曼大學印象記

到金寶是首次的經驗，這個距離吉隆玻沒多遠、僅約兩個小時車程的小山城，至少也有百年歷史，華人不少，佔百分之八十是廣東人。到金寶拉曼大學講座更是首次的經驗。拉大不過七八年歷史，一切都很新。第一天抵達是在午後，時間還早，就由拉曼大學中華研究中心主任李樹枝老師和馬峰老師陪同我們遊覽著名的椰殼洞（GUATEMPURUNG）、拉曼大學校園以及金寶最美的湖在夕陽西下的景色。沒想到金寶雖然小，但幽靜乾淨美麗，讓我有種回到故鄉金門的感覺。

椰殼洞是大自然經歲月變動形成的岩石洞，裏面好大，全走完數公里，石壁紋理很美，比起桂林山水、怡保霹靂洞還鬼斧神工。馬峰對我們太好，不斷為我們拍照。接着是遊覽拉曼大學校園，感覺是大、新、寬敞。令我想起了我母校泉州華僑大學在廈門的新校區。所不同的是，拉曼大學校園包納了好幾個湖，因此感覺到有種柔情似水的浪漫情調。在金寶，有很多類似的大大小小湖泊，他們説金寶以前是個產錫礦的地方，挖錫之後，那些大凹地儲滿了雨水，漸漸就形成一個又一個的湖了。兩位老師帶我們參觀辦公室，圖書館、大禮堂。那些禮堂的柱子漆上大紅色，遠遠看去，還以為是哪裏飛來一座中國式的建築。老師們説，學生戴上畢業帽時就在那裏舉行畢業典禮。

正是換季季節，馬來西亞幾乎每天都下雨。我們從圖書館望出去，湖面斜風細雨，一片透明的雨簾，湖水朦朧，樹也朦朧，景朦朧，建築物也朦朧。反而呈現一種美。在圖書館裏，李樹枝老師在一部電腦邊停住，打「獲益」（我們出版社名）兩字，就出現《香港文化淺談》（東瑞着）和《酒徒》（劉以鬯着）兩種書書名。可歎，我們出版近六百種書，「進入」馬來西亞這間大學的就那麼孤零零兩本。也難怪，新大學，圖書館藏書還有待慢慢充實。記得上一回（二零一二年）也因為馬來西亞會長、作家曾沛推薦我在新紀元大學講座，和他們結緣，由他們出運費，我們出版社贈送了一批他們需要的文學圖書。這次我們答應，二零一五年七月兩位陪同我們的老師到香港開會時，來我們出版社貨倉看看。

車子在拉曼大學校園行駛，見到不少活潑年輕的華族大學生談笑走着，感到他們不但比起印尼的華族青年幸福，也比我們六十年代中期讀大學的幸運，這兒大學華文的比例較多，環境也較好，政府裏不少華人從政，有不平可以發聲。我們那一代受十年動亂影響，沒讀多少書，不像現在和平安定的環境可以專心讀書。

傍晚時分，我們在湖邊小長木橋散步，景色如畫，銷人魂魄。次日一早馬峰老師陪我們到幾十步路的錫礦博物館參觀，據説館主就是眼下我們所住酒店的老闆。館裏有不少採礦機器大傢伙，在他地同類博物館較難見到。下午兩時許，就進入講座時間了。

麵包雞和豆芽雞

雞「流落」到馬來西亞的金寶市和怡保市，不知是喜還是悲？兩個小山城小街上食肆、餐廳的招牌都是與雞有關，甚麼豆芽雞、麵包雞、瓦缽雞、鹽焗雞、海南雞飯……一時間眼花繚亂。如果雞富有犧牲精神，就會感激人類絞盡腦汁、挖空心思搞出那麼多花樣，也許是憤怒？都無法知道了。

早就聽説過金寶的小吃很有名。真的名不虛傳。搭巴士到金寶，抵達時正好是中午，拉曼大學中華研究中心主任李樹枝教授和正在讀博的研究生馬峰已經在巴士站等候，將我們載到一家餐廳吃「麵包雞」。端上來時我們嚇了一跳，怎麼只見麵包不見雞？這一塊麵包好大，比我們常見的長形的切片的方包大得多了。莫非整只雞藏在裏頭？果然，用刀叉扒開，就看到雞塊被用紙包着，藏在裏面，雞混合了咖喱汁，一股香味撲鼻而來。這叫我們想起了在江蘇常熟吃的叫化雞（天下第一雞），那是用錫紙包着，再用泥巴糊住，在高溫下焗成。麵包雞看來也是如此，按照做麵包的程序，然後把一隻或半隻雞塊用紙包在裏面，經過高溫處理，那些雞塊嫩度適當。最妙的是麵包好香，蘸着那些咖喱汁吃，頗為美味。最後吃不完，瑞芬喜歡，要求打包，帶回酒店慢慢再品嘗。晚上兩位又帶我們去一家福記飯店吃瓦缽雞。這種瓦缽雞香港過去的大牌檔和一些飯店也有，但金寶瓦缽雞的最大特點是生米和生雞肉、臘腸、鹹魚、醬油和其它配料一起煲，需要相當的時間。

特別值得一提的是金寶和怡保的盛產豆芽，恰好是我和瑞芬的共同最愛。馬峰老師和梁麗秋老師在金寶拉曼大學讀研究生，梁老師駕車、馬峰老師陪同，一直由金寶送我們到怡保，抵達時已經夜幕低垂，華燈初上，直奔一家叫老黃的飯店。梁老師知道甚麼是這裏的招牌菜，一下就點好菜，原來怡保有道名菜叫「河粉豆芽雞」，最初我們無法想像這究竟是一道怎樣的佳餚？後來送上來才知道，應該讀成「河粉、豆芽、雞」三樣東西。河粉帶湯，當主食，豆芽一碟，白斬雞也是一碟。都香滑可口。而豆芽最值得一讚，香港根本吃不到，香港的豆芽是大頭的為多，小頭的偶然在某些菜市可以買到，但營養不良似的，吃起來沒有口感，也沒賣相，金寶怡保的豆芽肥嘟嘟的，吃起來勃勃脆，口感特別強，就像長得美的白胖姑娘，看上去特別舒服。餐廳的名菜就是這兩樣，因此把「豆芽」和「雞」連在一起來叫了。聽說豆芽長得那麼好，和金寶怡保的水有關。這次他們知道我們喜歡豆芽，枱面上都少不了豆芽；每一次也都被我和瑞芬一掃而光，一條都不剩。我們應該寫一篇《豆芽頌》，不是嗎？

檳城街頭藝術

一個城市的市容、設計得好，無疑為它增加旅遊資源，像檳城，本來舊的建築遺跡保護得好，喬治市列位世遺名錄，已經很有可觀性，二零零九年更舉辦一個國際創意概念競賽，徵求各界對檳城市內空間提出能夠展示喬治市城市特色的藝術設計，結果有一家叫Sculpturea twork公司設計的「市民之聲」在四十多份海內外的設計比賽作品中脱穎而出，這就是能夠體現喬治市城市特色的五十二幅鐵塑漫畫，它們分佈在喬治市大街小巷的各個角落的牆上，用幽默的圖文技巧和口氣訴説喬治市幾百年來的變遷和故事。

第二項創舉是在二零一二年，在喬治市藝術節期間，一位叫Ernest Zach are vic（恩納斯.笥卡拉維奇）畫了一幅「姐弟共騎」的壁畫，結果轟動一時，其他畫家紛紛仿效，一時之間，一幅一幅精彩、富有童趣、地方色彩的壁畫出現在喬治市的頹牆敗瓦上。不久，這些壁畫所在，就成了景點，遊客們趨之若鶩，紛紛來到各處的壁畫前參觀拍照。

要走完喬治市鐵塑漫畫和彩色壁畫所在的大街小巷，單靠自己步行不容易，兩者遍佈在全市。如今有關當局把它編制在一張地圖上，不但將五十二處的鐵塑漫畫的每一幅含義內容加以簡要說明，而且標識出它的準確位置。當然，要在短短半日一天內走完不容易，縱然雇一輛三輪車，車夫大多是識圖老馬，他也只能在有限的幾個小時內走個七七八八。

我們在十一月三日那天上午雇了輛華人三輪車夫，一個小時三十零吉，後來趕不回來延長到一個半小時，我們又加了十零吉。車夫約五十六歲，但看上去較為蒼老，有腳疾，倒是能踩車，走路反而不好。幸虧有他引路，每到一幅壁畫前都泊住，讓我們下車拍拍照。沒有他我們還不知道壁畫前那麼多遊客，吸引不少年輕人來拍照。我們以其做為背景拍照的有姐弟共騎、追風少年、爬牆小孩、三輪車夫、像愛招財貓般愛我、大黃貓、姐弟打籃球、兄妹蕩秋千等八九幅。這些畫和鐵塑的誇張幽默不同，壁畫充滿純真、愛心和濃厚的童趣，有色彩，筆觸也比較寫實，有一部分還有3D的效果。比較熱門、受歡迎的壁畫，還要排隊輪候。藝術這東西很奇怪，殘牆頹壁本來不為人留意，因為這些生命力很強的、童趣十足的畫而鮮活起來。

遊檳城的喬治市，不要錯過這些鐵塑漫畫和壁畫。

行得快，好世界

——她的旅途個人照

朋友看到從微信裏我發旅途中她（芬）一個人的照片，左右背後都不大見人影，很是奇怪，稱讚道，你善於避開人流。這一句說到點上了！我們團二十來人，每個景點逗留的時間不會太久，有時只是十分鐘，特地讓我們拍拍照就算數。這時候，大家都一窩蜂湧向「最佳的觀賞角度」，把背景擋住了。如果正好別的旅行團的團友也下車遊覽參觀同一個景點，那麼你想拍一張以景點為背景的照片談何容易？這時左右咫尺之遠都是密密麻麻的遊客，破壞了整個畫面。要拍好，即使沒有其他人，如果您笨手笨腳，手機或相機抓得不好，沒有角度感，拍出來的往往令人啼笑皆非，背景（城堡、山川等）沒有了，或只是剩下一點點，或全是灰白的天空，或是被鏡中人遮去大半。當然，前者是如何排開人潮人流？事關機會；後者是純粹審美感和技巧。我們說的是如何把握機會，避開人群。

那是時間的迅速把握。到一個景點，手腳動作要快速，在團友還沒有一窩蜂湧來時爭取完成，被攝者站好，攝者迅速瞄準按快門。但這個情形較難，畢竟我們不熟悉最佳角度在哪裏？其次是也可以選擇讓人們先拍，大團走散才拍攝。如果是時間足夠（比如說半小時到一小時）那就可以大展拳腳、精心地選景點。當然，「快」還是非常重要的，香港人喜歡說「行得快，好世界」，我們不妨改成「行得快，好風景」，再加一句「行得慢，勿着急，也可以是好風景」。有時候，時間足夠，以最佳風景為背景，人流還是不絕，怎麼辦？比如站在情人橋，橋遠處建築物色彩好美，可是她依靠在橋欄杆，你拍，你和她之間遊客不絕地來去，您只好等，總有分秒的空檔，趕緊「說時遲，那是快」，別的遊客快要闖入你的鏡頭前，你已經按下快門。如果橋上萬人空巷人擠人，還是放棄好了，這樣的景點縱然是聯合國的世遺，放棄了也不足惜，人擠人不是好玩，人擠人是折磨。

二人世界時段，那就沒有甚麼需要說明的了，一切由自己操控。最重要的是兩顆心的默契，一個喜歡拍攝，一個樂意被拍攝，這是最重要的條件。這完全強迫不來，如果不具備，

也許難度就比「逃避」或「排除」人流更難了。

攝影是一種興趣，我喜歡拍攝的東西不太多，多變的大海、美好的天空、綠得流油的草坪、寂靜的小巷、小鎮風情、攤檔、咖啡座、純真的孩子、花卉、林木、公園裏的長木椅、沒有人影的沙灘、各種謀生着的小人物、精彩、喜歡的雕像、繪畫……還有就是不變的主題人物、那個愛笑的她了。她的服飾，都有一定的選擇、配搭和品味；她的笑容總是自然而悅目；她的姿態動作總是簡單而不矯情，常常感到，她也是風景裏的一部分，沒有痕跡地、非常和諧地融入風景中。

俄羅斯的超市

這是謠言滿天飛的時代，也是妖魔化的時代；這是歌功頌德的時代，也是按照某種目的任意抹黑、醜化的時代。

解體後的俄羅斯，依然不被放過。這次我們在北歐俄國十三天遊途中聽到有人介紹俄羅斯，說法居然是「俄羅斯就是歐洲版的中國」，連罵帶打地一串二塗黑。中國大陸固然毛病、不足仍一籮籮那麼多，但許多外國貨一看商標印的是MADE IN CHINA，這不是甚麼缺點，這是進步，應該自豪！

如果不是親目所見，就會一直被蒙蔽下去，以為現在的俄羅斯經濟狀況和市場情況和中國六十年代的困難時期一樣，物質缺乏，市場蕭條！到實地一看，完全不是那樣一回事。可見那多數的所謂介紹和說明、評價，已經不是幼稚和無知，而是政治偏見和別有用心，因為它們離事實已經很遠了。

在莫斯科，我們住在文學氣氛很濃的阿茲姆奧林匹克酒店，對面就是體育中心和一家很大的超市。華燈初上，我和瑞芬牽手走到那家設立在商場地庫的超市。我們最初以為東西必然缺乏或東西價錢昂貴，一旦隨便走走看看，原來完全不是那麼回事，不禁感歎，真相，有時候耳聽是虛，眼見才是實！

水果多到驚人，蘋果、梨、葡萄、香蕉……品種不少，連蔬菜也種類豐富，並不缺乏；在冷凍部，我留意到他們火腿、香腸、各種魚類，尤其是北歐盛產的三文魚和鯖魚、各類海鮮都應有盡有。讓我們特別感興趣的是熟食很多、各種調好的沙律也一盒盒地在冷氣櫃裏擺列，看得我們的味蕾生了津，不斷地自我控制，只好在將舌頭在口腔內美美地舔了一圈，猛吞口水。那些不同款式的麵包，大的、小的、長的、短的、方的、圓的、甜點、鹹的、無味的，也是擺滿架子。最有趣的是在一個大冷凍玻璃櫃，我看到了各色蛋糕，顏色過於鮮豔，也許顏料用得太多吧，但花色還算不錯，比起香港那是便宜不少了。所有食物的價格如果按兑換率來看，價錢是和香港差不多，不是太昂貴。

可惜我擔心在超市內拍照會被阻止，因此我未敢拍攝任何照片。

我們在這家超市參觀胡逛了很久，為了給小孫女買一個傳統意義的洋娃娃。找了不少時間，最後竟在一個架子上，驚喜地找到了我們想要的，也不貴。

也許這超市距離住宅區不太近，時分又已經是夜晚八九點鐘的光景，進來的顧客不多。我們走出超市的時候，想到了這個被妖魔化的俄羅斯，以不變應萬變，它並不需要過於動氣和迅速回敬，最重要的是以鐵的事實擺在那裏，那已經相當於一記又響又勁道十足的耳光了。這，也體現了一個大國的氣度吧！

俄羅斯明信片

神往俄羅斯源自對他們文學博大的崇拜，十三天歐俄行分了幾天給北歐幾國，以致俄羅斯無法看得太詳細。但總算得償所願。

對俄羅斯的美好印象，比預期的還好，真是選對了國家旅遊點。

俄羅斯真是大國氣魄，如果沒到俄羅斯旅遊，真的不知道國家和城市有這麼大的！一些地方，去不去沒甚麼損失，但俄羅斯不去，真的有點損失，大半輩子就那樣眼光短淺，孤陋寡聞。蘇聯儘管被瓦解成幾塊了，但俄羅斯還是大得很感人，很動我心。不明白為甚麼有些人看不過眼，喜歡將它妖魔化。

對俄國的總體印象，可以用「早」、「善」、「大」、「美」四個大字概括形容。何謂「早」？文明、發達得早。像冬宮，一七二一年就有了，距離今天已經有二九五年，體現了那麼完美的建築藝術；莫斯科的地鐵，具有大國的風範，差不多就是地下的皇宮，一九三五年就有了，算來也有八十一年了！真是了不起。

「善」指俄羅斯人對中國人的友善。蘇聯在一個長時期來與中國同一個陣營，儘管中間經歷過摩擦和多次的不快，但始終是鄰居，他們的人民重視中國人，心懷友善。在聖彼得堡和莫斯科，到處見到中國遊客。我們在聖彼得堡被配備一個俄國男導遊；在莫斯科，又被安排另一個俄國女導遊。他們都會説普通話，雖然聲調不很標準，但大家都聽得懂。估計在俄羅斯，類似的、會説國語的俄羅斯導遊還很多。我們看莫斯科馬戲團，散會後在戲院門口的空地上就見到不少的俄羅斯導遊説着普通話。在聖彼得堡參觀普希金城時，還遇到一團吹喇叭的俄國樂隊，奏的是中國國歌，向我們致意，希望得到一些打賞。

「大」是指甚麼都很大，國家大、城市大、河流大、廣場大、建築物大，一種大國的風度頗為震懾人心。這種感覺，與去日本時，感覺的細、小、精緻恰恰相反。也許這跟國家的大小有關，不是嗎？其中沒有甚麼褒貶之意。日本的川端康成寫《雪國》等一系列長篇就細膩細緻精緻，俄國的托爾斯泰寫《戰爭與和平》就博大遼闊，氣魄完全不同。最值得一説的

是俄國的教堂、建築物，都那麼高，以致照相機沒有廣角鏡的我們不斷後退，依然無法將尖頂拍得全。不得不將手機派上用場。

「美」是指建築物，保護得不錯。在一些景點，如普希金城，我們拍照時，將手搭在雕像身上，就遭到管理員的阻止。他們不斷地對舊建築、文物進行維修，難怪那些舊年代留下來的文物保護得那麼好，美麗如昔。

俄國的馬戲、芭蕾、舞蹈以及軟體操都是世界首屆一指的，我們只是看了馬戲和舞蹈兩項，確實不錯。俄國人的執着你無法不讚美。

北歐明信片

旅遊中，常有些感觸比較深，可以獨立寫成專文；有的感覺比較零碎，只好發點我自己認為的「明信片」，以圖為主，略加說明。像我以前也設計過《大阪明信片》、《京都明信片》，就是把一些自己認為美麗的或有不少感觸的照片編成一輯，分享同好。

到北歐四國，感覺他們的富有，他們的小、傲，許多舊建築都原汁原味，原生態得到不錯的保護，丹麥酒吧街成行成市，阿美琳堡宮清靜無人。但丹麥男女性開放到甚麼地步，我們不清楚，但應該不假；挪威瑞典議會裏女議員不得少於百分之四十；男女不但地位平等，而且還出現了許多女主外男主內、男士照顧嬰兒的現象；福利之好，其子民一旦患病，不但

醫療全免，一些奇難雜症重病，政府還保送到其他更先進的國家治療，連家人的所有費用都全包。

丹麥、挪威、瑞典和芬蘭四國中，以挪威的景色最美、最為驚豔，大概地處高山冰川之間，乘列車兩個半小時一路欣賞「挪威縮影」，真不枉來北歐一趟，甚麼好看的都讓你看了。挪威的名雕塑家維格蘭設計的人生雕塑公園，規模大，也很值得一看。至於瑞典的諾貝爾獎晚宴廳，名氣很大，原來場地很普通，不怎麼樣，建築物已經很古老了。想想有個別中國作家詩人做夢都想得到這個獎，不禁噓唏，單單憑他對名譽的狂熱，估計作品也不會好到哪裏去吧？

北歐幾國，我們都不需要簽證，似乎與世無爭似的，都不處在國際局勢的中心和焦點上，有利於他們把自己的國家各個領域搞好。從丹麥到挪威，我們下午四五點上船，第二天上午才抵達挪威；從瑞典到芬蘭，也大致如此。前後約十七八個鐘頭，倒是從芬蘭首都赫爾辛基到俄羅斯的聖彼得堡，坐的是火車，車程約三個半小時就到。感覺上，歐洲北部那麼幾個小國（芬蘭全國人口只有五百萬，比香港少），國家雖然小，科技文明，與時俱進，比我們東方國家文明。尤其是挪威的郵輪，設備好，幾大洋來去，很受各國遊客歡迎。最難忘的是兩趟郵輪上的兩頓自助早餐和兩頓晚餐，美食都極其豐富，甚麼國家的食物都有，令人印

象深刻。挪威出產三文魚、鯖魚，雖然是熟食，味道鮮美可口。也許富有的關係，北歐人對中國人似乎沒有俄國友善，有次，早餐時候，我們每一枱都被供應一壺咖啡，我們桌旁有幾個北歐人（不知哪個國家？）欲動用我們的，瑞芬以簡單英語阻止（意思是每一枱都專有一壺），那北歐人非常不悅，瑞芬為了表示歉意，馬上叫餐廳服務員供應他們一壺咖啡，服務員送到他們桌上後，他們的臉上仍有怒容，對瑞芬一句感謝都沒有（其實前後情景他們都一一看在眼裏），這實在太叫我們驚異和費解了！

在東南亞的大街小巷，汽車堵塞、摩托車噪音搞到一個城市烏煙瘴氣的時候，北歐是滿街的單車，與西歐的荷蘭等國一樣，實在是一種歷史的倒置啊。這也算北歐諸國的一個特點吧！

我眼中的她

——歐俄行和瑞芬

我在《京都明信片》裏有一段話如此寫：「我喜歡的東西、風景，我都會很快告訴她（瑞芬），特別是畫面，其他我總是聽她，拍照的取景，她聽我；我說會把你拍得很美，於是她笑了，快門也就在那一瞬間，按下。」秋水伊人老師評論道：「好清雅的一組京都明信片。最動人的是『我會把你拍的很美』。這是我聽過最美好的表達。」

出遊，為瑞芬拍照，把她拍得最美，至少在我眼中是如此，這，已經成為我旅遊固定的節目和樂趣之一，也算是對整年累月勞累、對她為兒女為家庭付出的補償和慰勞。最頭疼的是，非自由行，跟着旅行團，時間受限制，縱然帶了三腳架，合影也困難，畢竟活動多數在戶外，三腳架成了無用武之地。叫團友為我們倆拍，照出來的十有九十不堪入目，不是人大到驚人，佔據了整個畫面，遮住景物，根本不知道是在哪裏拍攝的，就是人物太小，人小如蟻，不如買張明信片好了；再者，不是人物頂天立地，就是頂頭斬腳，或人物面部黑色一片，手勢不穩，輪郭模糊，映象不靚……總之心涼了半截，換人拍，還是那樣子。基本的滿意度都缺乏。如今大家玩手機玩得得心應手，但手機拍攝的審美感、構圖意識等等就很缺乏，這誠然不是那麼容易的、人人都會的一件事。這也難怪。這一次兩人合影，有不少是導遊拍的，難得他還有一手。瑞芬個人照，大多數都是我拍的。

不是說我如何叻，拍照，慢慢學會有感覺，那也不是太難。

很多時候，我看到色彩鮮明的景物，會叫瑞芬走得快些，以那些景物做背景趕緊拍攝幾張，因為二十幾個人的旅行團團員行走得很快，萬一是在隊伍走過之後才慢慢拍，我們會被拉下一大截路；要是給一定的時間遊覽、拍照，那還好，可以從容一些，這時，照片人人會拍，就看你的取景、角度、構圖等等功夫了。

多數人拍照無法兩全其美，有的拍好了人，景被犧牲掉了；有時景被照顧到了，人卻很不理想。更常見的是，人在中間，頭上長樹不說，還將景物割裂和破壞掉，沒有縱深感。要不就是面部背光，黑得不見五官。人物站在三分之一的黃金分割段，用得好，就可以既保證了景物的完整性，又可以把人物拍得好。人，除非您想將她放置於極其廣闊的天地裏，顯示背景、地方的遼闊，否則實在沒有必要拍全身，腳有甚麼好看的？

照片為甚麼拍得好看，大概有四種常見的狀況。一是色彩感。景物有兩三種對比強烈的色彩自然呈現，人物的衣服色彩恰好為畫面所無，那就會形成一種悅目、彌補之美；二是單純美。畫面、景物色彩單純，主要是一種或兩種，人物的衣飾色彩也單純，配合起來給人一種純淨的感覺。三是構圖美，情況比較複雜。對稱、對角、左右、縱深、中央、交叉都是一種美。我在韓國濟州島茶園、馬來西亞太平、瑞士的鐵力士雪山下都拍過瑞芬和草地，這一次在丹麥的德拉特寧奧爾明堡草地，都拍了瑞芬，背景純綠色，人穿得清淡或色彩強烈，就會顯出單純之美。四是和諧美。人物和自然景色的色彩相互映襯、補充都可以達到這樣的效果。

瑞芬的笑容與生俱來，屬於天性，那是心情、心緒和性格的和數在長期的生活中的體現。她不笑的照片還真不容易找。有些人，像我，就沒有那麼好的笑容。好的笑容、自然的姿態（甫士）以及對服飾的一定品味，為和好景物的配合創造了條件，往往，一張構圖好、色彩悅目的照片就那樣拍攝出來了。

在威尼斯吃雪糕

義大利、法國巴黎都嚴重缺乏公廁。似乎整個西歐都有這種不足。這給遊客造成了很大不便。好幾個西歐小國都是朝發夕至，在途中的車程動輒就三四個鐘頭，中間會休息一會，讓旅人在油站「放水」。導遊說，油站或超市的洗手間有的要付錢，有的不用，給錢的從五角到一元歐羅不等。一歐羅相當於港幣十元。

買一瓶礦泉水也是一元左右。於是有人戲稱，放水和喝水都一樣要一歐羅，在西歐，小解非常值錢。導遊還告訴我們，多數咖啡館也兼賣雪糕，只要買了，他們就會允許你用咖啡館的洗手間。與其只白白地交放水費，還不如買杯咖啡或一支雪糕，作為交換。這話講得有

道理，符合經濟學原則。瑞芬在義大利比薩斜塔附近扭傷了腳，導遊就好心在附近的一家咖啡館買了杯咖啡，之後就跟他們要了一小袋冰塊讓瑞芬敷在疼痛處，還讓坐着休息。

在威尼斯，遊客那麼多，一樣缺乏洗手間。我們搞錯時間，提早一小時走到集合地點，於是我們隨便在一些賣工藝品的小鋪走走看看。我們選購了一些精美的繪有威尼斯圖案的小茶杯，看看還有時間，就不覺走到一家有不少遮陽傘和咖啡座的咖啡館。我說，我們買一支雪糕一起吃，順便上他們咖啡館的洗手間。瑞芬買了一支雪糕，我們吃完，我就進了他們的洗手間，瑞芬要在外面的露天椅子上坐下的時候，裏面的店員跑出來，用手勢比劃着，做了「請走」的手勢。我出來時，瑞芬告訴我，這裏買了雪糕只夠資格進他們的洗手間，如果要坐在他們的咖啡座上看風景，還要叫至少一客午餐才有資格。真叫我哭笑不得！多少年了，我在香港的餐廳，只要買一杯咖啡或奶茶，就可以坐着爬格子幾小時，老闆從不驅趕。

我們只好取了包包離開。真沒想到西歐的咖啡館這麼小氣，當時一大片茶座沒有半個客人的影子，即使坐下，也完全不妨礙他們做生意。這一點，遠遠不如香港的茶餐廳。香港那些茶餐廳很有人情味，廁所可以外借；公廁也很多，完全不收費，日本也是不收費的。東方和西方，在「放水」文化上，東方大方多了。遠遠勝了人性化的一仗。

午夜，威尼斯醫院

無論如何都沒想到會見識威尼斯的醫院。到義大利，印象離不開羅馬、鬥獸場、義大利麵、足球、扒手和風流的義大利男人，絕不會想到醫院。其實到醫院情屬不得已。事緣另一半芬在比薩斜塔附近扭傷了腳，走路受影響。晚上，導遊就陪我們乘車到威尼斯的公家醫院。導遊說看病不要錢，但路程夠遠，一程五十歐元，來回一百歐元，那就相當港幣一千多元了。要我們自己承擔。

抵達醫院，已經有十幾二十人在候診大廳等待。有男有女。導遊直闖值班室，將情況說明，幾個護士在值班，導遊說明來意後，取了一張輪候的籌，不必收掛號費。等候的時間很久，大約過了一個多鐘頭，才見一個男護士走出來，讓芬坐在輪椅上，推了進去。據她說，這家醫院很大，輪椅經過十幾間醫療室，才將她推進一間照X光的房間。照好，又負責將她推出來。他們又讓我們等片子洗出來。

在等候的當兒，觀察午夜來公家醫院看病的義大利人，他們都穿得樸實，有的還穿拖鞋。男子多數頭兒小小的、扁扁的橄欖頭，幾乎都有絡腮鬍，皮膚不白，和德、法、英幾個國家的人都有明顯的不同，似乎拉丁美洲的味道強一些。看過他們在世界盃的表演，對他們長相特徵不會陌生。在大堂等候的人那麼多，後來才發現有個病人是全家人陪她來的。幾乎兩個小時過去了，肥哥哥導遊進值班室催問，她們叫我們等。不久，片子洗出來了，一個女醫生兩個女護士叫我們進去，導遊用義大利語和她們對話，說完翻譯給我們聽。原來，芬沒有骨折，是扭傷了筋絡，需要休息靜養，但導遊說我們還有一個多星期的旅程呢。她們無奈地笑笑，接着醫生開了供我們自己另買的藥單，一併連X光報告給了我們，於此同時，兩位護士請芬上牀躺臥，在她臀部打了一針，之後，她們讓芬坐好，用紗布為瑞芬左腿的扭傷處包紮，作用好似打石膏固定一樣。

對於一位外來的遊客，她們的這家公家醫院，竟然一分錢也不收，醫生和兩位護士在午夜時分還那麼熱情認真耐心地為芬服務，真是有無限的感動。我們在他們的公家醫院任何費用都不必花，甚至連起碼的掛號費也不用交。比較起後來在威尼斯廣場在咖啡館買雪糕才可以進他們的廁所、而要吃餐才可以坐下來的苛刻，形成了鮮明對照。比較香港的公家醫院，他們也勝出一籌。香港醫院福利雖然不錯，但僅限於本港居民，外來的人，到公家醫院掛號費就要六百元（香港人僅100元），拍片看報告效率也沒有威尼斯快，起碼要另約時間，短則兩星期，長則一個月。中國有勞保，整套醫療制度如何，我缺乏瞭解，不便比較和置詞。

前後長達四小時，回到酒店已經是淩晨兩點了，幾十公里路程的士收費五十歐元，相當於港幣五百多元。車費不少，忘不了的倒是不收任何費用、服務一流的威尼斯公家醫院。

瑞士之美

鐵力士雪山腳下的幽靜山鎮

在我六月二日西歐遊流水帳中，寫到瑞士：「一路的景色都很美，草坪綠油油的，有群群牛兒在吃草。每一座屋子都是藝術品，講究裝飾美。從德國天鵝古堡開車，進入瑞士國境約兩小時。到達酒店已經是晚上八時了。在路上時間大約五小時。我們住在三千零二十米鐵力士雪山山腳下的酒店，很大，網路也免費供應，溫度在十度左右。房間沒冷氣，有的是暖氣。今天一天，可以說我們走了三個國家：奧地利、德國、瑞士」──此行您如果問我感覺

上最美的地方在哪裏？可以說，就是瑞士鐵力士雪山山腳下那小山鎮吧。

能終老在此真的很不錯。傍晚時分我們的車子經歷了四五小時的車程，越駛越高，迴旋輾轉。只是高原地帶，公路坡度不太陡斜，但覺天陰陰的，路面濕濕的，車子兩旁都是密密麻麻的見不到縫隙的森林，淺藍色覆蓋着白白雪帽的據說就是著名的瑞士鐵力士雪山，然而天色陰霾一片，隱隱約約，不易看到它的真面目。

西歐幾個國家的六月份，天色在九時十時才真正黑了下來。周遭不見一個人影，那麼幽靜的一個山鎮，乾淨美麗，空氣中散發青草的新鮮芳香，寒氣襲人，估計只有十度左右吧。酒店對面是一大片綠得好像在流着綠色奶油的大草坪，也沒有人影，最喜歡的還是不遠處那些色彩鮮明又搭配得那麼柔和的建築物，好像積木一樣，擺放在那麼合適的地方。抬頭望建築物背後的雪山，此刻沐浴在夕陽的殘暉裏，反射出一片金光。整個山鎮清新如洗，像個被世人遺忘的世外桃源。一路上，我感覺最美的就是這不見經傳的瑞士小山鎮，如果一年到頭的溫度保持在十幾度到二十度就很好了，那就是我們窮一生追求的永恆秋季了！

清晨起來，走到小陽臺，仰望鐵力士雪山，在陽光下呈現一種雪白和金黃相融合的奇異顏色，太美了。歷經一夜的呼吸，眼前的草坪猶如一張巨大的溫暖綠氈在我眼前鋪展開來，我們雀躍，迅速下樓、走過去，發現彷佛有一張看不見的審美之神的手，在暗中裝飾草坪，紅色長椅、兒童玩意，將環境的藝術感發揮到極致。路上照舊沒有行人，也不見汽車行駛，路邊擺着遮陽傘、喝咖啡啤酒的無數座椅，不見人客。這裏好似一個避暑勝地，但未見洶洶湧湧的遊客；這兒更像與世無爭的小山城，歡迎疲倦的旅人，作為一個小憩驛站。

可惜我們在此只是住上一晚，登雪山後即將揮手告別。可是不忘它的幽靜可愛，像峇厘的伯都古湖、印尼的本哲詩路妮一樣，可以考慮成為我們終老之地的最佳選擇之一。

感受鐵力士雪山

在北國見識過大雪紛飛，欣賞過白皚皚的晶瑩世界，腳兒踩過雪封的小徑，沒啥稀奇。我們覺得瑞士鐵力士特別，不是它的高度，嗯，三千零二十米的高度，在世界上屬於小兒科，在中國它不算高，在印尼有幾座火山就超過它；瑞士鐵力士的驚奇就在於山頂和山腳那種溫度的極大反差。前一晚棲宿在它山腳下的酒店，那時完全是深秋或初春的氣候，可是到了鐵力士山頂，厚雪盈尺，白茫茫一片，儼然已經是嚴冬季節，還是常年的呢。

在山腳下的小酒店夜宿，清早起來，從陽臺仰望，就看到鐵力士沐浴在一片晨曦的金光中，雪白色和金色交融出一種動人魂魄的色彩。那麼高，那麼遠，據説旅遊團會帶我們上去，真是萬分期待和雀躍。我們沒有想到瑞士雖然國家小小，但絕對很有辦法，攀上雪山用了三段「接力賽」，先是乘四至六人的纜車上到中轉站，那時纜車外是一派綠色的原野、美麗的山莊；接着換上長方形的、可以裝八十人的纜車，窗外已經可以看到殘雪處處、白綠交駁了：再從第二個中轉站換車，這一次換上的車最絕，吊車呈圓形而且可以慢慢旋轉，方便你以三百六十度的視野欣賞鐵力士的雪景。那位操控的駕駛員是瑞士的帥哥，我請他與瑞芬合影留念，他很會擺甫士，一張臉兒湊上來，親熱得臉頰幾乎和瑞芬的臉頰相貼。

我頗相信中國的東北、西伯利亞等寒冷的地帶一旦被冰雪封鎖的深冬威力，但還是被鐵力士的魅力感動了。那是一座雪山的被重視，被開發得如此成功，三段的纜車設計各有不同、別出心裁；那是大自然特別景象的被保護，多困難都要讓遊客上去看看，為國家強有力地吸金。瑞士的纜車製造業也因此名聞中外。據說世界其他國家有不少纜車就是瑞士製造的。每年的十二月某個時段，還會封山，讓瑞士和西歐一些滑雪愛好者專用。

攀上鐵力士雪山，寒氣襲人，厚厚白雪映射得眼前一片白光，只有整理雪山的機器在走動，也只有身上穿着厚厚外套的遊客興奮地呼叫、作態和拍攝，前後呆不到一小時，就進入雪山頂的唯一大廈就餐了，大廈集中了餐廳、購物、觀賞等等多元功能。

那麼快，我們又下山了。從冬季走到秋季，一般要八九個月，可是在鐵力士，可以說是在轉瞬之間，不到一小時的時間外面又走進秋季了。自然界的神奇，莫此為甚。

美麗如畫琉森湖

西歐此行，最好的終老棲息之地，選瑞士鐵力士雪山腳下的小鎮，愛它的群山環繞、與世無爭，難覓的一份寧靜；最美的自然界圖畫，選瑞士的第六大城市、於八世紀建城的琉森市的琉森湖，喜歡它的溫柔悅目，人鵝共舞，濃的化不開的圖畫感。是的，貝多芬的月光曲離不開琉森的一泓湖水，是的，在阿爾卑斯山之間高山環繞下的小鎮，浪漫氣息很重，難怪慈善大使、著名的演員奧黛麗赫本（電影《羅馬假期》的女主角）也選此城為她的終老之地，更難怪早在一八五六年，大文豪托爾斯泰就稱譽她為歐洲最浪漫的城市之一了。

面積不過一一五平方公里的琉森小鎮，曾經為瑞士的首都，如今排行第六大，可是很難想像它曾經是世界第六個熱門旅遊城市。究竟她又那些魅力呢？不要說那些教堂，那些塔樓、橋、那些長街古巷、宮廷，依然散發出誘人的古典氣息，單是琉森湖，就美不勝收。

那時我們在一個淺池的石壁上瞻仰了丹麥雕塑家特爾巴爾森的作品~垂死的獅子，據說是為了紀念十六世紀法國大革命為保衛法國國王路易十六世而戰死的瑞士雇傭兵而作的。這隻獅子躺在石壁的淺穴中，背部中箭，哀傷倒地，等待死亡。栩栩如生的表情，隱隱透露出人性裏那種本分的憐憫，也讓我看得傻了。美國著名幽默作家馬克●吐溫曾經讚美牠為「最哀傷感人的石雕」，我想還可以稱牠為最生動的石獅吧！如今牠已經成為琉森市的市徽。

接着回轉身，過馬路，就看到了那美麗如畫的琉森湖了。遠處是起伏着的山脈，幾座教堂以優雅的姿態，將其尖頂直指藍天；一泓浩淼波動着的湖水，像是琉森市的守護神，把市中心那種人聲、車水馬龍的的喧鬧安撫得寧靜，也將本來不怎麼燥熱的氣候再降溫，叫人感覺到了夏季裏的涼涼秋意。最感動的是就在湖邊，數不清的天鵝、海鳥雙雙對對地在游戈覓食，姿態何其優雅從容，每一動作都在釋放出對人類的善意，每一聲鳴叫都好似是對人禽和平共處的呼喚，不禁想起了這次西歐行，多次見到鴿子都不畏人地與人嬉戲在一起，而人類、種族間的猜疑、廝殺、侵略、戰爭一直沒停止過，真是人不如獸、不如飛禽……我看到不遠處，有一位頭髮不多的中年漢，坐在湖邊，幾隻頑皮勇敢的天鵝走到他身邊，不知是向他求食還是示好，人鵝共舞的和平情景教我好感動。不久，唧唧喳喳的瑞士女生三五成群走過來。好奇地欣賞天鵝的優雅姿態和有影皆雙……我感動於那樣的畫面，拍攝了不少照片，也讓瑞芬成為畫中人。我感覺西歐行中，最美的圖畫，就是少女與鵝相處在琉森湖邊的畫面，可惜她們很快走了，只剩下中年漢與鵝的對望，那也很美，那是另一種美，我相信，他們正是用最美的鵝語交流着……

琉森湖的下午，輕鬆閒適，原來，城市有湖，有高貴的天鵝，有少女，有身邊人，居然真也可以這麼浪漫，這樣充滿詩情畫意。

風車●運河●單車陣

荷蘭是我們西歐遊的最後一個國家，到荷蘭之前，有許多想像，畢竟荷蘭兩個字我們早就耳熟能詳：風車、鬱金香、河流、梵谷……加上曾經統治印尼幾百年，也屬於老殖民主義的老帝國了；小時候在印尼，就常常聽到荷蘭兩個字，甚麼荷蘭糕啦，荷蘭教育啦，加上書上、老一輩口中說的他們對賣豬仔華工的奴役壓迫，以及在我小時候集郵簿子上荷蘭郵票上的女皇以及他們國家的名稱NEDERLAND……荷蘭，叫我們怎能從記憶王國的深處遺忘？我們的祖父黃成真在那年代還當過好官甲必丹，為華僑華人辦事。

很可惜時間關係，無法好好欣賞荷蘭那些博物館、種種值得一看之處，然而放眼望望市容，拍拍風車，暢遊貫穿城市的運河，也有無限的滿足。倫敦的蒼老暮氣龐大兼威嚴，巴黎的時尚整齊藝術氣滿溢，給我們印象太深，以致阿姆斯特丹滿街的輕盈的單車陣，太叫我們驚奇了，那種年青朝氣輕快美麗的感覺，就和上述西歐兩大城市大異其趣。是的，怎能忘？倫敦的紅色龐然大物（雙層巴士）在古典暮氣的建築物之間橫衝直撞，不太和諧地點綴着城市的灰黃兩種沉沉之色；雅加達大街驚人的、擠載四人的摩托車在炎熱的天氣下倍使人感到分外的沉重，這種沉重既是超載的沉重、城市的沉重也是生活的沉重，而摩托車的可怕噪音也幾乎要把椰城的上空震裂。難怪阿姆斯特丹街上的單車陣叫我有着無限的驚喜。她們像水中的魚那樣無聲地在大街小巷向前滑動，又如一條條連起來的輕巧的線，在城市快樂地穿梭和會合。她們有的是去上班的，有的出外購物，有的出外辦事，可是在我看來，都好像在進行一種郊野運動，是如此地沒有負擔，是如此地輕鬆悠閒。單車在柏油路上滑動，完全沒有聲響，也為保持城市的寧靜做出了貢獻；當然，單車陣，也成為阿姆斯特丹美麗的風景線，與荷蘭的風車、鬱金香構成特有的浪漫風情。騎單車是物理治療的重要一環，對身體健康有益。整個城市的大街小巷因為成行成群單車的穿梭而產生一種無聲的輕盈感，於是城市也變得年輕起來。

很難想像數百年前荷蘭強大時期的擴展，為了香料和其他資源的掠奪，他們居然遠征東南亞。好想參觀他們的博物館，對那一段歷史怎麼評述。倫敦大英博物館裏就有中國館。我很相信每一件寶物，都有其傷心史，又何必觸及心頭之痛呢。我們只是匆匆走過。誰會想到，幾百年的槍支大炮軍艦在遠東海洋上稱霸稱雄，幾百年後，輕盈的單車抹去了歲月的沉重，裝扮着荷蘭的市容。

我們還在風車城參觀木屐、芝士的生產過程，遊覽了環繞阿姆斯特丹城市的運河，那些在水上屹立的美麗風車，那些格局樣式優雅的古典建築，感覺上都很美，只是據說吸毒不被禁止，又讓我們吃了一驚。但願，阿姆斯特丹像現在一樣，永遠不要見到一輛嘈雜的摩托車，那些單車，永遠在城市裏無聲地滑動，在荷蘭大街小巷裏輕快地穿梭，在大小城市裏像快樂水流那樣蔓延，像在進行郊野的運動。科技發展發達了，繁華都市因為單車而年輕，而生氣勃勃。

第一等人物

到一個城市，喜歡到它的博物館看看。它的大部分精華和精彩，都可以在博物館裏看到。像梁啟超的《飲冰室合集》字數那麼龐大的著作，我就無法卒讀。在天津梁啟超故居的飲冰室展示廳，我就讀到他《飲冰室合集》一九二三年十一月五日書簡裏的一段話（摘錄），覺得非常好。他的八個子女個個成才，證明着他的教育理念非常成功。

他的這一段話是這樣的：「天下事業無所謂大小，只要在自己責任內盡自己力量做去便是第一等人物。」以前聽過多次類似的話語，但大意都只是說只要盡了力，就算「有出息」，沒有提到「第一等人物」這樣的高度。梁氏提到那樣的高度，實在頗出乎意料這外。

梁启超流亡归国前后

但深思再三，卻很有哲理。我的解讀包含四個方面：

其一，鼓勵勤奮做事。世界上的天才畢竟是極少數，大部分成功人士都是靠後天的努力、「將勤補拙」促進事業的成功。現代或歷來的第一等人物，都不是天上「空降」到地球上的，他們都是腳踏實地地努力做事。因此我很喜歡劉再複那句金句：「勤奮是人類的救星」。

其二，有鑒於「行行出狀元」。這從梁氏那句「天下事業無所謂大小」可以讀出他的「職業無貴賤觀」，並非立志當一位總統才是大事業，擁有大企業才是大事業，為追求諾貝爾文學獎才是大事業，其實挑個擔子賣賣豆腐花、開個小店賣特色沙嗲、給一家公司打工賺取一家溫飽、敲敲鍵寫一些有益世道人心的文章或創意十足、精緻的極短篇，只要「盡自己力量」都很了不起，比起盜賊、吃軟飯的人渣，這些人都是「第一等人物」了。

其三，梁氏看到了凡事可以「從量變轉為質變」的轉化。所謂滴水穿石、冰凍三尺，非一日之寒；所謂千里之行，始於足下；所謂鍥而不捨，金石為開；所謂鐵杵磨成針、愚公移山等等歷來流傳迄今的俗語、成語，都是我們中國人在長期生活中非常智慧的總結，不是沒有道理的。

其四，庶民和臣官一視同仁。每一個人的生命其價值都是一樣的，每一個人只要努力地

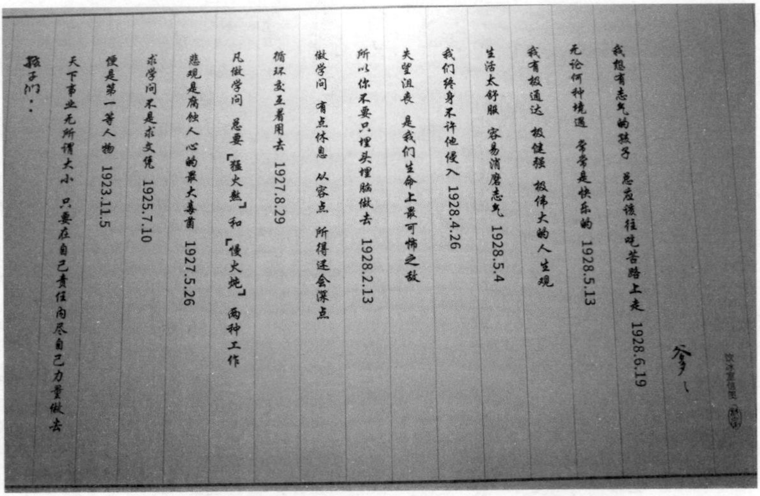
孩子們：
天下事业无所谓大小 只要在自己责任内尽自己力量做去
便是第一等人物 1923.11.5
求学问不是求文凭 1925.7.10
悲观是腐蚀人心的最大毒菌 1927.5.26
凡做学问 总要「猛火熬」和「慢火炖」两种工作
循环交互着用去 1927.8.29
做学问 有点休息 从容点 所得还会深点
所以你不要只埋头埋脑做去 1928.2.13
失望沮丧 是我们生命上最可怖之敌
我们终身不许他侵入 1928.4.26
生活太舒服 容易消磨志气 1928.5.4
我有极通达 极健强 极伟大的人生观
无论何种境遇 常常是快乐的 1928.5.13
我想有志气的孩子 总应该往吃苦路上走 1928.6.19
爹

盡了本分，就是第一等人物，沒有第二等、第三等或分上下等。希特勒爬到德國的最高位，發動戰爭，殘害人類，成為不齒於人類的狗屎堆。

鑒於梁氏的高瞻遠矚，他提出了我們做事需要盡責，不可東撿西挑，凡事不分大小，人是不分等級的，盡責了，就是第一等人物。

讓我們「在自己責任內盡自己力量做去」吧，你我都是響噹噹的第一等人物，請勿妄自菲薄啊！

十悟

人活在世間，六根未清靜，想做到八戒、十戒之類，很難。看官場上，藏得很深的貪腐分子，都先後被挖出來，權、錢、色時時在腐蝕這類人。我們做人，不要說到了那種高職，要警惕；就是做個普通人，也應該多時反省，修身養性，無愧於天地良心。唯有先自重，才會贏得別人尊重，大概，這也就是所謂的「性格魅力」和「氣質優雅」的來源吧？形既為心生，那麼性格和氣質未必會與財富有關，卻一定和處事藝術、品行、品德大有關係。

每晚飯後，大約至少有兩個小時，一對龍鳳胎（我和另一半的自嘲）必會坐在客廳沙發上，從近期公司出版談到為人處事。這一份《十悟》提綱就經我另一半（鳳胎）過目，還改了幾處，形成我們做人的大共識，大共悟（排列次序和重要與否無關），願與您共勉之：

第一悟：不做「無事不登三寶殿」的人。

久沒聯繫，或僅是一兩面之交，突然急於聯繫，對對方有所求，借錢、出書、介紹朋友……這樣的做法非常唐突，多數會失敗，主要是在平時沒有聯繫，長期無來往，沒有建立一定的感情，卻突然有求於人，反映了一種自私的心態：無事的時候你關心的只是自己，從不管別人如何、甚至死活，自己有事時才想起求人。我們遇過類似的人，他的目的達到後，過橋抽板，一腳把我們踢開，從此不來往。這種人最後是會碰大壁的，被人唾棄。

第二悟：助人為樂。

活在世上，面對的只是親戚和朋友，還有良知。懷抱着一顆善良的心，能助人一臂之力就助人，有時這種幫助，未必需要太多的時間、金錢和精力，可能是介紹一個人，可能是代辦一件事，可能是推薦一篇好文章等等。助人是一種美德，根據自己的能力衡量是否可以協助，當然，也要看情況，不需要太為難自己。

第三悟：不和稀泥，不做「面面討好」、沒有原則的人。

世界上的事很複雜，其實仔細分析，很多事是有是非黑白的界限的。我們喜歡是非分明、愛憎鮮明的人，儘管會被一些人不喜歡，但人活得很有正義感，不窩囊，對得起良心。

相反，有的人為了個人的利益，面面討好，猶如一團軟軟的麵團，有甚麼好？人活得沒有原則，猶如沒有脊樑骨，沒有靈魂，不過是一副臭皮囊，一具行屍走肉而已。

第四悟：有「情」易，有情有義難。

世上的人，好人壞人的二分法，簡單化，在五六十年代害了不少中國作家。事實是，好人，也不是那麼完美的，有不少好人只是做到有情，「義」則欠奉。夫妻也是這樣，所謂「一夜夫妻百日恩」，即使離異了，如果考慮舊日的感情，他們依然可以如朋友般來往，這就是「義」。俠的最基本精神就是「義」，「禮義廉恥」中，義排行第二。

第五悟：鄙視利用職權，假公濟私。

官場的貪腐墮落、受賄驚人、淫亂女性；文壇的勾心鬥角、利益交換、假公濟私等等肮髒行當，無非因為手中有權，利用公家所給予的職權作為籌碼和法寶，獲得無數利益。這類人不願意退出歷史舞臺，一旦退休就甚麼也沒有了，情緒失落，如喪考妣。他們平時視手中權如私家所有，換取自己需要的利益和美色。中外無不如此，我們鄙視這類腐敗分子，他們是國家、社會、淨土上的敗類和蛀蟲。對這種人不必太痛恨，歲月會收拾他。你也要感謝他，因為你不必依靠他，獲得奮發的成功。

第六悟：少麻煩人；交友應無目的。

你平時沒有一點一滴付出，你對朋友沒啥貢獻，憑甚麼去麻煩人呢？微信世界，不敢說得很絕對，但確實有的人加微信，懷有目的。比如，認識或不太認識的，一旦知道X X業艱難，無法出他或她的書，就一次過與你聯絡，達不到原先的目的就不再來往；一位美女，學的是性愛治療專業，三五日就發來有關動員你參加如何加長你那部位尺碼學習班的信息，純粹是為了她的生意；不少人爭做群主，原來滿足於做阿頭、小霸王威威鳳，有的更是為了宣傳自己的作品或業務。這都是目的性很重的交友方式。我們喜歡無目的交友，純粹乾淨；尤愛小人物。事實證明，小人物中不少，後來都成了各界的大人物。

第七悟：報恩，不着急，不在一時。

懂得感謝和感恩，很好；懂得報恩，更好。感謝，得及時，但報恩，千萬不必太着急，太拘泥於一時一地。俗語說「滴水之恩，湧泉相報」，這是就報的內容和分量來說，時間上就不必急於趕着回報，有時時間越久，回報的意味就越醇厚。

第八悟：一切都帶不走，看淡看破，知足常樂。

現代人喜歡收藏這個，收藏那個，尤其是在年輕時候；集郵、收舊鈔、藏畫、收集舊版本、初版本、簽名本，目的是欣賞或買賣賺錢；到了相當年紀，就會發現，百年後，一切都帶不走，身外物遲早都要放棄。簡單就是美，也就是好，知足常樂。

第九悟：不要「高攀低踩」。

現代不少人喜歡顯擺，最愛標榜自己的是和名人拍照，和特首、省長、高官、名家拍照，企圖證明自己也有份量。其實，這是非常愚蠢的。關鍵不在於和名人拍照，自己有多少了不起，百分之九十的情形是，名人不知道你是誰？重要的是名人知道你是誰？這才證明你有點厲害。最好的是你和小人物拍照，若干年後，小人物成為大人物，那才了不起。我們出版社以前專門幹傻事，將不見經傳的小作者捧成名家，成了名家後往往被人撬去。

第十悟：留有餘地，有容乃大。

做人不要趕盡殺絕，不要做得太絕。能饒人處且饒人。哪怕她有負於你，曾經對你不好，也原諒她，放她一馬，給她一條生路。心胸寬大的人，上蒼會給予他健康的體魄，剔除百病，活得快樂。世上許多事，不需要過於爭辯，證明自己的清白。沉默往往是金。許多事，需要的是時間，誰笑得最後，才是最美的笑。兩千年初期，四個對我無償協助他人的善意持懷疑猜測的態度，對我的人格肆意踐踏、污蔑、攻擊的人，堪稱對我做到絕，我從來不申辯。最後如何呢？一個死亡，一個來酒店握手道歉，一個請我們吃飯，一個有事低聲下氣相求，看。歷史老人是不是很公平？

我最喜歡的十句話

如果您問我，我最喜歡的幾句話，或對我的人生有較大影響的十句話是甚麼？想了一下，就選以下十條吧！大都不是我的發明，有的是讀過，忘記了出處；有的在實踐中不斷補充修正，變成了我行動的信條。十句話都頗深入淺出，我只是略加說明。

一是「將勤補拙」。（文雅的說法如劉再復先生說的「勤奮是人類的救星」）

以往我們出版社到學校賣書，我為同學們在我的書上簽名，最愛題的也是這幾個字。每個人的IQ和EQ都有差別，「勤」就是將「拙」「差」「劣」轉化為好的最重要條件。要不然不會有「天道酬勤」這樣的話。一個人如果已經「拙」了，又懶，幾乎是沒甚麼希望了喔，一輩子就那樣昏昏噩噩而已。

二是「未經嘗試勿輕易言棄」。這樣的例子可以舉千萬個案。所有中外發明家都在嘗試，而且嘗試了第一次失敗沒有放棄，屢試屢敗不甘心，最終成功。不然哪有今天人類的科技文明？我和瑞芬也是這一信條的信徒。二十幾年前我們沒做過出版業，大膽嘗試，雖不算很成功，但一做就是二十六年。浯島文學獎，我哪裏會有信心？臺灣、金門島文學水準那麼高。臺灣文友鼓勵：「東瑞，你行！」我嘗試，結果意外獲優等獎。瑞芬從沒帶過團，她那年做了會長，一帶就是浩浩蕩蕩的八十人團，創了香港金門同鄉會的記錄。

三是「人棄我時勿自棄」。這是多年前在香港文學館為我舉辦《東瑞文學展》時，香港文學館館長梁科慶寫的介紹我的文章中的一句形容。太震撼我了！那時我為一家大出版機構做事，到了第八年就被踢出去（炒魷魚），兩年後，在瑞芬的支持下，我們自己創辦出版公司，做到那家大機構還下訂單。我們每個人常常遇到這情況，在社會上被淘汰了，只要我們沒有放棄自己，誰也不能抹掉我們。

四是「知足常樂」。世界上的物質財富是賺取和享受不完的。鳥為食存，人為財亡或人已經不在了，銀行簿子依然是天文數字，這樣的例子屢見不鮮！其實世界上最幸福的事是能看能讀能吃能聽能走能睡能排泄能愛……而已，要求太多，一旦無法滿足，人就無法快樂起來。人心不足蛇吞象，做這樣的蛇你願意嗎？

五是「隨遇而安」。活在當下，不如意事十常八九。我們要加強應變的能力、適者生存的能力，大家常說，無法改變環境時，只好改變自己的心態。到另一個地方時，記得「入鄉隨俗」。

六是「學會放棄，敢於說不」。這是近來春英老師的精彩感悟，從文字的凝練濃縮到內涵的辯證深刻，都是不可多得，是我開博客最大的收穫之一。一個人如果不願、不捨得放棄，那麼包袱會越來越重，包括名、利、色、美食及大大小小的瓶瓶罐罐會很快將自己壓死。「學會放棄」是生存哲學，「敢於說不」是處世智慧。這兩大法寶，可以令自己活得更輕鬆，爭分奪秒，活得更精彩、更有品質。

七是「放下」。這是很難做到的高境界，親人離去我們最憂傷，最無法放下，但其他的爛穀芝麻、流言蜚語、別人的傷害、種種不值得計較的事，我們要趁早放下，不然會爛在肚腹內發臭，影響新陳代謝，活得不健康！要趁早排泄掉。

八是「淡出」。淡出別人的視野並沒有甚麼不好，我們不需要為他人而活，我們是為自己，為我們認為有意義事情、有價值的目標而活，也一樣對社會有貢獻。我行我素，不需要按照你規定的軌道而行，不是你說了算。正如梁啟超先生說的「天下事業無所謂大小，只要在自己責任內盡自己力量做去便是第一等人物。」

九是「在俗世裏活得不俗」。這一句需要這樣解讀：所謂「不俗」，不是超凡脫俗，不是驚世駭俗，不是偉大貢獻，依然是指梁氏的説法，就是指「在自己責任內盡自己力量」，在平凡的環境裏做了大量有價值的好事。所謂「在俗世裏」，是指我們不需要到深山老林，不需要到如陶淵明所描繪的那種世外桃源去生活，來一番青茶在側讀書寫作，不需要在古剎裏白天念經夜晚伴青燈敲木魚，作為我們的生活的最高追求，以逃避十丈喧囂紅塵。生命的最高的境界其實就是「在俗世裏活得不俗」。心靜則意平，心平則萬籟皆靜，肉身入世思維出世才是不易造就的修果。弘一先生從老師漸漸昇華為大師，正是典範。

十是「不寫最累」。如果熱愛寫作，焉可説累？看一看自己熱愛文學是否像信徒對宗教那樣虔誠？標準只有一個，就是是否感覺到「不寫最累」？而要出點成果，多少要靠「不寫最累」的鼓舞。東瑞從一九七二年到二零一七年的四十五年間，業餘（注意是業餘，不是專業）寫作，共出版了一百三十五種著作單行本，正是「不寫最累」的證明。

以上十句話，人人情況不同，未必人人合適，僅供大家參考而已，但它們適合我，對我很有影響。

小人物禮讚
——我的小人物觀

釋迦摩尼、耶穌、凱撒大帝、拿破崙、斯巴達克、成吉斯汗、秦始皇、漢武帝、武則天、康熙、列寧、鐵托、毛澤東……這些都是古今中外的大人物。他們或超凡脫俗，普渡眾生；或叱吒風雲，風雲變色；或舉足揮手，千軍萬馬；或運籌帷幄，改朝換代；或輕咳一聲，地動山搖；偶有小恙，全球關注；他們離世時，哀樂四起，國旗半降，舉國哀哭，草木同泣，鬼神齊悲，更何況浩浩蕩蕩的億萬老百姓的最後一瞥和送行隊伍！

大人物就是這樣，具有驚天動地的偉績，不可思議的人格魅力，氣吞山河的偉大氣魄，

影響着歷史的進程，改變着億萬眾生的命運，有的可敬，有的可恨。

一部歷史大書，只有多少頁才是掌聲和鮮花；哪一頁不是血跡斑斑？

大人物，隨便翻看歷史課本，哪一頁沒有他們的赫赫大名？大人物，頭上太多的光環，你多一句讚美只是增加他們炫目的光芒，你少一句頌歌也無損他們的皮毛和痛癢。

小人物不然。小人物是歷史沉默的大多數，他們站在大人物下面，在大舞臺的後面，像是一片浩瀚的、廣袤的、遼闊的沉默大海洋。沒有他們，大人物成了光桿司令，動彈不得、寸步難行；沒有他們群體創造世界，世界只不過是荒涼一片、廢墟一片。

沒有那些千萬名俑工日日夜夜的趕工，臨潼出土的地下龐大軍團、那些個個栩栩如生、身形表情迥異的兵馬俑如何大陣勢地站起來？沒有那數不清民工的汗血交迸、前赴後繼的添瓦疊磚地構築，秦始皇如何成就世界獨一無二的萬里長城？沒有印尼老百姓的辛勤勞作、搬運吆喝，不用一隻鐵釘的日惹的婆羅浮屠又是如何矗立在文池蘭的山丘上的？

當歷史學家把目光定格在偉人的尊容的時候，有誰肯對那些相貌普通的小人物投去深情的一瞥？當我們的課本、研究專家把一本書的篇幅全部留給光輝的大人物的時候，有誰還會留一個角落，記敍一個小人物所做的微小好事？我們在南京大屠殺紀念館的一面壁上，讀到密密麻麻的姓名錄，那是一個個被殺害的、沉默的幽魂。在館外，那一系列死亡雕塑群像，都是小人物！

世界是小人物創造的，一點都不為過；人類社會是小人物推動的，我們感同身受。

不要忘記，那些遠方親友的書信、文化機構寄來的雜誌報刊、銀行的月結單、朋友的生日賀卡，好心人的包裹，誰給您放進家居的信箱或送到你手中的？那是穿着綠色制服、騎着單車風雨無阻走街穿巷的郵差。不要忘記，每天讓你食有魚、飯有菜，三餐美食豐富、花樣不斷更新的的集市、街市或超市，那些堅守崗位的是誰？他們不是阿嬸阿姐，就是攤販或店員。再想遠一些，沒有農民和果農的勤奮，那些果蔬瓜菜，難道是天上掉下來的嗎？不要忘記，上下班或假日裏載你從此地到彼地，甚至搭車的人只有你一個他也照樣開車開船的、給你極大方便的人是誰？那是大巴士、小巴、電車、地鐵的駕駛員及開渡輪的舵手。不要忘記，當我們因病入院，為您診病的是大醫生，給你端尿擦屎、抹身換衣的，卻是那些男女小護士們。可以說，我們每天都在接受着不知道他們名字的小人物的服務，蓋莫能外。

大人物有大的貢獻，有時相應地伴隨着大的錯誤；歷史也沒有虧待他們，留下了他們響亮的名字。小人物有小的出息，卻往往寂寂無名、默默無聞，有所付出、有所奉獻，多數被忽略不計。所謂論功行賞，習慣勢力卻往往水往地下流，人往高處走。我們這個世道，勢利的人就是那樣，寧願錦上添花，得到一些甜頭，名字也可以沾點光；不像也有的人，不為權貴所動，寧願雪中送炭，不計較任何回報。我們這個世道，小人物做點好事，有時候會被懷疑，被冤枉，以為他想圖個甚麼：我們這個世道，沒有多少人願意為小人物樹碑立傳，以為她或他默默無為，其實她或他只是謙謙不說，君子風度使然。那集腋成裘、匯溪大海的無數善行和奉獻的細微末節，就價值就本質來說，與偉大貢獻沒有太大的差異啊！

我和另一半走出餐廳時，當門口兩側服務員向我們鞠躬致謝的時候，我們也常常微笑說聲謝謝，我們算甚麼？我們只是花錢消費，而她們卻是為你端菜倒茶、立於一旁，隨你使喚，服務了你一個晚上，在甜美的笑容下，蘊藏了幾許疲憊；我們在旅遊景點買東西，另一半最多只是對開口太貴的小販討價講價一次，多數不講價不強求了，瑞芬認為再壓價，他們能再賺甚麼吃甚麼呢？在文化活動的大場合，當一些人的眼睛專注於舞臺、於中心、於焦點的時候，我們會搜索那些在角落裏默默做事的小人物。市裏坊間，堆積如山的大人物傳記、偉人傳記，氾濫成災；在出遊的日子裏，我們情願去探訪一個個尋常百姓的家，看一看他們家的柴鹽油米，嗅一嗅家家特別的煙火氣息。虛擬的世界裏，多少籍籍無名的小人物，不見得沒有名氣文章就不好，何況努力書寫、無求品自高就是一篇無價的好文章！我曾經寫過《不同屋簷下》，也寫過《走馬看齊魯的尋常巷陌》，前者記的都是小小人物小小文友，但是他們在文壇上都舉足輕重；後者我們甚至都不知道他們的名字，他們只是我們旅遊中接觸過的各行各業的小人物，但他們給過我們貼心的服務，陪伴我們度過一段愉快的時光，留下一段人生美好的回憶，哪怕只是短短片刻，已經是剎那芳華、記憶的永恆。

曾經，以《轉角照相館》，向這行業的小人物致敬。

曾經，以《老婦與土地》，向印尼原住民致敬。……

我常常在儜立街頭，看着垃圾婆拉着裝滿如山高的廢紙皮小車，望到她那滿是交錯皺紋的蒼老的臉快要觸及水漉漉的地面，我常常忍住滿眼眶的淚水，想起了假如她是我的母親，我會怎樣呢？我抓起照相機想攝下這不人道的勞動場面的手總是強烈地顫抖，總是無法拍攝，感覺到我不該如此冷血，如此偷拍，有侮她的尊嚴。

我常常也站在街頭某一個報攤對面，以欽佩欣賞的眼睛凝視在滿街灰塵飛揚中賣報紙的阿嬸，正是她以日子有功的蠅頭小利賺取，供了大學裏兒子的學費，讓他安心就讀。

有人專門寫大人物，那可能也是應該有的分工，我的很多很多小說散文寫的都是小人物，恐怕沒多少人喜歡看，那不要緊，因為那都是我的本分，一個手無縛雞之力的寫作人，只能用文學作品，向他們致意和致敬。

我愛小人物。我的另一半也是，我們都愛小人物。

書季，懷念純情的讀書歲月

每年到了六月最忙。香港最大規模的書展都在七月，參觀人次近一百萬，出版社都趕在這之前出書，便於出版物有機會在展場與讀者見面。我們也是。好像趕集似的，能不能賣那是另外一會事，最重要的是儘量滿足作者的心理。文學屬於小眾，許多作者自己投資，自負盈虧，書像自己的孩子，能在書店、書攤擺一擺，亮相一周最好，一兩天就落晝也不壞，滿足了一點虛榮心也就可以了。

三十年前，我們還未創辦出版社，一個出版人說，書稿搞到要作者出費用結集，那是出版社的恥辱。是的，話是這麼說，我當時對他老人家的自責，幾乎感動得落淚。這是一位有理想、有抱負、有使命感的出版人的話啊！可是，近二十年，整個出版界傾斜顛倒過來了。再美好的出版理念，再雄偉的計劃，總會在商業大潮中給無情的現實擊個粉碎。就像我們小不點的小小出版社，二十幾年來，只有前十年才能舒展理想，出了不少書，後來出版界每況愈下，文學逐漸邊緣化，我們空有一番熱情，出書的自由完全失去了。作者也就只能自己掏腰包出書印來送人，我們只是在製作上協助作者圓滿夢想，文學書印刷數量也直線「插水」，從十幾年前的兩千本一直降到三五百本。除了大機構，誰也無法施力回天。

懷念那位出版人能夠說那樣的話的日子，就是他，為我出版了那本直到今天我還是那麼喜歡的散文集《籬笆小院》，封面是青藍色的底色，一隻貓兒在樹下懶睡，畫的正是我兒時在印尼雅加達小巷住的籬笆小院的情景。好美啊。

我讀劉以鬯描述一九七三年至一九七五年香港社會的長篇《島與半島》，不禁驚心肉跳。一九七三年至一九七五年是香港經濟最壞的年代，股票狂瀉千餘點，每天搶劫案就發生幾十單，物價飛漲，工作難找，我們正好在那時候移居香港。但經濟最壞，不等於文學最差，那時節書店有不少包裝樸素的文學書，我寫的那麼幼稚的四本小說，居然還有出版社肯出版，還給了少許稿費！我做了三年出版社的推銷員，書店對文學書不時添貨。翻看那些書的出版年代，多數還是五十至六十年代的。那真是作家和文學愛好者「蜜月」「熱戀」的年代，一本書不愁沒有讀者：那也是人心淳樸，感情純真的年代。

現在進入書店，一大堆散發商業氣息的銅臭味迎面而來，讓你欲逃無路；許多書華而不實，空白太多，純粹賣的是白紙；許多書，文字不純粹、污染太多；不少書設計太低檔、肉麻幼稚當有趣；又有許多書內容單薄貧乏，包裝華麗；太多的文章無病呻吟，囉里八唆，個人情緒大傾瀉……一看售價真嚇人，香港書定價多數都接近百元，臺灣書超過百元港幣。到書店獵書，多數很失望，空手出來。七十年代那種單純已經找不到了。

一本書從執筆到在報刊發表、出書，經歷了不知多少複雜的程序。於是，不少出版商挖空心思，內容的好看、精彩一律欠奉，文字的講究也沒了，儘量在設計、包裝上動腦筋，那怎麼吸引我們這些老讀者呢？對於我來說，一兩萬字的書稿，決不會編排到兩百多頁，有一半以上賣白紙，欺騙讀者：我們寧願編排得密一些，這就是半個世紀前的老風格。那年代，我們讀書，讀到廢寢忘食，與書中人物悲喜與共；那年代，我們即使在困難時期，三餐不飽，但讀課外書的濃厚興趣一點兒都不減，一個寒假就躲在棉被裏啃書那樣度過了。而那些書，都是很樸素的，我們的高中歲月可以說就是常和圖書館打交道的，雅加達唐人街班芝蘭的南星書店，集美中學的圖書館都留下我的足跡。

純情的讀書歲月，已經隨風而逝，多麼令人懷念。

蛀書記

前些年工作累了，下午三四點鐘光景就會到九龍旺角的三樓書店泡書。現在是把到深圳的書城當作放自己一天大假中的「個人蛀書嘉年華」。從九龍到深圳落馬洲，最多一個多小時，出了海關再搭地鐵，三四個站而已，從出口走進書店，完全不必上到地面上見太陽。一泡就是兩個鐘頭。

到書店，已經不太敢買書：家中鬧書災夠厲害，再添的話，人活動的空間就會越來越小了。但縱然如此，書店是不能不去的。當城市裏的商品過剩、餐廳之多，僅是我們寓所範圍就有五十來間，居然都看不到一本書時，內心就興起上書店「蛀」書的衝動。彷佛在冥冥之

中與書有個約會。是的，書，就是為我們這一類愛書的小書蟲出版的。我們不蛀，還有誰會來探望寂寞的書呢？慚愧的是空間有限，無法再隨心所欲地多買了。

用過「獵書」一詞，可是我畢竟沒獵書人厲害，完全沒目標：也用過「書釘」這詞，但也實在沒那麼奢侈的時間釘一天半日的，想到自己充其量不過是一隻小書蟲而已，那就「蛀」吧。很欽佩古時候那個因愛書而嫁人的小女子芸香啊，遺囑居然交代她死後要把她埋葬於與一棟書樓為鄰。自己從事的行業也和書有關，因此上書店成了習慣，看看書，感覺一下書的溫度、嗅嗅散發在空間的書墨芳香，已經有無限的滿足。架上的書，還會帶來不少海內外文壇上的訊息。今天，許多人不買報紙，就看網絡上的電子版；不上書店，買書就用網購。可是，上書店，那種感覺完全不同。網購，我們的手無法伸進電腦裏，將書摸摸，沒有質感；更無法聞到那種特殊的書氣味。在書店，同一個作者的書還會整齊地擺在一起，好有氣魄，不像網絡書店那種冷冷的感覺。

最好的感覺當然要到現場，要摸到那本書，感覺書那紙張的顏色、厚薄、版面設計、字體大小、整體裝潢，等等，那種當書為一種藝術品的感覺是與網上書店完全不同的。如果網購、電子書可以替代一切，像深圳這樣發展中的城市，也沒必要開闢那麼廣闊、寬敞的地方做書城了，而且不止一間。讓我們忙裏偷閒時多了一個好去處。

說句笑話，那麼寬大的一個地方，幸虧沒有被見縫插針的地產商看中，再建那些賣高檔商品的商場，而是留給了書，作為圖書市場。讓曲高和寡的文學藝術活得有臉面。初進這少年宮附近的深圳書城中心城，都會被其氣魄震懾住，您會感覺自己變成了一隻可憐的小書蟲，至多是蛀一蛀幾口，又滿足又失落地走上歸途。書海是那麼大，你永遠遊不到那勝利的彼岸的。

賞書記

到深圳書城中心城，才知道甚麼叫着「大」！地方太大，需要四動：動手翻，動腦想，動眼看，還要動腳走。像是逛花市、博物館那麼累，單單只是走，就無法走完，只能走馬看花而已。不像香港書店擠迫得人碰人。書城一攤攤的書，一架架的書，不要說本本翻，只是看類別指示牌，就看不完了。有點像劉姥姥進大觀園的感覺！上下兩層，上層成人書。

底層最為驚人，可能是中國二十幾個省市數千家出版社都出版兒童少年的書吧，被選為世界一百種名着的圖書，每一種就有幾十種版本，一本比一本美，也超便宜。我對自己說了不要買了不要買了！可是見到書那麼精美便宜，還是手癢癢，禁不住，我在此買了《宋詞

三百首》學生版，四百八十頁竟然只有十七元八角，林海音的《城南舊事》二百零捌頁只有十二元半，太震撼了。我在文學名家部買了《閻連科短篇小說精選》四百三十二頁只有三十五元，他的讀書隨筆《丈量書與筆的距離》精裝一百八十二頁，二十五元。

在古典文學部，我買了兩位專家著的《往事成空一夢中——細評李煜詞》，二百一十八頁僅十八元，還有一本是朱丹紅着的《收將鳳紙寫相思——李商隱》（詞傳），精裝二百四十二頁，二十四元。回家，算了一下，這六本書共一百三十八元上下，要是在港買臺灣版香港版的書，至少都要四百元港幣以上。同行的老陳買了二十幾本書，沉甸甸的一大袋，花了約四百元人民幣，要是在港，非過千元不可！這朋友專攻長篇，是長篇作者。他曾經評我最好的三部長篇是《暗角》《迷城》《人海梟雌》，但他認為不夠長，希望我寫一百年的長篇，寫上百萬字（我正在為它蠢蠢欲動，呵呵，我能嗎？）。真謝謝他對我那麼有信心。

老陳見到我那本《李商隱》，愛不釋手，說書出得美，文筆也美，他從上車幾乎翻看到他九龍塘下車，我說我古典詩詞文革中缺課，要進行惡補，丟棄了很多書，但唐詩宋詞是我們的祖宗，我們最好的文學，是我唯一不丟的書類，今天又買了。宋詞我已經有好幾種版本，李煜是詞帝，許多人都喜歡。閻連科的講稿我讀過，但小說沒認真讀過啊。老陳介紹我一定要讀他，但他的書不知是禁還是怎麼回事，著名的那幾本這書城就是找不到。

在書架上看到張煒的巨着《人在高原》多卷本擺着，朋友告訴我世界最長的小說記錄已經被張煒打破，就是這一套！一時為他的超人精力震驚不已！他是山東的。又看到現在移民美國的原臺灣散文大家王鼎鈞的系列散文由北京三聯書店出版。他又是山東的。聯想到辛棄疾、李清照、蒲松齡、莫言都是山東人，不禁肅然起敬，後來又聽說馮德英等也是山東的、我們的博友許秀傑也是山東的，心中驚喜欽佩不已。那是甚麼原因呢？山東文人出了那麼多！山東在六十年代的大饑餓時期，與安徽同窮。難道真的窮則思變？

因為要找的書沒全找到，想到羅湖城的書城去，又想到可能歸家時會遇到下班高潮、地鐵會擠爆，我們安慰自己說：下次再去吧！今天算有了大收穫，也要消磨很久才再買新一批了。

巡書記

很久沒上書店了。這一天一口氣馬不停蹄跑了好幾家書店，為的是我和一位文友各出了一本書，他想知道到底書由發行商發到書店了沒有？發得怎麼樣？又不便親自出馬，於是托女兒到附近一家書店，問書店裏的一位店員。那位店員回答得很敷衍，也很含糊，「好像進了貨，但回收了」。新書剛剛發，那麼快就退回了嗎？再說，書店有沒有進那本書，查一查電腦就知道了，因為書店進了甚麼書，都會在電腦裏記錄的。

真相究竟是怎樣的？朋友好奇，我也想探個究竟。第一站是家附近商場內的書店。這家書店面積不小，分店很多，兼賣文具，近幾年發展迅速，也算是圖書的一大市場。我一來就

到「現代文學」書架去看，哈哈，竟然一眼就看到了，尋覓得來全不費功夫，兩種書新鮮出爐，各擺了三本，還「站立」在名家白先勇的著作一側。當然，這也和我們書封面用深底色（深藍色和深綠色）有關係，遠遠地就可以辨識出來。我馬上取出手機拍攝，近拍遠拍左拍右拍，馬上發給朋友。他接到後，高興得回一開心表情，表示得到很大大鼓舞。

第二站我到油麻地一家歷史悠久的老書店巡看。這家老字號書店開在彌敦道大馬路上，分店很少。我先拍攝門面才進入，知道文學書設在三樓，逕自奔上去，在幾個擺港臺文學書的書架看看，又在攤子上找找，都沒有，於是我直接找一位女店員，將手機上兩本書的封面照片給她看，她也很負責，馬上查電腦，結論是兩種書肯定進了貨，三樓沒有的話，不妨到樓下底層新書枱看看。我迅速下樓，卻又遍尋不獲，再次問樓下的一位男店員，他一樣查看電腦，結論是，書應該在三樓。他積極性很高，飛也似的奔上三樓，很快各取了一本跑下樓交給我，我說我不是要買，我想知道擺在甚麼地方就可以了，於是我跟他上三樓，真有，擺在靠近樓梯口一個較矮較短的書架上，我剛才沒留意，趕緊拍了好幾張照。

第三站是到旺角西洋菜街的某二樓書店。這家二樓書店是老牌書店了，雖然書店面積小，但名氣大，好幾家二樓書店越搬越高，唯獨它還在原址。書店內的書種類偏向文史哲，但排得密密麻麻，也不是很有規則，我將手機的書樣給收銀員看看，她馬上有了印象，到收銀處後面的一個角落的書架翻了翻，各拿了一本出來，擺在收銀處，以為我要買，我跟她倆如此這般地解釋一番，臉露愧色，拍攝了一張照就走了。走出這二樓書店，走在這條以前是著名步行街、而今改為通車道的西洋菜街南街，驀然想起以前這兒有好幾家二樓書店都搬走了，搬到同一座大廈，我網上查，查到的都是以前的舊地址，只好放棄先回家才說了。

下午，我出發前，先上網查尖沙咀較大書店的地址，那是在一家大商場的地庫，非常大。門面很寬。我想自己尋覓才有味道，在現代文學「香港」和「臺灣」的書架前停住了腳步。那兩本新書始終沒找到，卻是看到我一本金門的得獎長篇《落番長歌》，真是喜出望外。因為這本書我們數量不多，只是限量發行。這一次我和文友的兩種新書，他們發來發行的書店名單就多達四十幾家。這一家屬於名單表上有名。在書店內一時找不到，不等於沒有入書。書店那麼大，我們不熟悉內裏乾坤，還是得問問店員。幾個店員都很忙碌，一個女店員先處理完手中的事，將一堆書搬來搬去，接着才在一個角落的電腦裏為我查看，她一邊看我手機裏的書名，一邊在電腦裏輸入有關資料，查了好一會，看她的表情，估計一定是查到了，有，但沒有給我一個確定的答復，而是離開電腦，在附近有關文學的書架很快地轉來轉去地找，一無收穫，走到總收銀櫃檯與在那裏的同事忙開了。我一邊在臺灣文學書架上翻書，一邊觀察着她的動靜；我取了一本散文集想買，在十幾米長的隊伍後面跟着排起隊來。我前面還有五六個人就到收銀處了，她忽然看到我，走了過來，對我歉意地笑笑說（大意），你問的兩本書肯定是有，但就是在書店內找不到，不知擺在哪裏了？我說不要緊。心想，書肯定被發到這一家書店，我就放心了，也好對朋友交代，至於究竟是擺幾天？能否銷售，那就不是發行商的事了，發行商盡了責任就很難得了。我把這個消息告訴朋友，他感到很高興，覺得對他是一個鼓勵。

走出這家書店，我感到管理一家大書店真不容易，每天有那麼多新書像潮水一般湧進來，擋也擋不住，如何取捨，如何歸類，如何添加或退貨，工作的瑣碎不亞於一本書的編排，是那樣瑣碎又需要專心，偏偏這一行在工商業氣息很濃的香港立足又是那樣艱難。

第五站是在佐敦區的鬧市中心，我徑直往書店的二樓尋覓，很快就看到兩本新書暫時居停的地方了，是平放在書枱上的，因為封面一本深藍一本深綠，在群書裏顯得很搶眼，可是怎麼只有一種？翻看一下，才看到另一種被壓在底下，估計類似的系列設計，讓店員以為是一種書吧。我把附近的書整理了一下，讓兩種書的臉面都「見見世面」。

走出書店，暮色蒼茫，華燈初上，我將最後一站巡書的結果照片發給朋友看，還配上微笑表情，說，今天的抽樣巡視五家書店算一百分，家家都進了書呢。

鳴謝

非常感謝印華作協副總主席許鴻剛先生、印華作協名譽主席林惠卿女士、印尼泗水Nonie Boutique諾妮時裝店總經理吳開森先生對東瑞散文集《緣結東西洋》的部分資助，盛情厚誼，感激感恩，沒齒難忘。

印華作協副總主席
許鴻剛

印華作協名譽主席
林惠卿

泗水Nonie Boutique
諾妮時裝店總經理
吳開森

蔡瑞芬　黃東濤（東瑞）

致意

2019年6月11日